PHILLIP M. MARGOLIN

Phillip M. Margolin est avocat, spécialiste des affaires criminelles au barreau de Portland, dans l'Oregon. Il a participé à de nombreux et importants procès pour meurtre et plaide devant la cour suprême des États-Unis. Il a évité la peine capitale à tous ses clients.
Ses romans, parmi lesquels *La rose noire* (1994), *Les heures noires* (1996) et *Justice barbare* (2001), sont des best-sellers internationaux.

# L'AVOCAT DE PORTLAND

DU MÊME AUTEUR
*CHEZ POCKET*

La dernière chance
Les heures noires
Piège funéraire
Le dernier homme innocent
Une pierre dans le cœur
Justice barbare

PHILLIP MARGOLIN

# L'AVOCAT DE PORTLAND

*Traduit de l'américain*
*par Pierre Girard*

ALBIN MICHEL

Titre original :
The Associate


ISBN 2-266-13614-3

*Pour Daniel et Chris*

*Mon fils et sa nouvelle épouse –*
*deux personnes formidables au seuil*
*d'une vie commune formidable.*

# PROLOGUE

Un vent glacé soufflait sur Mercer Street, secouant les auvents, faisant tourbillonner des papiers et mordant cruellement les joues de Gene Arnold. L'avocat releva le col de son manteau et rentra la tête dans les épaules pour résister à l'assaut. Ce n'était pas la première fois qu'il quittait l'Arizona pour se rendre à New York, mais il ne s'y était jamais risqué en plein hiver, et n'était pas préparé à ces températures polaires.

Arnold était un type d'aspect insignifiant, de ceux face auxquels on peut rester une heure sans se rappeler ensuite la tête qu'ils ont. De taille moyenne, il portait des lunettes à monture d'écaille qui faisaient ressortir ses yeux marron, et une couronne de cheveux blancs ornait son crâne chauve. La vie privée d'Arnold était aussi paisible que son caractère. Il était célibataire, lisait énormément, et le golf constituait la plus excitante de ses occupations. Rien de ce qui avait pu lui arriver n'avait jamais provoqué le moindre clignotement sur le grand radar du monde, hormis la tragédie dont il avait été victime sept ans auparavant.

Son travail d'avocat était aussi monotone que le

reste de son existence — il s'occupait essentiellement de transactions commerciales. Il était ce jour-là à New York pour conclure un accord de financement en faveur d'un certain Martin Alvarez, roi du marché de la voiture d'occasion en Arizona, qui souhaitait étendre ses activités à la ville de New Mexico. Le rendez-vous d'Arnold avec un investisseur potentiel s'étant déroulé avec succès et ayant duré moins longtemps que prévu, il déambulait maintenant dans SoHo à la recherche d'un tableau pour enrichir sa modeste collection.

Ses yeux lui cuisaient et son nez s'était mis à couler. Il chercha désespérément du regard un endroit où se réfugier. Apercevant une galerie d'art ouverte à l'angle de Mercer Street et Spring Street, il s'y engouffra, aussitôt accueilli par une bouffée d'air chaud qui lui arracha un soupir de soulagement. Derrière le comptoir proche de l'entrée, une mince jeune femme vêtue de noir était penchée sur un catalogue. Elle leva les yeux.

— Puis-je faire quelque chose pour vous ? demanda-t-elle en le gratifiant d'un sourire commercial.

— Je jette un coup d'œil, simplement, répondit Arnold, intimidé.

Les œuvres exposées sur les murs blancs étaient de provenances diverses. Il passa rapidement sur une série de collages d'inspiration féministe et s'arrêta devant des peintures qui correspondaient mieux à ses goûts. Chez lui, plusieurs toiles représentaient des scènes de western, avec de grandes formations rocheuses de tons bruns et rouges au soleil couchant, des cow-boys à cheval, et d'autres choses de ce genre. Les paysages qu'il regardait maintenant étaient ceux de la Nouvelle-Angleterre, plutôt des marines, en vérité. On y voyait des barques de pêcheurs secouées par une mer déchaînée, des vagues se brisant sur une plage déserte, une petite maison aux bardeaux rongés par le sel et les embruns. Très joli.

Arnold passa à un ensemble de photographies regroupées sous le titre de *Couples*. Le premier cliché, au grain épais, montrait deux adolescents se tenant par la main dans un jardin public. Ils étaient pris de dos, penchés l'un vers l'autre, leurs têtes se touchant presque. Le photographe avait parfaitement saisi cet instant d'intimité. À regarder cette photo, Arnold se sentit triste. Il aurait donné n'importe quoi pour être ce garçon avec cette fille. La solitude lui pesait plus que tout.

Puis il y avait un couple de Noirs assis dans un café. Ils riaient, l'homme renversait la tête en arrière, la bouche grande ouverte, et la fille souriait timidement, ravie d'être la cause de cette joie.

Arnold examina longuement la photo. Ce n'était pas le genre d'œuvre qu'il achetait, mais quelque chose l'attirait dans cette image. Un petit rectangle blanc près du cadre lui apprit que l'artiste se nommait Claude Bernier et que le prix était dans ses moyens.

Il passa au troisième cliché de la série. On y voyait un homme et une femme en imperméable dans un jardin public d'une ville non identifiée. Furieux, les traits crispés, ils allaient à grands pas. Les yeux de la femme lançaient des éclairs, et les lèvres serrées de l'homme étaient réduites à un simple trait.

— Oh, mon Dieu ! s'exclama-t-il.

Et de chanceler en avant, les bras croisés comme pour s'étreindre lui-même.

— Monsieur ?

La jeune femme le regardait, impressionnée par son teint grisâtre et son incapacité à se tenir droit. Arnold lui rendit son regard, affolé, pris de vertige.

— Vous ne vous sentez pas bien ?

Il répondit d'un hochement de tête qui semblait

affirmer le contraire, mais ne convainquit pas la jeune femme. Elle se précipita vers lui et le prit par le coude.

— Puis-je m'asseoir quelque part ? demanda-t-il d'une voix éteinte.

Elle le conduisit jusqu'à une chaise derrière le comptoir. Arnold s'y laissa choir et porta la main à son front.

— Voulez-vous un peu d'eau ? proposa-t-elle, anxieuse.

Arnold comprit qu'elle luttait pour rester calme. Elle pensait sans doute « crise cardiaque » et se demandait comment elle allait tenir le coup pour attendre la police à côté d'un cadavre.

— Oui, un peu d'eau me fera du bien. Mais ça va, vraiment... Il n'y a pas de quoi s'inquiéter, dit-il pour la rassurer. J'ai eu un léger vertige, c'est tout.

Quand elle revint avec un verre d'eau, il avait repris contenance. Il but deux gorgées et respira un grand coup, leva les yeux et vit les doigts de la jeune femme étroitement entrelacés.

— Je me sens beaucoup mieux, dit-il avec un pâle sourire. C'est seulement que je ne suis pas habitué à ce froid.

— Je vous en prie, vous pouvez rester ici.

— Merci.

Il demeura un moment silencieux, puis, montrant les clichés du doigt :

— Ce photographe, Bernier, il est d'ici ?

— Claude ? Oui. Il a un pied-à-terre à Chelsea.

— Je voudrais acheter l'un de ses clichés.

Arnold, un peu plus assuré maintenant, se remit lentement sur ses pieds et conduisit la jeune femme vers le couple de promeneurs en colère. Les doutes qui l'assaillirent tandis qu'il traversait la galerie se dissipèrent quand il se retrouva devant la photographie de Bernier.

— Vous croyez que je pourrais le voir aujourd'hui ? demanda-t-il en sortant sa carte de crédit, sans quitter la photo des yeux.

Elle semblait toujours inquiète :

— Vraiment, vous êtes certain que vous pouvez... ?

Il répondit d'un hochement de tête. On eut l'impression qu'elle allait tenter de l'en dissuader. Puis, se ravisant, elle prit la photographie et l'emporta jusqu'au comptoir afin d'encaisser la vente. En attendant l'accord pour le paiement par carte de crédit, elle décrocha le téléphone. Arnold se rassit. Remis du choc, il était maintenant pressé d'agir.

— Claude peut vous voir quand vous voudrez, dit la jeune femme en lui tendant la photo et une carte de la galerie portant l'adresse et le numéro de téléphone du photographe.

Il enregistra mentalement l'adresse et glissa la carte dans la poche de sa veste.

— Merci. Merci pour votre gentillesse, dit-il avant de sortir.

Un vent glacial l'accueillit, mais Gene Arnold était trop préoccupé pour le sentir.

PREMIÈRE PARTIE

# La bienséance des primates

# 1

Le faisceau des phares de la vieille et brinquebalante Saab du Dr. Sergueï Kaïdanov jaillit d'un bouquet de pins pour se fixer sur les murs en parpaing d'un bâtiment bas, niché dans les bois à plusieurs kilomètres du centre de Portland. À la seconde où il ouvrit la porte du bâtiment, les singes se mirent à émettre ces sons qui tenaient à la fois de l'aboiement et du roucoulement, et qui lui portaient sur les nerfs. Le bruit augmenta quand Kaïdanov alluma la lampe.

La plupart des singes se trouvaient dans deux pièces au fond du bâtiment. Kaïdanov suivit un étroit corridor jusqu'à une lourde porte métallique qui fermait l'une de ces deux pièces. Là, il fit glisser la plaque de fer qui masquait une lucarne et regarda les animaux. Il y avait seize singes dans chaque pièce, chacun dans une cage grillagée. Les cages étaient empilées deux par deux sur des plates-formes à roulettes. Kaïdanov détestait les singes — l'odeur aigre, malpropre, qui s'en dégageait, leurs cris, leur façon de suivre des yeux le moindre de ses mouvements le mettaient mal à l'aise.

Dès que le visage de Kaïdanov s'encadra dans la lucarne, le singe qui occupait la cage la plus proche de la porte bondit vers lui puis s'immobilisa pour le fixer d'un regard intense. Il avait un pelage gris-brun et s'accrochait au grillage de ses mains et de ses pieds aux pouces opposables. C'était le mâle dominant de la pièce, et il avait établi cette domination en trois semaines, alors qu'il n'avait aucun moyen de se mesurer physiquement aux autres singes.

Les singes étaient nerveux, très agressifs, et toujours sur le qui-vive. Conformément au code de bienséance régissant les relations des primates entre eux, il était déconseillé d'en regarder un dans les yeux, ce que fit pourtant Kaïdanov, histoire de montrer à ce petit salopard qui était le maître. Le singe ne cilla pas. Il avança aussi loin qu'il le pouvait son museau semblable à celui d'un chien entre les barreaux de la cage, en découvrant des canines menaçantes. Avec ses vingts kilos et ses soixante centimètres de hauteur, l'animal ne semblait pas représenter un vrai danger pour un humain de quatre-vingts kilos, mais il était beaucoup plus fort qu'il n'en avait l'air.

Kaïdanov jeta un coup d'œil à sa montre. Trois heures du matin. Il ne voyait pas ce qu'il pouvait y avoir d'assez important pour qu'on le fasse venir à une heure pareille, mais la personne qui l'avait tiré de son sommeil le payait pour obéir aux ordres sans poser de questions.

Il avait besoin de caféine. Alors qu'il s'apprêtait à repartir vers son bureau pour mettre de l'eau à chauffer, il remarqua que le cadenas de la cage du mâle dominant était ouvert. Il avait sans doute oublié de le refermer après lui avoir apporté sa nourriture. Le chercheur voulut ouvrir la porte, puis se rappela que la clé se trouvait dans son bureau.

Il revint sur ses pas, vers l'avant du bâtiment. Son bureau de quatre mètres sur trois était bourré d'instruments de laboratoire. Juste derrière la porte, une petite table roulante disparaissait sous un annuaire téléphonique, des articles découpés dans des revues scientifiques, et des relevés informatiques des contractions éprouvées par les guenons quand elles mettaient bas. Il y avait un mauvais fauteuil de bureau derrière la table, et, le long des murs, des armoires à dossiers, un évier et un distributeur de papier.

Kaïdanov contourna la table. La cafetière était posée sur une étagère, avec une centifugeuse, un thermomètre, une série d'éprouvettes et une chope à l'effigie des Pokémons pleine de marqueurs, de stylos et de crayons. Au-dessus de la table, un écran relié à une caméra de sécurité montrait la façade du bâtiment.

Alors que le café était presque passé, Kaïdanov entendit une voiture s'arrêter et une portière claquer. Une silhouette en imperméable, la tête encapuchonnée, traversa l'écran en courant en direction du bâtiment. Kaïdanov sortit de son bureau pour aller ouvrir la porte. Il scruta le visage abrité sous le capuchon mais ne vit que deux yeux qui le fixaient froidement à travers les fentes d'une cagoule. Avant qu'il ait ouvert la bouche, un coup de crosse l'atteignit en plein front, et une douleur fulgurante l'aveugla. Il s'écroula sur place, la gueule du canon durement pressée sur la nuque.

— Avance ! ordonna une voix étouffée.

Comme Kaïdanov se redressait péniblement sur ses genoux, un violent coup de botte le fit retomber en avant. Des larmes jaillirent de ses yeux, arrachées par la douleur, et il parcourut en rampant les quelques mètres qui le séparaient de la porte de son bureau.

— Les clés de la salle des singes !

Kaïdanov montra du doigt le trousseau accroché au mur. Quelques secondes s'écoulèrent avant qu'un nouveau coup, derrière la tête, lui fasse perdre connaissance.

Kaïdanov ne savait pas depuis combien de temps il était évanoui. En revenant à lui, il entendit les glapissements hystériques des singes et le vacarme des cages qui s'entrechoquaient. Le chercheur avait l'impression qu'on lui avait planté un clou dans le crâne, mais il parvint tout de même à s'asseoir. Autour de lui, gisaient les armoires à dossiers renversées et vidées de leur contenu. Le sol était couvert de papiers imbibés d'essence, et lui-même en était imprégné — il la sentait sur ses vêtements, son visage, ses mains. Puis l'odeur âcre de la fumée lui piqua les narines et il fut pris de nausée en voyant danser les ombres projetées par les flammes à l'extérieur de son bureau.

Poussé par la peur, il était parvenu à se mettre à genoux quand son agresseur reparut, portant un revolver et un bidon d'essence. Kaïdanov se recroquevilla contre la cloison, comme les singes quand ils se réfugiaient au fond de leur cage en le voyant approcher. Le bidon d'essence heurta la table avec un bruit métallique et l'agresseur de Kaïdanov sortit un briquet. Kaïdanov voulut parler, mais la terreur l'avait rendu muet. À la seconde où l'individu soulevait d'un coup de pouce le couvercle du briquet, un cri suraigu, démentiel, retentit dans le corridor. Une créature environnée de flammes, les yeux exorbités par la peur et la souffrance, surgit dans l'encadrement de la porte. Le mâle dominant, songea Kaïdanov. Le cadenas n'était pas fermé. L'animal avait réussi à s'échapper.

L'expression « code de bienséance » traversa l'esprit de Kaïdanov. Baissant la tête, il prit une attitude soumise, puis regarda du coin de l'œil son agresseur qui se retournait vers la porte. L'être humain et le primate s'affrontèrent du regard pendant quelques secondes avant que les vingt kilos de muscles propulsés par la douleur, les flammes et l'adrénaline ne bondissent à travers la pièce avec un cri terrifiant. Kaïdanov vit le singe atterrir sur sa proie et lui planter ses crocs dans l'épaule. Tandis qu'ils roulaient ensemble à terre, Kaïdanov sortit de la pièce en chancelant et s'enfuit vers la forêt. Deux coups de feu éclatèrent un instant plus tard.

# 2

— Alors, prêt pour l'apéro ? demanda Joe Molinari en faisant irruption dans le minuscule bureau de Daniel Ames.

— Pas aujourd'hui, répondit Daniel, à regret, en montrant du doigt les papiers posés sur sa table. Briggs vient de me coller ça.

— Faut savoir se détendre de temps en temps, mon vieux ! dit Molinari en calant son grand corps dégingandé dans l'un des deux fauteuils que Daniel réservait à ses clients.

Les jeunes avocats du cabinet Reed, Briggs, Stephens, Stottlemeyer et Compton avaient l'habitude de se retrouver une fois par semaine, à l'heure de l'apéritif, dans un restaurant très fréquenté de la ville. Là, ils pouvaient gémir et déblatérer à loisir sur le dur travail qui était le leur, sur le peu de considération dont ils jouissaient en dépit de leur talent — et se gausser des autres avocats qui n'avaient pas l'honneur de travailler pour le plus grand et le plus prestigieux cabinet de Portland. Daniel aimait bien l'atmosphère de camaraderie de ces soirées, mais il savait qu'il ne serait plus en mesure de retourner au bureau après qu'il aurait éclusé un nombre indéterminé de margaritas en compagnie de cette joyeuse bande.

— Briggs a besoin que je lui rédige cette note pour demain matin.

Molinari secoua la tête d'un air désolé.

— Quand apprendras-tu enfin à dire non, Ames ? J'ai une belle photo de grévistes devant une usine d'automobiles. Je la placarde sur ma porte quand je n'en peux plus. Je t'en ferai une copie, si tu veux.

Daniel sourit.

— Merci, Joe. Je te le rappellerai, à l'occasion. Mais il faut que j'en finisse avec ce travail.

— Dis donc, mec, il serait temps de défendre tes droits. Il n'y a plus d'esclaves depuis Lincoln !

— Le treizième amendement ne s'applique pas aux associés de Reed, Briggs.

Molinari se leva de son fauteuil.

— Décidément, ton cas est désespéré ! dit-il en riant. Mais tu sauras où nous rejoindre, si tu reviens à la raison.

Molinari disparut dans le corridor et Daniel laissa échapper un soupir. Il enviait son ami. S'il avait été à sa place, il n'aurait pas hésité une seconde à quitter le bureau. Joe pouvait se permettre de tenir la dragée haute à des gens comme Arthur Briggs et il ne comprendrait jamais que d'autres, qui n'étaient pas dans une position semblable, en soient incapables.

Le père de Molinari était l'un des grands pontes d'une agence de publicité de Los Angeles. Joe avait fait ses études dans une université d'élite, un collège de l'Ivy League [1]. Avec ses relations, il aurait pu se faire embaucher n'importe où mais, comme il aimait avant tout l'alpinisme et les sports de glisse, il s'était contenté de proposer ses services à Reed, Briggs, etc.

---

1. Ivy League : les huit grandes universités privées du nord-est des États-Unis. *(N.d.T.)*

Daniel, quant à lui, remerciait chaque jour le ciel de lui avoir permis de décrocher ce poste.

Les diplômes de Daniel et son certificat de membre du barreau de l'Oregon figuraient au mur de son bureau. Si Joe et quelques autres associés considéraient comme naturels les études, les diplômes et leurs belles situations, Daniel, lui, avait lutté pour poursuivre ses études à Portland et à la fac de droit de l'Oregon, travaillant pour en payer chaque cent, et sachant qu'en cas d'échec personne ne le repêcherait. Il s'enorgueillissait d'avoir, sans relations et avec ses simples diplômes, décroché un poste dans le meilleur cabinet de l'État, mais ne pouvait s'empêcher de penser que sa réussite était fragile, et risquait à tout instant de lui échapper des mains.

Le bureau de Daniel était des plus modestes, mais personne dans sa famille n'avait jamais occupé un bureau. Sa mère travaillait comme serveuse quand elle n'avait pas trop bu, et se prostituait auprès des chauffeurs routiers quand elle était trop imbibée. Il lui téléphonait à Noël et pour son anniversaire quand il savait où la joindre. Il avait connu dans son enfance, pour autant qu'il pût se le rappeler, une bonne demi-douzaine de « pères ». Les plus gentils l'avaient ignoré, les autres lui avaient laissé des cicatrices et le souvenir de ses terreurs nocturnes.

Oncle Jack, le père numéro quatre, avait été le meilleur de tous car il possédait une maison avec un jardin. C'était la première fois que Daniel habitait dans une maison. Sa mère et lui logeaient le plus souvent dans des caravanes ou dans des chambres d'hôtel sombres et nauséabondes. Daniel était âgé de huit ans à leur arrivée chez Oncle Jack. On lui donna une chambre rien que pour lui et il se dit que le paradis devait ressembler à cette maison. Mais quelques mois plus tard, il se retrouvait sur le trottoir à quatre heures du matin, à moitié réveillé, à écouter les hurlements de femme saoule de sa mère tandis qu'elle cognait à la porte d'Oncle Jack jusqu'à se mettre les mains en sang.

Daniel avait fait plusieurs fugues, et il était définitivement parti à l'âge de dix-sept ans pour vivre dans la rue jusqu'au jour où, n'en pouvant plus, il s'était engagé dans l'armée. Et l'armée l'avait sauvé. Il y vivait, pour la première fois de son existence, dans un milieu stable et, pour la première fois, son intelligence était reconnue.

La veste sombre de Daniel était pendue derrière la porte, et sa fiche de salaire dépassait de la poche. *Quatre-vingt-dix mille dollars !* Il était encore stupéfait de gagner autant, et trouvait qu'il avait eu une chance incroyable d'être choisi par les patrons de Reed, Briggs. Il craignait de s'entendre dire un jour que son embauche n'avait été qu'une mauvaise plaisanterie.

Alors qu'il achevait ses études à la fac de droit, Daniel avait sollicité un rendez-vous avec le représentant du cabinet chargé des recrutements dans le simple but de se roder à la pratique de l'entretien. L'invitation à un deuxième entretien lui avait procuré un choc, tout comme l'offre d'embauche qui avait suivi. Les nouvelles recrues, chez Reed, Briggs, étaient des diplômés d'Andover et d'Exeter ; des gens qui avaient passé leur licence à Yale ou à Berkeley avant de faire leur doctorat à Harvard ou à l'université de New York. Daniel n'avait rien d'un cancre — il avait obtenu sa licence de biologie avec mention —, mais il lui arrivait encore de se sentir déplacé.

Il pivota sur son fauteuil pour faire face à la fenêtre et regarda la nuit tomber sur la Willamette. Depuis combien de temps n'avait-il pas quitté ces bureaux à la lumière du jour ? Molinari avait raison. Il fallait qu'il apprenne à dire non, à se détendre un peu. Mais il craignait de passer pour un fainéant s'il refusait du travail. Pas plus tard que la nuit précédente, il s'était réveillé en sueur d'un rêve dans lequel il se voyait tapi dans l'ombre, au fond d'un puits d'ascenseur, tandis que la cabine descendait lentement, inexorablement vers lui. Pas besoin d'être Sigmund Freud pour comprendre.

À sept heures moins le quart, Daniel acheva le premier jet de sa note, et le relut. Il s'étira, se massa les paupières. En rouvrant les yeux, il vit Susan Webster qui lui souriait. Il n'aurait su dire ce qui le surprenait le plus — qu'elle sourie, ou qu'elle ait daigné venir jusqu'à lui.

— Salut, dit-il d'un ton détaché, en évitant délibérément de laisser son regard s'attarder sur la silhouette de mannequin de sa collègue.

— Salut, répondit-elle en se perchant d'un mouvement plein de grâce sur le bras d'un fauteuil.

Puis, après un coup d'œil aux papiers étalés sur le bureau :

— Il faut que tu sois sur un dossier super-important pour manquer l'apéritif rituel ! Qu'est-ce que c'est ? Une note pour la Cour suprême des États-Unis ou une lettre au Président ?

Susan s'habillait comme un mannequin, dont elle avait l'allure, mais c'était aussi une physicienne diplômée de Harvard, et elle était sortie dans les dix premiers de la fac de droit de Stanford. En raison de leur formation scientifique, on les avait inclus, Daniel et elle, dans l'équipe chargée d'assurer la défense du Groupe pharmaceutique Geller. Une plainte avait été déposée contre le laboratoire, accusant l'un de ses produits de provoquer des malformations chez les nouveau-nés. Depuis six mois qu'ils travaillaient ensemble, elle n'avait jamais demandé à Daniel son opinion sur quoi que ce fût, et lui avait rarement adressé la parole, ce qui rendait d'autant plus surprenante cette arrivée dans son bureau.

— Je prépare une note pour Mr. Briggs, répondit finalement Daniel.

— Ah ? C'est intéressant ?

— Encore une histoire avec Aaron Flynn.

— Flynn, toujours lui ? Il est partout, décidément !

— Je ne te le fais pas dire.

— Il en a contre lequel de nos clients, cette fois ?

— L'Oregon Mutual. C'est la compagnie qui assure April Fairweather contre les fautes professionnelles.

— Fairweather, la doctoresse ?

— Oui. Comment le sais-tu ?

— Arthur m'a fait travailler sur ce dossier, moi aussi. C'est vraiment incroyable. Tu sais de quoi il s'agit ?

— Pas vraiment, dit Daniel. Je dois simplement vérifier la validité d'un élément de preuve.

— C'est une étudiante qui est allée trouver April Fairweather parce qu'elle était déprimée et avait des insomnies. Elle prétend que la doctoresse l'a hypnotisée pour lui faire croire que ses parents appartenaient à une secte satanique et lui avaient fait subir toutes sortes de sévices dans son enfance.

— Quels sévices ?

— Des viols, des tortures.

— Ça me semble délirant. Tu crois que c'est vrai ?

— J'en doute.

— J'ai rencontré April Fairweather, une fois. Elle était avec Mr. Briggs, dit Daniel. Elle m'a paru assez normale.

— Tu as encore beaucoup de travail sur cette note ?

— Non. Quelques corrections.

— Tu as presque fini, autrement dit ?
— Presque.
Daniel ne pensait pas vraiment que Susan s'apprêtait à lui proposer d'aller prendre un verre ou dîner quelque part. Il était persuadé qu'elle ne sortait qu'avec des couvertures de magazine, des types pleins aux as et adeptes de sports exotiques, qui conduisaient des décapotables et possédaient des maisons dans le quartier chic de West Hills avec vue imprenable sur les montagnes. Il s'imagina pourtant, une seconde, qu'elle avait craqué pour ses cheveux bruns et bouclés, ses yeux bleus et son sourire charmeur.
Susan, penchée en avant, chuchotait maintenant, sur un ton de confidence :
— Puisque tu as terminé ton travail... (un silence) tu pourrais peut-être me rendre un énorme service ?
Comme Daniel n'avait pas la moindre idée de ce qui allait suivre, il attendit.
— C'est une coïncidence, mais il s'agit d'un autre litige entre Flynn et le Groupe Geller. Tu sais qu'il a déposé une requête en déposition de documents il y a quelques semaines ?
Daniel répondit d'un hochement de tête.
— Et comme toujours, poursuivit Susan, les gens de chez Geller ont attendu la dernière minute pour nous fournir les documents en question. Or, on a promis à Flynn qu'il les aurait dans son bureau demain matin avant huit heures.
Elle se tut un instant avant de continuer :
— Renee a une dent contre moi. (Renee Gilchrist était la secrétaire d'Arthur Briggs.) Elle savait que j'avais un rendez-vous hyper-important ce soir, mais elle prétend qu'elle ne s'en est pas souvenue et elle a dit à Brock Newbauer que je pourrais préparer le dossier pour demain matin. (Susan se pencha en avant, baissa encore la voix.) Elle est jalouse de toutes les

filles qui travaillent avec Arthur. C'est un fait. Mais, bon, puisque tu as fini, je me demandais si tu pourrais faire ça pour moi ?

Daniel était épuisé, et mort de faim. Il attendait le moment où il pourrait enfin rentrer chez lui.

— Ma foi, je ne sais pas... J'ai encore du travail sur cette note, et je suis crevé...

— Je te revaudrai ça, c'est promis. Et il n'y a pas grand-chose à faire. Deux cartons. Quelques papiers à classer et à relire, mais rapidement. Il s'agit de vérifier la conformité des actes produits par le procureur et les questions de communicabilité. Si tu veux bien faire ça, vraiment... c'est très important pour moi.

Susan semblait au bord des larmes. Daniel avait pratiquement fini ce qu'il devait faire, et il n'avait rien de prévu pour la soirée. Achever la lecture d'un bouquin, peut-être, s'il n'était pas trop fatigué, ou regarder la télé. Pourquoi refuser de rendre un service ?

— D'accord, dit-il en soupirant. Je serai ton sauveur.

Susan se pencha un peu plus et tendit la main par-dessus le bureau pour la poser sur la sienne.

— Merci, Daniel. Du fond du cœur.

— C'est bon, dit-il avec, déjà, l'impression de s'être fait avoir comme un bleu. Vas-y, maintenant, et amuse-toi bien !

Susan se leva.

— Les cartons sont dans la petite salle de conférences, à côté du photocopieur. Ils doivent être dans le bureau de Flynn demain matin avant huit heures. Et encore merci !

Et Susan de s'éclipser, avec une rapidité qui tenait de la magie. Daniel se leva à son tour, s'étira. Comme il avait de toute façon l'intention de faire une pause, il décida d'aller voir ce qui l'attendait. La petite salle de conférences se trouvait à l'extrémité du corridor. Il entra, éclaira. Cinq cartons de dossiers étaient posés sur la table. Il en ouvrit un. Le carton était bourré de papiers. À vue de nez, il y avait quinze cents feuillets par carton. De quoi l'occuper toute la nuit. C'était impossible. Il ne pourrait jamais rentrer chez lui.

Il courut jusqu'à l'entrée pour rattraper Susan, mais elle n'était plus là.

# 3

L'affaire de l'Insufort avait commencé avec une plainte des Moffitt. Lillian Moffitt était dentiste et son époux Alan cadre dans une banque, au service des prêts. Le jour où ils apprirent que Lillian était enceinte fut le plus beau jour de leur vie. Mais à la naissance du bébé, ce bonheur tourna au cauchemar : le petit Toby Moffit était atteint de graves malformations. Alan et Lillian voulurent se persuader que l'infortune de Toby procédait de quelque obscure volonté divine, tout en se demandant pourquoi une telle volonté avait choisi pour victime leur petit garçon. Tout s'éclaircit le jour où Lillian, dans un supermarché de son quartier, aperçut sur un présentoir de presse le gros titre d'un magazine : « Enfant de la Thalidomide ».

La Thalidomide avait été à l'origine de l'une des plus épouvantables affaires d'empoisonnement médical des années cinquante. Les femmes traitées par ce médicament pendant leur grossesse avaient accouché d'enfants anormaux, dont les membres ressemblaient à des nageoires de dauphin. L'article expliquait que l'Insufort était aussi dangereux que la Thalidomide et que les femmes qui en avaient pris donnaient naissance à des monstres. Au cours de sa grossesse, Lillian avait été traitée à l'Insufort.

Ce soir-là, dans leurs prières, Lillian et Alan Moffitt

demandèrent à Dieu de leur indiquer la voie à suivre. Et le lendemain matin, ils appelaient Aaron Flynn. Ils avaient déjà vu les annonces diffusées à la télévision par le flamboyant avocat multimillionnaire irlandais, et savaient qu'il avait déjà fait condamner par la justice une grande marque d'automobiles et le fabricant d'un contraceptif défectueux. « Mr. Flynn pourrait-il aider Toby ? » demandèrent-ils. « Et comment ! » leur fut-il répondu.

Sitôt engagé comme avocat par les Moffitt, Flynn fit passer des annonces dans les journaux et à la télévision pour informer les autres mères ayant pris de l'Insufort qu'il était prêt à les aider. Puis il transmit des informations sur l'affaire à divers sites professionnels sur Internet. Il prévint également les amis qu'il avait dans les médias que l'affaire Toby Moffitt n'était que la pointe d'un iceberg sous lequel se cachait un énorme problème de responsabilité médicale. Cette stratégie lui amena de nouveaux clients.

L'une des premières initiatives de Flynn, après le dépôt d'une plainte des Moffitt, fut d'adresser une requête en déposition de documents au cabinet chargé des intérêts du Groupe pharmaceutique Geller – le cabinet Reed, Briggs, Stephens, Stottlemeyer et Compton. Il réclamait tous les documents en possession du groupe concernant les tests et les analyses de l'Insufort, les avertissements diffusés auprès des médecins qui prescrivaient ce médicament, les procès-verbaux des actions en justice déjà intentées, les rapports rédigés par des médecins à propos des effets secondaires imputés au produit, toutes les informations sur le processus de fabrication et tous éléments susceptibles de l'aider à établir un lien entre l'Insufort et les terribles malformations qui affectaient le petit Toby. Les cartons de dossiers dont Susan Webster s'était aimablement déchargée sur Daniel ne contenaient qu'une petite partie de la masse des documents que son cabinet avait transmis au cabinet d'Aaron Flynn depuis le déclenchement de la procédure à l'encontre du Groupe Geller.

Daniel était furieux contre Susan, mais il ne savait rien faire à moitié. Il commença par lire attentivement chaque page de chaque document, mais au bout de quelques heures, son attention faiblit en même temps que son énergie. À trois heures du matin, il ne savait plus très bien ce qu'il lisait. Il rejoignit la petite pièce du vingt-huitième étage réservée aux collaborateurs qui travaillaient la nuit et où se trouvaient un lit, un réveille-matin, une petite cabine de douche.

Le réveil le tira de son sommeil à six heures. Daniel prit une douche, se rasa, et, une chope de café à portée de main, se replongea dans le travail. Il lui restait deux cartons à dépouiller avant huit heures. Il se rappela ce que lui avait dit Susan : il suffisait de parcourir ces documents. Il avait horreur de bâcler, mais le temps pressait. À sept heures trente, il entreprit de tout remettre dans les cartons. Il avait presque terminé quand Renee Gilchrist entra, et vit au premier coup d'œil les cartons posés sur la table et la mine fatiguée de Daniel.

La secrétaire d'Arthur Briggs avait un peu plus de trente ans. Elle était presque aussi grande que Daniel, avec le corps à la fois délié et bien musclé d'une monitrice d'aérobic. Ses cheveux bruns et courts encadraient de grands yeux bleus, un nez droit et des lèvres pulpeuses qu'une moue irritée plissait à cet instant précis.

— Ce sont les documents du Groupe Geller destinés à Aaron Flynn ? demanda-t-elle.

— Oui, un bon million de pages, répondit Daniel dans un état second.

— C'est Susan Webster qui était censée s'en occuper.

Daniel haussa les épaules, un peu gêné. Renee, à l'évidence, avait déjà compris qu'il s'était fait embobiner par Susan.

— Elle était prise, hier soir, et moi je n'avais rien de prévu...

Renee fit mine de sortir, puis s'immobilisa sur le seuil du bureau.

— Vous n'auriez pas dû vous laisser faire.

— Ce n'est pas grave. Comme je vous le disais, elle était prise, et...

— Vous êtes trop gentil, Daniel, dit Renee en secouant la tête.

En poussant son chariot plein de cartons, Daniel se sentait aussi mal à l'aise que s'il avait vu quelqu'un rayer la carrosserie d'une Rolls-Royce Silver Cloud avec ses clés. L'immeuble qui abritait les bureaux de Flynn datait d'avant la Première Guerre mondiale et rien ne laissait deviner, de l'extérieur, la grandeur et la somptuosité du décor que Daniel découvrit au septième étage en poussant la porte de l'ascenseur. Le hall d'accueil monumental occupait à lui seul deux niveaux. Le sol était en marbre noir et brillant, de riches boiseries rehaussées de motifs en bronze doré recouvraient les murs et des colonnes de marbre blanc veiné de bleu soutenaient le plafond. Sur le sol, en plein centre, un médaillon gravé dans le marbre représentait la Justice aux yeux bandés tenant sa balance, avec tout autour, en lettres d'or, la devise JUSTICE POUR TOUS.

Une jeune femme attendait au fond du hall sur une

haute estrade qui tenait plus du trône d'un juge que d'un comptoir de réception. Au moment où Daniel lui demandait où il devait laisser son chargement, le maître des lieux apparut en personne à la porte qui semblait donner sur le sanctuaire. L'homme avec lequel Aaron Flynn discutait calmement avait la stature d'un champion de body-building et le visage buriné de quelqu'un qui passe le plus clair de son temps se déroule au grand air.

— Prévenez-moi dès que vous saurez où cette carte a été utilisée, dit Flynn.

— Comptez sur moi, répondit l'homme qui se dirigeait déjà vers la sortie, en passant près de Daniel.

À la télévision, Aaron Flynn usait de sa voix profonde et mélodieuse pour demander aux téléspectateurs s'ils avaient besoin d'un champion capable de les défendre contre les puissants industriels qui les avaient bernés. « Vous n'êtes pas seul, promettait-il d'un air à la fois calme, résolu et plein de compassion. Ensemble, nous nous battrons, et nous vaincrons. »

Et Flynn n'était pas moins impressionnant en chair et en os. C'était un grand rouquin aux épaules larges dont le visage rayonnait de sincérité et de confiance en lui-même. Ses clients voyaient en lui un sauveur, mais Daniel se méfiait. Au sein de l'équipe qui préparait la défense du Groupe pharmaceutique Geller, Flynn était chargé de réexaminer les expérimentations sur les humains et sur les animaux qui avaient précédé la mise sur le marché de l'Insufort. Tous ces tests avaient conclu à l'absence de nocivité du médicament. Daniel était persuadé que Flynn essayait simplement de gagner quelques millions de dollars avec une affaire montée de toutes pièces.

Cinq ans auparavant, les télés s'étaient fait l'écho d'un fait divers atroce — la mort d'un petit garçon de six ans devant sa maison. La mère jurait que sa voiturette de golf avait bondi en avant alors qu'elle enfonçait la pédale de frein, écrasant ainsi le gamin contre la porte du garage. D'autres victimes de ce phénomène d'« accélération incontrôlée » s'étaient fait connaître. Toutes prétendaient que leur voiturette bondissait en avant au lieu de freiner, sans qu'on puisse l'arrêter.

Aaron Flynn, qui venait tout juste d'ouvrir son cabinet à Portland, avait tiré le gros lot en assurant la défense du premier plaignant victime d'« accélération incontrôlée ». Le jugement obtenu par Flynn, qui condamnait le fabricant des voiturettes à verser plusieurs millions de dollars, avait fait sa réputation. Au bout du compte, l'explication de ces « accélérations incontrôlées » s'était révélée des plus simples. Elles avaient pour cause une erreur humaine et non un défaut de fonctionnement mécanique : les utilisateurs appuyaient sur l'accélérateur au lieu du frein. Mais avant que vérité soit faite, le fabricant avait dû payer des millions de dollars de dommages et intérêts, et des avocats comme Flynn s'étaient empli les poches.

Daniel avait déjà été présenté à Flynn, lors d'une visite de l'avocat à son cabinet, mais cela avait été une présentation de pure forme et Flynn lui avait à peine accordé un regard. Aussi fut-il surpris de le voir lui sourire et l'appeler par son nom :

— Daniel Ames ?

— Oui, monsieur Flynn.

— Si j'en juge par votre mine, vous n'avez pas beaucoup dormi.

— Non, monsieur, répondit Daniel, sur ses gardes.

Flynn hocha la tête d'un air apitoyé.

— Voulez-vous que Lisa vous apporte une tasse de café et un muffin ?

— Je vous remercie, monsieur Flynn, mais je dois retourner au bureau, répondit Daniel, décidé à ne rien accepter de l'ennemi, même si l'offre lui faisait venir l'eau à la bouche.

Flynn sourit pour montrer qu'il comprenait. Puis se pencha sur les cartons à dossiers empilés dans le chariot.

— Si je comprends bien, c'est vous qu'Arthur a fait trimer là-dessus. Vous ne vous attendiez peut-être pas à ça, à l'époque où vous planchiez sur les textes de Holmes et Cardozo à Yale ?

— J'ai fait mes études à l'université d'État de l'Oregon.

Flynn sourit.

— Alors il a fallu que vous soyez sacrément bon pour vous faire une place entre les fils et les filles à papa de l'Ivy League. Moi-même, j'ai eu mon diplôme à l'université d'État de l'Arizona.

Et de soupirer, avec un nouveau coup d'œil aux cartons.

— Figurez-vous qu'au moment où j'ai déclenché la procédure Moffitt contre le Groupe Geller, nous avions ici comme avocats deux associés et six collaborateurs. Mais comme votre client a eu l'amabilité de répondre aussi généreusement à ma requête en déposition de documents, je vais être obligé de louer un étage supplémentaire et d'embaucher une demi-douzaine de nouveaux collaborateurs, une dizaine d'assistants et huit intérimaires pour travailler sur mon petit différend avec ce fichu Groupe Geller.

— Vous me donnez du travail, à moi aussi, monsieur Flynn, plaisanta Daniel, histoire de ne pas rester muet.

Quelque chose, chez Flynn, l'incitait à prolonger la conversation.

— C'est assez souvent, semble-t-il, que vous croisez le fer avec le cabinet Reed, Briggs.

— En effet, répondit Flynn en riant. Prévenez-moi

le jour où vous n'en pourrez plus de trimer pour défendre les intérêts de ces sales industriels, et déciderez de travailler pour de justes causes. J'ai eu grand plaisir à vous revoir !

Il lui tendit la main. Daniel se retourna en entendant la porte de l'ascenseur qui s'ouvrait.

— Ne partez pas, Ames. Je veux d'abord vous présenter quelqu'un.

Lâchant la main de Daniel, il le conduisit vers l'entrée des bureaux. Une femme d'une trentaine d'années, l'air hagard, retenait la porte de l'épaule en poussant un landau dans le hall. Le bébé, dans le landau, avait environ six mois. Comme il baissait la tête, Daniel ne vit pas son visage. Flynn les salua :

— Alice, comment allez-vous ? Et notre petit Patrick ?

En entendant son nom, le bébé releva la tête. Il avait une tignasse de cheveux blonds couleur de foin coupé et des yeux bleu ciel mais, en dessous des yeux, plus rien n'allait. À la place de la bouche s'ouvrait un trou, une cavité si profonde que Daniel vit la salive qui humectait le fond de sa gorge. La narine gauche était normale, mais la lèvre supérieure remontait directement jusqu'à la narine droite qu'elle étirait affreusement. Patrick aurait pu être un adorable bambin, mais son palais malformé faisait de lui un personnage de film d'épouvante.

Flynn s'agenouilla près du landau et tendit la main pour ébouriffer les cheveux de Patrick. Le bébé émit un son bizarre entre le râle et le sifflement, sans rapport avec le gentil gazouillis des enfants de son âge. Daniel s'efforçait de ne rien laisser voir de l'horreur que lui inspirait le malheureux enfant, et se sentait affreusement coupable.

— Daniel, je vous présente Patrick Cummings, dit Flynn d'un ton aimable, tout en épiant la réaction du jeune avocat. Et voici Alice Cummings, sa maman.

Elle a eu le malheur de prendre de l'Insufort pendant sa grossesse.

— Enchanté, madame Cummings, dit Daniel en s'efforçant de rester naturel.

Mais la mère de Patrick n'était pas dupe. Elle avait déjà vu que Daniel ne pouvait pas regarder son fils, et elle ne parvenait pas à cacher sa tristesse.

Daniel était plus que gêné. Il n'avait qu'un désir : s'en aller au plus vite, mais il se força à dire au revoir et repartit vers l'ascenseur à pas lents, pour que la malheureuse ne croie pas qu'il se sauvait. Dès que les portes de l'ascenseur se furent refermées, il se laissa aller contre la paroi de la cabine. Jusque-là, les enfants dont il était question dans le dossier Geller n'avaient été que des noms sur du papier, mais Patrick Cummings était un être de chair et de sang. Pendant la descente vers le rez-de-chaussée, Daniel songea à ce qu'allait être l'existence de cet enfant. Aurait-il jamais des amis ? Trouverait-il une femme pour l'aimer ? Ou bien sa vie était-elle finie avant d'avoir commencé ?

Et il y avait une autre question qui exigeait une réponse : l'Insufort était-il responsable du malheureux destin du jeune Patrick Cummings ?

# 4

Irene Kendall s'était fait draguer par le micheton au bar du Mirage peu avant huit heures du soir. Comme il venait de gagner un gros paquet d'argent au 421, il pensait que c'était son jour de chance et ne touchait plus terre. Elle l'écouta gentiment raconter ses prouesses au jeu et, quand l'alcool commença à faire son effet, laissa entendre qu'elle ne serait pas contre une partie de jambes en l'air. Puis elle attendit qu'il soit bien chaud pour lui expliquer qu'il avait affaire à une professionnelle, et lui indiquer ses tarifs. Le micheton se mit à rire et lui répondit que c'était le groom qui l'avait aiguillé sur elle. D'ailleurs, ajouta-t-il, il préférait coucher avec des putes.

Le micheton avait réglé d'avance et lui avait donné un pourboire après, sans la brutaliser ni lui demander des trucs bizarres. La seule ombre au tableau, c'était ce motel, en réalité une maison de passe de la basse ville, où la chambre se louait à l'heure. De nombreux clients d'Irene logeaient dans les chambres chics du Mirage ou dans d'autres casinos haut de gamme sur le boulevard, et ce motel était vraiment moche. Enfin, question propreté, il n'y avait rien à redire, et, comme le micheton s'était contenté d'une baise rapide, elle ne s'était pas donné grand mal pour gagner son argent. Au moment où elle s'apprêtait à partir, il lui avait dit qu'elle pouvait garder la chambre car il devait filer à l'aéroport. Elle avait accepté l'offre et s'était endormie très vite.

Elle n'entendit pas qu'on forçait la serrure et ne se douta pas qu'il y avait quelqu'un avec elle dans la chambre avant qu'une main gantée s'abatte sur sa bouche. Elle ouvrit brusquement les yeux et voulut s'asseoir, mais le canon d'un revolver appuyé sur son front la fit retomber sur l'oreiller.

— Si tu cries, je te tue. Réponds, si tu tiens à ta peau. Hoche la tête, si tu as compris.

Elle vit, à la faible lueur projetée par l'enseigne au néon qui clignotait dehors, que l'homme portait une cagoule. Elle hocha la tête, lentement, et la main gantée se retira, lui laissant un goût de cuir sur les lèvres.

— Où est-il ?

— Parti, dit-elle d'une voix étranglée par la terreur.

— Fais ta prière, salope, dit l'homme à voix basse.

Irene entendit le déclic du cran de sûreté.

— Je vous en supplie ! Je ne suis pas son amie. Je suis une pro. Je l'ai levé au bar du Mirage. Il m'a baisée, il a payé, et il s'est tiré. Il m'a dit que je pouvais rester ici parce qu'il avait un avion à prendre. C'est tout ce que je sais, je vous le jure !

— Il y a combien de temps qu'il est parti ?

La prostituée jeta un coup d'œil au radio-réveil posé sur la table de chevet.

— Pas longtemps. Un quart d'heure.

Le regard cruel resta fixé un moment sur Irene. Un moment qui lui parut une éternité. Puis le canon du revolver s'abaissa.

— Ne bouge pas.

Il sortit. Irene resta cinq bonnes minutes sans faire un geste. Puis elle se leva d'un bond et se précipita dans la salle de bains pour vomir.

DEUXIÈME PARTIE

# Le canon encore fumant

# 5

L'entrée principale de Reed, Briggs se trouvait au trentième étage d'un immeuble moderne en plein centre de Portland, mais le cabinet occupait plusieurs autres étages. À sept heures et demie du matin, une semaine après avoir livré les documents au cabinet d'Aaron Flynn, Daniel prit l'ascenseur pour rejoindre son bureau du vingt-septième. Pour y accéder, il devait composer son code sur le petit clavier placé à côté des deux panneaux vitrés encadrant la porte verrouillée par un dispositif électronique. Au moment où il levait la main vers le clavier, Daniel vit qu'une sorte de micro était placé juste au-dessus, à côté d'un écriteau sur lequel il lut :

L'ENTRÉE DU CABINET REED, BRIGGS
EST DÉSORMAIS COMMANDÉE PAR UN SYSTÈME VOCAL.
VEUILLEZ PRONONCER VOTRE NOM À HAUTE ET INTELLIGIBLE
VOIX, PUIS DIRE « OUVREZ ».

En y regardant de plus près, Daniel vit que le micro était en réalité une capsule de bouteille de jus de fruits collée à un petit taille-crayon en matière plastique. Les deux objets avaient été peints en noir. Daniel secoua la tête et composa son code. Au déclic, il poussa la porte. Comme il s'y attendait, Joe Molinari se tenait de l'autre côté de la cloison, d'où il surveillait l'entrée à travers le panneau vitré.

— Quel crétin tu fais ! dit Daniel.

Molinari l'attira brusquement derrière la cloison car Miranda Baker, une stagiaire de dix-sept ans employée au service du courrier, venait de sortir de l'ascenseur.

— Regarde !

Miranda commençait à taper son code quand elle vit l'écriteau. Elle hésita un instant, puis dit : « Miranda Baker. Ouvrez ! » Rien ne se passa. Miranda semblait perplexe. Molinari se tenait les côtes.

— Ce n'est pas drôle, Joe. Elle est gentille, cette fille.

— Attends ! insista Molinari en s'efforçant d'étouffer son rire.

— Miranda Baker. Ouvrez ! répéta la jeune fille.

Molinari riait tellement qu'il en avait des larmes aux yeux.

— Je vais lui ouvrir, dit Daniel.

C'est alors que Kate Ross, l'une des enquêtrices du cabinet, sortit à son tour de l'ascenseur. Elle rejoignit Miranda au moment où celle-ci annonçait son nom pour la troisième fois en tirant sur la poignée de la porte.

Kate jeta un coup d'œil à l'écriteau et l'arracha, ainsi que le taille-crayon et la capsule.

— Merde ! fit Joe.

Kate dit quelques mots à la jeune fille. Elles regardèrent Joe et Daniel derrière la vitre. Kate composa son code et ouvrit. En passant devant les deux hommes, elle les fusilla du regard.

Kate Ross, vingt-huit ans, un mètre quatre-vingts, portait avec aisance une chemise bleu clair et un blazer bleu marine sur un jean moulant. Elle fit soudain volte-face et revint se planter devant Joe et Daniel en leur brandissant l'écriteau, la capsule et le taille-crayon au visage. Daniel trouvait qu'avec sa peau foncée, ses grands yeux bruns et les cheveux noirs et bouclés qui lui tombaient sur les épaules, elle ressemblait aux jeunes femmes-soldats israéliennes qu'on voyait parfois à la télévision. Mais elle n'était pas armée de la célèbre mitraillette Uzi, et il s'en félicita ce jour-là sous le regard qu'elle lui décocha.

— C'est à vous, je suppose ?

Joe avait pris un air penaud. Kate se tourna vers Daniel.

— Vous n'avez rien de mieux à faire ? demanda-t-elle, sévère.

— Doucement ! Je n'y suis pour rien, moi ! répondit-il.

Kate parut sceptique. Laissant tomber la capsule, le taille-crayon et l'écriteau dans la corbeille à papier, elle tourna les talons.

— Quelle rabat-joie, celle-là ! s'exclama Molinari dès qu'elle fut trop éloignée pour entendre.

Daniel se précipita derrière Kate, qu'il rattrapa sur le seuil du bureau qu'elle partageait avec une autre enquêtrice.

— Je ne suis vraiment pour rien là-dedans !

Kate prit son courrier, puis leva les yeux sur lui.

— Vos petits jeux de gamins mal élevés ne m'intéressent pas ! dit-elle sèchement.

Daniel rougit.

— Ne me confondez pas avec Joe Molinari. Je ne suis pas né avec une cuillère en argent entre les dents. Je suis un prolétaire comme vous. Je n'ai pas plus apprécié que vous la blague de Joe. J'allais ouvrir à Miranda quand vous êtes arrivée.

— Ce n'est pas ce que j'ai cru comprendre, répondit Kate, sur la défensive.

— Comprenez ce que vous voulez, mais sachez que

je ne suis pas un menteur ! lança Daniel, furieux, en repartant vers son bureau.

Redd, Briggs disposait pour les réunions importantes d'une grande salle aux murs recouverts de boiserie. En s'y rendant, Daniel, dans sa hâte, faillit bousculer Renee Gilchrist.

— Bonjour, Renee, dit-il en s'effaçant pour la laisser passer.

Renee fit quelques pas sur sa lancée, puis se retourna :

— Daniel ?

— Oui ?

— Mr. Briggs a trouvé que vous aviez fait de l'excellent travail avec cette note sur l'affaire Fairweather.

— Ah ? Il ne m'en a rien dit.

— Ne comptez pas là-dessus.

Les associés ne disaient jamais à Daniel ce qu'ils pensaient de son travail. La seule marque d'appréciation consistait à lui en redonner. Et il songea soudain que Briggs avait beaucoup fait appel à lui depuis un mois.

— Merci de m'en avoir parlé.

Renee sourit.

— Allez-y vite. Ils ne vont pas tarder à commencer.

À l'une des extrémités de la salle de conférences, une grande baie vitrée donnait sur la Willamette et, au-delà, Mount Hood et Mount St. Helens. Sur le mur opposé, une peinture à l'huile des gorges de la Columbia trônait au-dessus d'une console en chêne. On avait posé sur la console des pichets en argent pleins de café et d'eau chaude à côté d'un plateau en argent chargé de croissants et de muffins et d'une coupe de fruits.

Le Dr. Kurt Schroeder, l'un des principaux patrons

du Groupe Geller, attendait que commence la déposition. Il était assis, le dos à la baie vitrée, à l'une des extrémités de la monumentale table en merisier. Ses lèvres serrées et sa mine sévère disaient qu'il n'appréciait guère d'être mis ainsi sur la sellette.

Aaron Flynn et trois de ses associés étaient assis à droite de Schroeder. Et à sa gauche se tenait Arthur Briggs, fumeur invétéré de minces cigarettes, qui semblait énervé en permanence. Sa chevelure d'un noir de jais rejetée en arrière dessinait sur son crâne une pointe acérée et ses yeux fureteurs étaient sans cesse en mouvement comme s'il s'était attendu à une attaque sur ses arrières. Non content d'être l'un des avocats les plus redoutés de l'Oregon, Arthur Briggs était aussi un personnage influent dans la politique et la vie sociale, et sur à peu près tous les fronts où les conservateurs menaient bataille. Pour Daniel, c'était sans doute un sociopathe ayant réussi à canaliser ses pulsions dans le domaine juridique plutôt que dans le meurtre en série.

À la gauche de Briggs, se tenait Brock Newbauer, un jeune associé au sourire éclatant sous sa crinière blonde. Brock ne se serait jamais hissé à une telle position dans le cabinet si l'entreprise de construction de son père n'en avait été l'un des plus gros clients.

Daniel s'assit à côté de Susan Webster. Arthur Briggs lui lança un regard exaspéré, mais ne dit rien. Susan griffonna « Tu es en retard » sur son bloc-notes, et le poussa devant Daniel.

— Bonjour, docteur Schroeder, dit Aaron Flynn, avec un sourire aimable.

Daniel sortit son bloc-notes à son tour.

— Bonjour, répondit Schroeder, sans sourire.

— Si vous commenciez par nous décrire vos occupations ?

Schroeder s'éclaircit la gorge :

— Je suis pédiatre, inscrit à l'ordre des médecins, et actuellement premier vice-président et premier conseiller médical du Groupe pharmaceutique Geller.

— Pouvez-vous nous en dire un peu plus sur votre cursus universitaire ?

— J'ai obtenu ma licence à l'université de Lehigh avec une spécialisation en chimie et en biologie. Et mon doctorat à l'école de médecine de l'université de l'Oregon.

— Qu'avez-vous fait ensuite ?

— J'ai travaillé comme interne en pédiatrie à l'université d'État de New York et au centre hospitalier Kings County de Brooklyn. J'ai ensuite été assistant-chef en résidence à l'hôpital pour enfants de Philadelphie.

— Et après ?

— J'ai ouvert un cabinet dans l'Oregon avant de rejoindre le Groupe Geller.

— Aviez-vous à ce moment-là un intérêt particulier dans le domaine des médicaments pour enfants ?

— Oui.

— Pouvez-vous nous décrire vos activités au sein du Groupe Geller ?

— J'ai débuté à la division du développement et de la recherche clinique et j'ai été chargé de responsabilités de plus en plus importantes pour être finalement nommé vice-président des affaires médicales, puis premier vice-président. Je suis depuis huit ans responsable du développement et de la mise sur le marché des produits que nous avons découverts.

— Dont l'Insufort fait partie ?

— Oui.

— Merci. Je voudrais maintenant, docteur Schroeder, que vous m'expliquiez le processus de mise au point et de commercialisation des médicaments, étape par étape, afin de mieux comprendre comment un produit arrive sur le marché. La première étape, si je ne me trompe, consiste à identifier une substance susceptible de présenter un intérêt du point de vue pharmacologique ?

— Oui.

— Et on conduit alors des études précliniques, avec des essais qui ne portent pas sur des êtres humains.

— Oui.

— Mais qui utilisent des animaux.

— Pas nécessairement. Avant de passer aux animaux, on peut étudier les effets du produit sur des tissus, ou des cellules. Procéder, éventuellement, à des simulations informatiques.

— D'accord, mais à partir d'un certain moment vous procédez à ce que vous appelez des études prémédicales pour contrôler à la fois l'innocuité et l'efficacité du produit ?

— Oui.

— Et les résultats de ces études sont transmis à la Federal Drug Administration, la FDA, afin que cet organisme délivre ce qu'on appelle une autorisation d'essais, n'est-ce pas ?

— Oui.

— Que signifie cette autorisation d'essais ?

— Elle consiste en une exemption des règles qui interdisent aux médecins ou aux laboratoires de délivrer à des patients hospitalisés des produits qui n'auraient pas été approuvés par la FDA. Elle permet donc de procéder à des essais thérapeutiques sur des êtres humains.

— Puis-je en conclure que vous avez été, en tant que premier conseiller médical du Groupe Geller, informé des résultats des essais cliniques et précliniques effectués pour établir que l'Insufort était un médicament efficace et sans danger pour les humains ?

— Enfin... J'ai certainement reçu ces comptes rendus.

Flynn sourit à Schroeder.

— Dois-je entendre cela comme un « oui » ?

— Objection ! intervint Briggs, se manifestant pour la première fois. Le Dr. Schroeder n'a pas dit qu'il avait lu chacun des comptes rendus et des documents en question.

— En effet, dit Schroeder.

— Bien. Le Groupe Geller a-t-il effectué, oui ou non, des essais précliniques sur des rongeurs ?

— Oui.

— Et vous avez eu connaissance des résultats de ces essais ?

— Oui.

— Et il y en a eu également sur des primates, des guenons porteuses de fœtus ?

— Oui.

— Et vous avez eu connaissance des résultats ?

— Oui.

— Et il y a eu ensuite une première phase d'essais cliniques sur des humains ?

— Oui.

— Et vous en connaissez les résultats ?

— Oui.

— Dites-moi, docteur Schroeder, a-t-on relevé des cas de malformations congénitales après traitement à l'Insufort lors de ces essais cliniques ou précliniques ?

— Non, monsieur. Il n'y en a pas eu.

Flynn parut surpris :

— Aucun cas ?

— Aucun.

Flynn se tourna vers la jeune femme assise à sa droite. Elle lui tendit une feuille. Il la parcourut des yeux avant de s'adresser à nouveau au Dr. Schroeder :

— Et l'étude du Dr. Kaïdanov ?

Ce fut au tour de Schroeder d'avoir l'air surpris.

— Vous avez bien parmi votre personnel médical un certain Dr. Sergueï Kaïdanov ?

— Le Dr. Kaïdanov ? En effet, il travaille pour le laboratoire.

— Il fait bien partie de la division recherche et développement ?

— Je crois que oui.

Sur un signe de tête de Flynn, l'associé assis à sa droite prit le document que l'avocat tenait à la main pour le tendre au témoin.

— Je demande à ce que ceci soit enregistré comme le document 234. J'en ai remis une copie au Dr. Schroeder et à son conseil.

— Où avez-vous pris ça ? demanda Briggs, après avoir parcouru le texte.

Flynn sourit, en montrant Daniel.

— Je l'ai trouvé parmi les documents que ce jeune homme m'a apportés il y a quelques jours.

Tous les regards convergèrent vers Daniel mais il ne s'en rendit pas compte, car il lisait le document 234, qui se présentait comme une lettre adressée par le Dr. Sergueï Kaïdanov à George Fournet, l'avocat attitré du Groupe Geller au sein du cabinet.

*Cher Mr. Fournet,*

*Les résultats des essais de thalglitazone (appellation commerciale : Insufort) que nous avons effectués sur des primates porteuses de fœtus m'inquiètent fortement. Nous avons étudié les effets d'une dose de cent microgrammes par kilogramme, administrée pendant dix jours (par voie orale) à partir du trentième jour suivant la conception, sur quarante femelles rhesus. Les premiers résultats sont frappants — dix-huit singes nouveau-nés (45 %) porteurs de malformations maxillo-faciales, graves dans un certain nombre de cas, les plus sérieuses affectant le palais et la lèvre supérieure. Je m'explique mal comment de tels phénomènes ont pu passer inaperçus lors des essais sur des rongeurs, mais nous savons tous que cela se produit parfois.*

*Cette lettre et les comptes rendus que j'y joins ont pour objet d'attirer votre attention sur des résultats qui, me semble-t-il, seront pris en compte dans la perspective des phases d'essais II et III sur des sujets humains. Je vous ferai parvenir une analyse anatomique et biochimique détaillée dès que j'aurai complété mon étude.*

Daniel était stupéfait. Il y avait dans la lettre de Kaïdanov de quoi faire voler en éclats la défense du Groupe Geller, et Aaron Flynn venait de dire à Arthur Briggs que c'était lui, Daniel Ames, qui lui avait mis cette arme entre les mains.

# 6

Pendant que Daniel, muet de stupéfaction, lisait la lettre de Kaïdanov, les doigts de Susan Webster couraient sur le clavier de son ordinateur.

— J'ai quelques questions à vous poser au sujet de ce document, docteur Schroeder, dit Aaron Flynn, sans se départir de sa cordialité.

Susan se glissa à côté d'Arthur Briggs pour lui montrer ce qu'elle venait d'appeler sur l'écran de son ordinateur.

— Objection ! s'écria Briggs. Ce document relève d'un échange confidentiel entre le Dr. Kaïdanov et son avocat et il vous a été transmis par inadvertance. Vous aviez une obligation éthique de le retourner sans en prendre connaissance.

Flynn laissa fuser un petit rire.

— Arthur, il s'agit du compte rendu des résultats d'un essai préclinique sur des singes rhésus. Votre client, sans doute sur vos conseils, a demandé à ses chercheurs de transmettre tous leurs résultats à leur avocat. Vous pouvez toujours soulever cette objection au fait que nous l'avons découvert, mais la manœuvre est trop grossière pour qu'on la prenne au sérieux !

— Vous verrez si vous ne la prendrez pas au sérieux, quand je vous ferai comparaître devant le conseil de discipline du barreau !

— Faites ce que vous voudrez, Arthur, laissa tomber Flynn, un sourire aux lèvres.

Il adressa un signe de tête à l'un de ses assistants et celui-ci fit glisser plusieurs copies sur le bois poli de la table.

— Veuillez noter au procès-verbal la requête que je viens d'adresser à Mr. Schroeder et à son avocat de produire tous les documents concernant le travail du Dr. Kaïdanov, et ma demande pour une déposition du Dr. Kaïdanov et de Mr. Fournet.

Puis se tournant vers le témoin :

— Je voudrais maintenant, docteur Schroeder, vous poser quelques questions à propos de l'étude conduite par le Dr. Kaïdanov.

— Pas un mot ! lança Briggs au témoin.

— Arthur ! Le Dr. Schroeder est sous serment et nous sommes au milieu de sa déposition.

Le ton de Flynn, calme et condescendant, fit monter d'un cran la tension artérielle d'Arthur Briggs.

— Qu'on m'appelle le juge Norris, je veux lui parler tout de suite ! (Une veine semblait sur le point d'éclater à la tempe de Briggs.) À lui de décider si le Dr. Schroeder doit vous répondre. D'ici là, vous n'en obtiendrez plus un mot !

— Appelez donc le juge, dit Flynn avec un haussement d'épaules.

Daniel entendait à peine ce qui se disait entre les deux hommes. Il se revoyait classant et étudiant ces papiers et une question l'obsédait : comment cette lettre avait-elle pu lui échapper ? Certes, il s'était contenté de parcourir nombre de documents, mais il cherchait tout particulièrement à repérer ceux qui étaient juridiquement non communicables. Une lettre adressée à un avocat aurait dû lui sauter aux yeux. Il lui semblait impensable qu'il ne l'ait pas remarquée, et c'était pourtant ce qui s'était passé. Personne n'était parfait, mais de là à commettre une erreur aussi lourde de conséquences...

Dès que le juge Norris fut en ligne, Flynn et Briggs lui exposèrent tour à tour leurs arguments. Mais le juge était trop occupé pour statuer dans l'instant sur une question à ce point délicate. Il dit aux avocats de suspendre l'audition de Schroeder en attendant sa décision, et demanda à chacun de lui remettre une note écrite avant la fin de la semaine.

Briggs attendit que Flynn et sa suite aient quitté la salle, puis il se tourna vers Schroeder et lui brandit la lettre de Kaïdanov au visage.

— Qu'est-ce que c'est, Kurt ?

— Je n'en sais rien, Arthur, répondit le patron du Groupe Geller, visiblement aussi secoué que son avocat. Je n'étais pas au courant, je n'ai jamais vu cette lettre.

— Mais ce type, ce Kaïdanov, vous le connaissez ?

— Je sais qui il est. Il travaille à la division recherche et développement. Mais je ne le connais pas personnellement.

— Et il fait des essais sur ces singes ?

— Non. Pas à ma connaissance.

— Que voulez-vous dire : « pas à ma connaissance » ? Vous ne me cachez pas quelque chose, j'espère ? Cette lettre peut coûter des millions de dollars à votre groupe, si vous avez de la chance, et le couler définitivement si vous n'en avez pas.

Schroeder transpirait.

— Je vous le jure, Arthur, je n'ai jamais entendu parler de la moindre étude ayant produit de tels résultats. Pour qui nous prenez-vous ? Croyez-vous que si j'avais eu vent d'une chose pareille à propos de l'Insufort, j'aurais autorisé des tests sur les humains ?

— Il faut que je voie Kaïdanov et Fournet immédiatement, dès cet après-midi, dit Briggs.

— J'appelle tout de suite mon bureau pour qu'on les prévienne.

Pendant que Schroeder composait le numéro, Briggs se tourna vers Daniel, qui se faisait aussi discret que possible dans l'espoir de passer inaperçu. Il lui tendit une copie de la lettre de Kaïdanov.

— J'attends vos explications, Ames, dit-il, avec un calme plus effrayant que les cris que redoutait le jeune avocat.

— Je... hum... monsieur Briggs, je ne l'avais pas vue avant ce matin.

— Vous ne l'aviez pas vue, répéta Briggs, glacial. Flynn a menti, alors, en disant que vous la lui aviez remise ?

Daniel se tourna vers Susan. Elle évita son regard, mais son anxiété était visible. Daniel regarda Briggs.

— Alors ? demanda Briggs, un ton plus haut.

— Ce n'est pas ce que je voulais dire, monsieur Briggs. On m'a demandé d'examiner cinq gros cartons à dossiers contenant les documents fournis par le Groupe Geller suite à la requête de Mr. Flynn. (Daniel fut le seul à entendre le discret soupir de soulagement exhalé par Susan.) C'était en début de soirée et je devais remettre les documents avant huit heures du matin. Il y avait environ deux mille feuillets. J'ai passé la nuit au bureau. J'y ai même dormi. Mais il y avait un trop grand nombre de pages pour qu'on puisse les examiner une à une dans ce laps de temps.

— C'est votre excuse ?

— Ce n'est pas une excuse. Personne n'aurait pu faire ce travail en quelques heures.

— Vous n'êtes pas « personne », Ames. Vous êtes un collaborateur du cabinet Reed, Briggs.

— Monsieur Briggs, je suis désolé, mais...

— Ma secrétaire s'occupe du rendez-vous, annonça Schroeder en raccrochant.

Au grand soulagement de Daniel, son intervention détourna l'attention de Briggs.

Schroeder se plongea à nouveau dans la lettre de Kaïdanov. Puis releva la tête, l'air sombre.

— Ceci est un faux. Aucune de nos études n'a produit de tels résultats, dit-il avec force. J'en suis absolument certain !

— J'espère que vous ne vous trompez pas, Schroeder. Si le juge Norris décide que cette lettre doit être versée au dossier et produite devant le tribunal, et que nous ne pouvons pas prouver qu'il s'agit d'un faux, vous, et tous vos collègues du Groupe Geller, irez vendre des stylos sur le trottoir !

Briggs se leva pour raccompagner Newbauer et Schroeder vers la sortie. Daniel était resté en arrière, avec l'espoir de se faire oublier, mais Briggs se retourna sur le seuil avec un regard méprisant.

— Je vous verrai plus tard, Ames.

La porte se referma et Daniel resta seul dans la grande salle de conférences.

# 7

Daniel attendit tout l'après-midi que s'abatte le couperet. Vers deux heures, il composa le numéro de Susan pour tenter de savoir ce qui se passait, mais la secrétaire lui répondit qu'elle était en rendez-vous avec Arthur Briggs dans les bureaux du Groupe Geller. Une heure plus tard, ayant compris qu'il ne parviendrait pas à travailler, Daniel rentra dans son deux pièces au troisième étage sans ascenseur d'un vieil immeuble en brique au nord-ouest de Portland. L'appartement était petit, et chichement meublé avec ce que Daniel avait rapporté de son studio d'étudiant. Il avait pour seul avantage d'être situé près des Vingt et Unième et Vingt-Troisième Rues, dans un quartier populeux plein de restaurants et de magasins. Mais il aurait pu être en plein Paris ce jour-là, Daniel ne s'en serait pas aperçu. Arthur Briggs allait le renvoyer. Il en avait la certitude. Et ce serait la fin de tout ce qu'il avait eu tant de peine à obtenir, à cause d'une simple feuille de papier.

Quelque chose le tracassait. Sa crainte d'être renvoyé était telle qu'il lui fallut attendre d'être couché, les yeux fermés, pour se rendre compte de ce que signifiait réellement la lettre de Kaïdanov. Jusque-là, Daniel avait été persuadé que la plainte déposée par Aaron Flynn au nom de Toby Moffitt, Patrick Cummings et d'autres victimes supposées de l'Insufort était sans fondement.

Et s'il s'était trompé ? S'il se révélait que le Groupe Geller avait vendu en toute connaissance de cause un produit dangereux pour les bébés ? Daniel faisait partie d'une équipe chargée de défendre ce groupe pharmaceutique. Si celui-ci était sciemment responsable de l'horreur qu'il avait eue sous les yeux en rencontrant Patrick Cummings, alors Daniel se rendait complice d'une action criminelle en travaillant à cette défense.

Il passa la nuit à se tourner et à se retourner dans son lit, et la sonnerie du réveil le trouva épuisé. En arrivant chez Reed, Briggs, il était certain que tout le monde était maintenant au courant de la bourde qu'il avait commise. Il se débrouilla pour prendre l'ascenseur et arriver jusqu'à son bureau sans rencontrer quiconque, mais à peine s'asseyait-il que Joe Molinari entra, et les choses ne firent qu'aller de mal en pis.

— Bon Dieu, mais qu'est-ce que tu as fait ? demanda Molinari à voix basse, dès que la porte se fut refermée sur lui.

— De quoi veux-tu parler ? répliqua Daniel, à cran.

— Il paraît que Briggs a dans le cul une épine grosse comme une maison et que c'est toi qui l'as plantée !

— Merde.

— C'est donc vrai !

Daniel se sentit profondément accablé.

— Que s'est-il passé ?

— Je n'ai pas envie d'en parler.

— Écoute, mon vieux, je suis là pour t'aider.

— J'apprécie. Mais je préférerais rester seul pour le moment, c'est tout.

— Très bien, dit Molinari en se levant, à regret. Mais rappelle-toi ce que je t'ai dit. Si je peux faire quoi que ce soit, appelle-moi.

Molinari sortit. Daniel se sentait à bout de forces,

et la journée ne faisait que commencer. Il se dit soudain qu'il n'avait pas encore parlé avec Susan des raisons de son fiasco. Si elle allait dire à Briggs qu'elle en était en partie responsable, ça l'aiderait peut-être. Et, à en juger par la façon dont Molinari venait de lui parler, toute aide était bonne à prendre. Le bureau de Susan se trouvait à l'autre extrémité du couloir. Avec son chemisier beige et son pantalon gris, elle semblait aussi fraîche et dispose qu'une femme qui vient de dormir vingt-quatre heures d'affilée.

— Susan ?

— Ah, oui, bonjour !

— Tu as une minute ?

Tout en parlant, il se dirigeait vers un fauteuil.

— À vrai dire, non. (Daniel s'immobilisa.) Arthur m'a donné un boulot urgentissime.

— Il faut vraiment qu'on se parle.

— Ce n'est pas le moment, dit-elle d'un ton ferme.

Son sourire était maintenant un peu plus forcé.

— J'espérais t'entendre dire à Arthur que tu étais censée vérifier ces documents.

Susan parut étonnée, comme si cette idée ne lui était absolument pas venue à l'esprit.

— Mais pourquoi ?

— Pour qu'il sache qu'il s'agissait d'un gros boulot et que je m'y suis mis à la dernière minute, répondit Daniel en s'efforçant de rester calme.

— J'étais peut-être censée vérifier les documents, mais c'est toi qui l'as fait, dit Susan, sur la défensive. Ça ne servirait à rien de le dire à Arthur. Sinon à me créer des ennuis à moi aussi.

— Je me sentirais moins seul face à Briggs s'il savait qu'on s'y est mis à deux pour faire cette boulette.

Susan s'agita derrière son bureau.

— *Je* n'ai pas touché à ces documents. *Tu* as laissé passer cette lettre sans la voir.

— Tu en aurais fait autant. Et Briggs aussi.

— D'accord, acquiesça Susan, très vite. Écoute, il ne va rien t'arriver de grave. Arthur se met vite en colère, mais il va penser à autre chose et oublier que c'est toi qui as transmis la lettre.

— Tu parles !

— Ou bien il comprendra. Il se rendra compte que cette lettre était une aiguille dans une meule de foin et que personne ne pouvait l'y repérer à moins d'un coup de chance extraordinaire. Tu n'as pas à t'en faire.

— C'est toi qui n'as pas à t'en faire, dit Daniel, un rien amer. Il ne risque pas de te virer.

Susan semblait légèrement mal à l'aise.

— Il faut vraiment que j'en finisse avec ce travail. C'est la recherche d'admissibilité pour la lettre de Kaïdanov. Tu veux bien qu'on remette cette discussion à plus tard ?

— Quand je serai au chômage ?

— Je dis ça sérieusement, Daniel. Je t'appelle dès que j'ai un moment de libre.

Daniel ne parvenait pas à concentrer son attention sur la plaidoirie qu'il préparait. Ses pensées le ramenaient inexorablement à l'affaire de l'Insufort. Il ne pouvait pas croire que le Groupe Geller ait vendu en pleine connaissance de cause un produit susceptible de provoquer les horribles malformations qu'il avait vues dans le bureau d'Aaron Flynn. Il connaissait les patrons de Geller. Ces gens-là n'étaient pas des monstres. Les résultats des essais consignés par Sergueï Kaïdanov étaient forcément une anomalie.

Abandonnant sa tâche, Daniel ouvrit le gros classeur qui contenait les comptes rendus de toutes les études sur l'Insufort. Il commença par le premier et les examina tous, à la recherche d'un indice. Quand ce fut terminé, il était presque une heure de l'après-midi. Daniel se souvint soudain de la promesse que lui avait faite Susan de l'appeler dès qu'elle aurait achevé son travail. Il l'appela, et la secrétaire lui dit que Susan était absente pour la journée. Il n'en fut pas surpris. Il savait dans son for intérieur que Susan ne ferait rien pour lui venir en aide. S'il voulait rester chez Reed, Briggs, c'était à lui de se débrouiller — mais comment ?

Il se mit à rire. La réponse s'imposait. Sergueï Kaïdanov avait rédigé le compte rendu qui menaçait de réduire à néant la défense de Geller. Il s'était trompé quelque part. Si Daniel pouvait découvrir pourquoi ses résultats étaient entachés d'erreurs, il sauverait la défense du Groupe et, peut-être, sa propre tête.

Daniel appela le laboratoire Geller et on lui passa la réceptionniste de la division recherche et développement.

— Le Dr. Kaïdanov n'est pas là, répondit-elle.

— Quand revient-il ?

— Je ne le sais pas.

— Je suis avocat chez Reed, Briggs, Stephens, Stottlemeyer et Compton, le cabinet qui représente le Groupe Geller, et j'ai besoin de parler au Dr. Kaïdanov à propos d'une action en justice intentée contre votre groupe. C'est important.

— Je dois transmettre au Dr. Schroeder tous les appels concernant le Dr. Kaïdanov. Voulez-vous que je vous passe son bureau ?

— Non, je ne veux pas embêter le Dr. Schroeder. Je sais combien il est occupé. Je préférerais parler directement au Dr. Kaïdanov.

— Ce n'est pas possible. Il n'est pas ici, et on ne l'a pas vu depuis plus d'une semaine.

— Il est en vacances ?

— Je ne sais rien à ce sujet. Il faut demander au Dr. Schroeder. Voulez-vous que je vous le passe ?

— Non. Très bien. Merci.

Daniel appela la compagnie du téléphone, pour apprendre que le numéro de Sergueï Kaïdanov était sur liste rouge. Il réfléchit un instant, puis rappela le Groupe Geller et demanda, cette fois, le service du personnel.

— Je cherche l'adresse et le numéro de téléphone du Dr. Sergueï Kaïdanov, dit-il. Il travaille à la division recherche et développement.

— Je ne peux pas vous communiquer ces informations au téléphone.

Daniel était désespéré. Il fallait qu'il trouve ce Kaïdanov.

— Écoutez, dit-il d'un ton décidé. Ici George Fournet, avocat. Nous venons de recevoir une citation à comparaître pour le Dr. Kaïdanov. Il n'est pas à son bureau et je dois le joindre de toute urgence. S'il ne se présente pas, il risque une condamnation pour outrage à magistrat. J'ai devant moi le coursier chargé de délivrer la citation à comparaître, mais il ne sait pas où la déposer.

— Je ne suis pas certaine...

— Quel est votre nom ?

— Bea Twiley.

— Avez-vous bien entendu le mien, mademoiselle Twiley — George Fournet ? Je suis responsable du service juridique et je n'ai pas de temps à perdre au téléphone ! Préférez-vous aller vous-même devant le tribunal et expliquer au juge Ivan Norris pourquoi vous êtes là à la place du Dr. Kaïdanov ?

# 8

Il était un peu plus de trois heures de l'après-midi quand Daniel parvint au bungalow gris et sinistre que Sergueï Kaïdanov occupait dans un quartier misérable à l'est de la Willamette. La peinture de la façade s'écaillait et la pelouse n'avait pas été tondue depuis un certain temps. Ce n'était pas le genre d'habitation qu'il aurait imaginée pour un chercheur employé dans une entreprise aussi prospère que le Groupe Geller.

Le temps s'était gâté et il n'y avait pas âme qui vive dans la rue. Daniel se gara un peu plus loin, et examina la maison. Les stores étaient baissés aux fenêtres de la façade, et les journaux accumulés sous le porche montraient qu'il n'y avait personne. Il s'engagea dans l'étroite allée qui conduisait à la porte, et frissonna en courbant les épaules sous les rafales. Il sonna à trois reprises, sans obtenir de réponse. Il souleva le volet métallique de la boîte aux lettres pour regarder à l'intérieur de la maison. Le courrier jonchait le sol.

Daniel suivit un sentier dallé qui contournait le bungalow. Une clôture basse fermait le jardinet à l'abandon. Il poussa le portail et s'approcha de la porte donnant sur l'arrière. À la fenêtre de la cuisine, les stores étaient baissés. Il frappa plusieurs fois, puis tourna la poignée. La porte s'ouvrit. Comme il s'apprêtait à appeler, il découvrit le chaos qui régnait dans la cuisine. Les portes des placards étaient ouvertes, les tiroirs renversés et leur contenu répandu sur le carrelage. Il parcourut la pièce du regard. Il y avait une couche de poussière sur toutes les surfaces planes. L'évier débordait de vaisselle sale. Daniel se fraya un chemin jusqu'au réfrigérateur en piétinant des éclats de verre et de la vaisselle cassée, et l'ouvrit. Une odeur aigre lui sauta au nez. Un morceau de fromage gisait sous une fourrure de moisissure gris-vert. Daniel décapsula une bouteille de lait et fronça les narines.

Un living-room attenait à la cuisine. À l'exception d'une luxueuse chaîne stéréo arrachée à son habitacle, le reste du mobilier était de seconde main. Parmi les disques éparpillés à ses pieds, Daniel vit beaucoup de musique classique et un peu de jazz.

Une bibliothèque occupait tout un mur, mais on avait jeté à travers la pièce les livres qu'elle contenait. La plupart avaient un contenu scientifique — chimie, microbiologie. Daniel remarqua aussi quelques romans très populaires et plusieurs ouvrages consacrés aux jeux et aux mathématiques.

Le contenu du petit meuble-bar était répandu sur le sol parmi les livres et les disques. C'étaient surtout des bouteilles de scotch, vides pour la plupart. Le meuble était lui aussi recouvert de poussière, et la photographie d'un homme d'une quarantaine d'années, en tenue de sport, était posée dessus. L'homme avait à son côté une jolie fille vêtue d'une robe de plage qui ne cachait pas grand-chose de ses charmes. Tous deux souriaient à l'objectif. Le cliché, semblait-il, avait été pris devant un casino de Las Vegas.

Daniel se retourna lentement pour inspecter à nouveau la pièce. Ce ne pouvait être une coïncidence. Il y avait forcément un lien entre la disparition de Kaïdanov, la fouille de sa maison et les essais sur les singes.

Un corridor menait à la chambre. Daniel fit quelques pas, s'attendant à trouver un cadavre mutilé. Les draps et les couvertures formaient un tas sur le sol, le matelas du grand lit à deux places avait été déplacé, les tiroirs de la commode vidés, et les chemises, les chaussettes, les sous-vêtements jonchaient le carrelage. Les portes de la penderie, qu'on avait sans doute fouillée également, étaient restées ouvertes.

De l'autre côté du corridor, un bureau. Daniel vit d'autres livres jetés à bas de leur étagère, mais un écran d'ordinateur posé sur la table de travail attira son attention. C'était bizarre de le voir là alors que tout le reste était sens dessus dessous. Il s'assit pour l'allumer. L'écran s'anima aussitôt, mais Daniel ne put aller plus loin — il fallait donner un mot de passe. Si Kaïdanov détenait chez lui des informations sur ses essais, elles se trouvaient dans son ordinateur. Comment y accéder ?

Daniel éteignit l'appareil et tira vers lui l'unité centrale placée sous la table. À l'aide du petit tournevis de son couteau de poche, il dévissa la plaque métallique qui recouvrait l'ordinateur, et la retira. Puis il mit l'appareil sur le flanc, pour voir la carte mère et tout l'appareillage électronique. À côté de la carte mère se trouvait le disque dur, relié à l'appareil par un cordon électrique et un câble à haute tension. Daniel les débrancha et défit deux vis. Puis il remit l'unité centrale d'aplomb et retira encore deux vis. Il put alors faire glisser le disque dur, en douceur, hors de son habitacle. Comme il avait la taille d'un livre mince, il l'enveloppa dans son mouchoir et le fourra dans sa poche.

Daniel referma l'unité centrale mais, à l'instant où il la replaçait sous la table, il se figea en entendant une bouteille rouler sur le plancher. Il se rappela que les bouteilles étaient dans le living-room, ce qui signifiait qu'il était pris au piège puisqu'il lui faudrait le traverser pour atteindre la porte principale ou celle de la cuisine.

Une ombre se détacha sur le mur du couloir. Daniel distingua la visière d'une casquette de base-ball, mais l'ombre était trop indistincte pour lui en dire plus. Il repoussa sans bruit la porte du bureau. L'ombre glissait toujours sur le mur et avançait dans sa direction. Il retint sa respiration. Si l'intrus pénétrait dans la chambre, lui-même aurait une chance de filer par le couloir. Mais si l'autre commençait par le bureau... Daniel dégagea la lame la plus grande de son couteau de poche.

Par l'étroite fente entre la porte et le chambranle, il vit une silhouette, distingua un jean et une veste de cuir. La silhouette s'immobilisa devant la porte, face à lui. L'intrus hésita, puis la porte s'ouvrit à la volée, frappant Daniel en pleine face avec assez de force pour l'étourdir. Avant qu'il ait repris ses esprits, il sentit qu'on lui tordait le poignet en arrière tandis qu'un violent coup de pied lui faisait perdre l'équilibre. Le couteau lui échappa.

Daniel s'écrasa au sol en lançant au passage un coup de poing qui arracha un bref soupir à son agresseur. La main qui lui tenait le bras mollit et il se dégagea, puis parvint à se relever en position accroupie. Un coup de genou l'atteignit au visage. Daniel saisit la jambe de son agresseur, se mit debout sans la lâcher, et la tordit. Son agresseur tomba, entraînant Daniel dont le visage s'écrasa sur la veste en cuir. Il reçut un nouveau coup sur l'oreille. Comme il s'écartait légèrement pour le rendre, il vit la tête de son agresseur et laissa retomber son poing. Bouche bée.

— Kate !

Kate Ross regardait Daniel. Si elle se réjouit de

découvrir que son adversaire n'était pas un psychopathe, elle n'en laissa rien paraître.

— Qu'est-ce que vous fichez ici ? demanda-t-elle, furieuse.

— Je pourrais vous poser la même question, rétorqua Daniel.

— Je travaille sur une affaire pour Arthur Briggs.

— Si c'est Kaïdanov que vous cherchez, il n'est pas là.

Et Kate de frapper Daniel à l'épaule, sans douceur.

— Lâchez-moi.

Ils se relevèrent.

— Comment avez-vous su que j'étais derrière la porte ? demanda-t-il.

— Je vous ai vu la refermer.

— Ah.

— C'est vous, ce foutoir ? dit Kate en parcourant du regard le bureau dévasté.

— C'était comme ça quand je suis arrivé.

Elle sortit dans le corridor, inspecta la chambre. Puis dit :

— Filons d'ici avant que quelqu'un appelle les flics.

Kate et Daniel avaient convenu de se retrouver au Starbuck sur Pioneer Square, en plein centre-ville. Daniel gara sa voiture et choisit une table près d'une fenêtre. Quand Kate arriva à son tour, il sirotait une tasse de café en observant un groupe d'adolescents qui, sans se soucier du froid, jouaient au ballon dans le jardin public.

— J'ai ça pour vous, dit-il en montrant la tasse de café qu'il avait posée à la place de Kate.

— Vous voulez bien m'expliquer les raisons de

votre viol de domicile ? demanda Kate, ignorant l'offre d'armistice.

— Quand vous m'aurez expliqué votre agression avec violence, rétorqua Daniel, agacé par les manières de la jeune femme.

— Quand on vous attaque avec un couteau, ce n'est pas une agression, c'est de la légitime défense.

Daniel regarda le poignet malmené qui lui faisait encore mal.

— Où avez-vous appris cette espèce de judo ?

— J'étais flic à Portland avant de travailler pour Reed, Briggs. (Daniel haussa les sourcils, surpris.) Je suis restée en contact avec la personne qui s'occupe des cambriolages. Je ne sais pas encore si je vais l'appeler ou non.

— Quoi ? Vous voulez vous dénoncer vous-même ? Vous n'étiez pas invitée chez Kaïdanov, que je sache ?

— Raté. Le Groupe Geller est client du cabinet Reed, Briggs. Kurt Schroeder nous a donné une autorisation. Donc, repartons du début. Que faisiez-vous chez Kaïdanov ?

— Vous êtes au courant de ce qui s'est passé lors de la déposition dans l'affaire Geller ? demanda Daniel, à la fois inquiet et gêné.

— Dan, toute la boîte est au courant de votre bourde. On ne parlait que de ça dans les bureaux, hier.

— Vous savez exactement ce qui s'est passé, et pourquoi je suis dans le pétrin ?

Kate secoua la tête.

— On m'a parlé d'un document que vous auriez transmis à Aaron Flynn, mais je n'ai pas eu les détails.

— Vous connaissez le dossier Geller ?

— Seulement un peu. J'ai dit à Briggs que je ne voulais pas travailler là-dessus.

— Pourquoi ?

La dureté de Kate parut un instant l'abandonner.

— Ma sœur a eu un enfant atteint de malformations congénitales. Une petite fille. Ils ont vécu l'enfer, elle et son mari, pour s'occuper de cette gamine.

Elle se pencha sur sa tasse de café et but une gorgée. Quand elle releva la tête, elle avait repris contenance.

— Vous voulez bien que je vous explique un peu de quoi il s'agit ? demanda Daniel.

— Allez-y.

— L'insuline est une protéine hormonale sécrétée par le pancréas qui permet d'assimiler le sucre sous forme de glucose. Elle perd de son efficacité dans cette fonction pendant la grossesse, ce qui peut amener des femmes enceintes à devenir diabétiques. Cette résistance à l'insuline doit être traitée pendant la grossesse car les taux de sucre trop élevés sont toxiques pour le fœtus et peuvent provoquer des malformations. Pour combattre cette résistance, le Groupe Geller a mis au point un traitement au thalglitazone, vendu sous le nom d'Insufort. L'Insufort empêche l'organisme de développer une résistance à l'insuline et prévient le diabète et ses complications.

— Mais il y a des problèmes, n'est-ce pas ? Des malformations chez les nouveau-nés ? dit Kate. Il n'y aurait pas un lien entre l'Insufort et la grande peur de la thalidomide à la fin des années cinquante ?

— Oui et non. Un journal a déjà titré sur « L'Insufort, enfant de la Thalidomide », et il y a un rapport entre les deux. Il existait un médicament du nom de troglitazone qui permettait de lutter contre le problème d'insuline chez les femmes enceintes. Mais on le soupçonne d'avoir provoqué des crises de foie. Les chercheurs de chez Geller ont associé les molécules des deux médicaments pour obtenir un produit qui élimine tout risque de diabète pendant la grossesse.

— Pourquoi les femmes qui prennent ce médicament ont-elles des bébés mal formés ?

— À cause du hasard, ou de leurs avocats.

Kate le regarda avec dégoût.

— Non, c'est vrai, insista Daniel. De nombreuses femmes qui attribuent aujourd'hui les malformations de leur bébé à l'Insufort en ont sans doute pris sans respecter la prescription. Elles en ont peut-être pris de temps en temps, ou irrégulièrement, ou seulement deux ou trois fois, et leur taux de glucose s'est élevé à des niveaux dangereux.

— On dira donc que c'est la faute des victimes.

— Écoutez, Kate. Les femmes, dans leur immense majorité, mettent au monde des bébés normalement constitués, alors que d'autres ont des bébés à problèmes. Dans certains cas, on sait pourquoi. Il y a des antispasmodiques qui provoquent des becs-de-lièvre. Plus les mères sont âgées, plus le risque d'avoir des enfants anormaux est grand. Certaines infections en cours de grossesse peuvent en être la cause. Il y a aussi l'alcool, le tabac, les drogues. Mais dans la plupart des cas, les causes des malformations du fœtus restent mystérieuses. La vérité, c'est qu'on a fait croire aux Américains qu'il n'y avait pas de problème sans solution. (Daniel se pencha en avant pour regarder Kate.) Les Américains n'acceptent pas d'être tout simplement dans la merde. Il leur faut un responsable. Quand on a le cancer, c'est la faute des lignes à haute tension ; quand on écrase quelqu'un, c'est la faute de la voiture. L'affaire de la Bendictine, ça vous dit quelque chose ?

Kate fit non de la tête.

— Les nausées matinales sont un problème pour beaucoup de femmes enceintes. C'est pénible, mais pas mortel. Vous connaissez Charlotte Brontë ?

— L'auteur de *Jane Eyre* ?

— Oui. L'*Hyperemesis gravida* — la nausée matinale — l'a tuée. En 1956, la FDA a autorisé la mise sur le marché de la Bendictine, mise au point par le laboratoire Merrill, pour combattre les nausées matinales. En 1979, le *National Enquirer* annonçait que la Bendictine avait provoqué des malformations du fœtus par milliers.

» La meilleure façon de déterminer s'il y a une relation de cause à effet entre un médicament et un problème de santé, c'est de réaliser une étude épidémiologique. Si le groupe témoin constitué de sujets qui n'ont pas pris le médicament connaît autant de problèmes que celui auquel on l'a administré, alors on peut dire qu'il n'y a sans doute aucune relation entre le médicament et le problème. Toutes les enquêtes épidémiologiques conduites sur la Bendictine ont montré qu'il n'y avait aucune différence statistique entre l'incidence des accidents de naissance constatés dans les deux groupes. Les avocats n'en ont pas moins continué à pousser des femmes vers les tribunaux.

— Les avocats de ces plaignantes avaient certainement des preuves d'une relation de cause à effet entre le médicament et les problèmes de leurs enfants.

— Ils ont fait appel à des experts qui ont truqué les résultats ou réalisé des enquêtes en dehors des conditions de contrôle appropriées. Les plaignantes ont pratiquement toutes perdu leurs procès faute de prouver que la Bendictine était responsable de ces malformations du fœtus. Mais il en a coûté des millions de dollars au laboratoire Merrill pour se défendre. Et pour finir, un produit totalement inoffensif a été retiré du marché à cause de cette publicité négative, et les autres laboratoires n'ont plus osé mettre sur le marché des médicaments contre les nausées de la femme enceinte. En 1990, le *Journal of the American Medical Association* nous apprenait que le nombre d'hospitalisations dues à de graves nausées matinales suivies de vomissements avait doublé depuis la disparition de la Bendictine. Alors, qui a été victime de cette affaire ? Seulement des innocentes.

— Tous les essais avec l'Insufort ont-ils montré qu'il ne présentait pas de risques ?

— Tous, sauf un, répondit Daniel, après une hésitation.

Kate inclina la tête de côté pour fixer sur Daniel un regard attentif en attendant qu'il continue.

— Je suis dans le pétrin parce que, en vérifiant des documents avant de les transmettre à Aaron Flynn, j'ai laissé passer sans la voir une lettre du Dr. Sergueï Kaïdanov. Il était question dans cette lettre d'une série d'essais sur l'Insufort.

— Et... ?

L'image du petit Patrick Cummings traversa l'esprit de Daniel.

— Cette étude révélait une très forte incidence de malformations congénitales chez des guenons ayant reçu du médicament pendant leur grossesse.

— Les gens de chez Geller vous avaient prévenu avant la déposition ?

— Non. Le premier conseiller médical de Geller jure qu'il n'a jamais entendu parler de cette étude.

— Je vois, dit Kate d'un air sceptique.

— Cette lettre de Kaïdanov... Ça ne tient pas debout, Kate ! Le pourcentage de malformations qu'il cite est très important, de l'ordre de quarante pour cent. C'est tellement éloigné des résultats des autres tests qu'il y a forcément quelque chose qui cloche.

— Il y a peut-être quelque chose qui cloche dans les autres tests du laboratoire.

— Non. Je n'y ai trouvé nulle part un lien entre les malformations du fœtus et l'Insufort.

— Peut-être que vous n'en avez pas vu parce que les gens de chez Geller l'ont caché. Vous vous rappelez les affaires d'amiante ? Les industriels de l'amiante avaient enterré toutes les études qui faisaient apparaître une augmentation des cancers chez l'animal. Il a fallu qu'on les attaque en justice pour apprendre qu'ils le savaient depuis des décennies. Les industriels qui produisaient des peintures au plomb ont continué à défendre leurs produits alors que l'empoisonnement au plomb était l'une des principales causes de maladie chez les enfants de moins de six ans, et que les premières publications scientifiques sur les risques d'empoisonnement au plomb datent de 1897. Et ne parlons pas de l'industrie du tabac...

— Enfin, Kate, dans quel camp êtes-vous ? Le Groupe Geller est notre client...

— Notre client vend des médicaments pour faire du fric et je ne serais pas surprise que le Groupe Geller ait planqué l'étude de Kaïdanov si ses résultats étaient aussi catastrophiques que vous le dites. Croyez-vous qu'ils ont commercialisé l'Insufort pour le bien des femmes ? Ces boîtes-là sont dirigées par des hommes, qui ne se gênent pas pour fabriquer des produits douteux utilisés par les femmes. Il y a eu la Thalidomide, le DES — un œstrogène de synthèse censé éviter des fausses couches qui provoquait des cancers du vagin — et le Dalkon Shield...

— Et les avocats jouent sur la compassion qu'on éprouve pour ces femmes et piquent l'argent des industriels dans des procès délirants qui leur rapportent des millions ! s'écria Daniel avec colère. Ils se fichent pas mal de leurs clientes, ou même de savoir si leurs plaintes sont fondées ! Les avocats de la Bendictine espéraient que les jurés seraient épouvantés par les malformations des nouveau-nés, au point d'en oublier que rien ne prouvait que ce médicament en était la cause. Lors des procès intentés aux fabricants d'implants mammaires, les femmes ont bénéficié de la sympathie de l'opinion publique alors que rien n'avait établi de façon probante une relation entre ces implants de silicone et les maladies dont elles souffraient — lupus érythémateux et arthrite rhumatismale.

Kate semblait en avoir assez.

— L'une de mes meilleures amies est devenue stérile après avoir pris du Dalkon Shield. J'ai travaillé sur son procès et j'en ai appris beaucoup sur la façon dont fonctionne l'Amérique des grandes industries. Quand le public découvre qu'un produit est défectueux, l'entreprise a déjà gagné tellement d'argent qu'elle peut acheter les victimes. L'industrie du tabac est tellement riche qu'elle règle ses procès à coups de milliards de dollars et continue à faire des affaires.

» Et ne soyez pas si dur avec les avocats des plaignants. Il leur arrive d'empocher des millions quand ils gagnent un procès, mais quand ils perdent, ils en sont pour leurs frais.

— Vous prenez Aaron Flynn pour un philanthrope ? demanda Daniel.

Mais le cœur n'y était pas vraiment. Il revoyait Flynn ébouriffant la tignasse de Patrick Cummings.

— Qui défendra les pauvres, s'il ne le fait pas ? s'interrogea Kate. Certainement pas Reed, Briggs ! S'il n'y avait pas des avocats comme lui pour se charger de certains dossiers sans demander des fortunes d'avance, seuls les riches pourraient engager des procès. Et ces avocats-là risquent leur propre argent pour payer les frais de justice, qui ne leur sont pas remboursés en cas d'échec. Un bon, un honnête avocat peut tout perdre sur un seul procès. Celui qui a défendu mon amie frappée de stérilité l'a fait pour obliger le laboratoire à retirer de la vente un produit dangereux. Il l'a fait aussi pour Jill. Si l'Insufort défigure des enfants, il n'y a qu'un moyen d'obliger Geller à cesser d'en vendre, c'est de le faire savoir, et pour le faire savoir, il n'y a pas mieux qu'une action en justice.

Daniel, qui retenait sa respiration, laissa échapper un léger soupir.

— Vous avez raison. Désolé. Mais j'ai peur de perdre mon boulot à cause de cette maudite lettre qui m'a échappé. Et je suis certain qu'il y a quelque chose d'anormal dans l'étude de Kaïdanov. On ne s'explique pas comment il aurait pu obtenir de tels résultats en administrant de l'Insufort à des guenons. Voilà pourquoi je voulais le rencontrer. Vous savez qu'on ne l'a pas vu à son travail depuis quelque temps ?

Kate hocha la tête.

— Je n'avais pas l'intention d'entrer dans la maison, poursuivit Daniel. Mais quand j'ai vu qu'elle avait été fouillée, j'ai pensé qu'il était peut-être blessé, ou pis. Et j'ai trouvé quelque chose qui nous aidera peut-être.

Tout en parlant, il avait sorti de sa poche le disque dur enveloppé dans son mouchoir et l'avait posé sur la table. Kate le regardait avec beaucoup d'attention.

— Si l'étude existe, et si Kaïdanov a noté les résultats, on les trouvera peut-être là-dedans.

Kate se mit à rire.

— Vous avez piqué le disque dur de Kaïdanov ?

— Ce n'est pas du vol. Je l'ai fait pour protéger notre client, le Groupe Geller. C'est bien ce que vous disiez vous-même ?

Kate hésita. Daniel se rappela quelque chose à son sujet.

— Attendez. C'était bien vous, l'enquêtrice qui a réussi à entrer dans le disque dur d'un ordinateur d'entreprise pour y retrouver des courriers effacés par un employé, lesquels courriers nous ont permis de prouver un licenciement abusif ?

Kate sourit imperceptiblement.

— Si vous examiniez celui-ci ? continua Daniel.

J'ai essayé d'y entrer, chez Kaïdanov, mais il faut un mot de passe.

— Pourquoi voulez-vous que je le fasse ?

— Je vous ai déjà dit une fois que je n'étais pas né avec une cuillère en argent entre les dents. En vérité, il n'y avait pas la moindre cuillère quand je suis né. Ce travail chez Reed, Briggs, c'est tout pour moi. Briggs aura besoin d'un bouc émissaire si la lettre de Kaïdanov lui fait perdre le procès contre le Groupe Geller, et ce sera moi. Je sais qu'il y a quelque chose qui cloche dans l'étude de Kaïdanov. Si je peux le prouver, je sauve l'affaire, et peut-être ma tête par la même occasion.

— Et si la lettre a dit la vérité ? Si les résultats indiqués sont véridiques ?

Daniel soupira en secouant la tête.

— Dans ce cas, je suis cuit.

Kate se décida. Elle tendit la main vers le disque dur.

— Donnez-moi ça. On va l'emporter chez moi et voir ce qu'on peut en tirer.

# 9

Daniel suivit Kate Ross sur la route aux multiples tournants qui montait vers le quartier de West Hills. Au début, les rues étaient bordées de maisons, puis la forêt se fit de plus en plus présente et les maisons s'espacèrent. Kate habitait au fond d'une voie sans issue, séparée de ses voisins par un demi-hectare de terrain boisé. Sa villa moderne, de bois et d'acier, était perchée au sommet d'une colline dominant la ville.

Il la suivit ensuite jusqu'à la porte d'entrée, le long d'un sentier dallé garni de fleurs. Dans le hall, un escalier montait vers la chambre de la jeune femme. Elle lui fit traverser le living-room et l'espace cuisine-salle à manger. La façade était entièrement vitrée. Daniel jeta un coup d'œil au mobilier luxueux. La grande toile abstraite, au mur du living-room, était une œuvre originale, tout comme le petit tableau représentant un coin de la campagne française. Les fauteuils et le canapé étaient recouverts de cuir et la table à manger en chêne semblait ancienne.

Kate traversa la cuisine et descendit quelques marches pour pénétrer dans un atelier en sous-sol éclairé par des lampes fluorescentes. Les plans de travail courant autour de la pièce étaient encombrés d'écrans, de fils électriques, d'unités centrales et de pièces d'ordinateurs. Un bureau occupait tout un pan de mur sous une série d'étagères chargées de manuels et de revues traitant d'informatique et d'autres sujets scientifiques.

— Vous arrondissez vos fins de mois en réparant des ordinateurs ? demanda Daniel, en souriant.

— Plus ou moins, répondit Kate, en tirant de sa poche le disque dur récupéré chez Kaïdanov.

Après s'être débarrassée de sa veste sur une chaise, elle rejeta ses cheveux en arrière et s'assit devant le grand bureau. Elle inséra le disque dur de Kaïdanov dans le chevalet qui se trouvait devant elle avant de le brancher sur l'un de ses ordinateurs.

— Comment allez-vous faire, sans le mot de passe ? demanda Daniel, inquiet.

— Pas de problème. Pour décrypter des codes secrets, j'ai un logiciel qui n'a pas encore trouvé son maître.

— Où avez-vous appris tout ça ?

— À l'Institut de technologie de l'université de Californie.

Elle se mit à rire en voyant les yeux ronds de Daniel, et poursuivit :

— J'ai été recrutée pour l'unité de recherche informatique de la police criminelle de Portland à ma sortie de fac. Je trouvais ça beaucoup plus amusant que de rester huit heures par jour les fesses sur une chaise dans une boîte high-tech. Maintenant, je travaille à mon compte. Ça paie bien.

Se retournant vers son ordinateur, elle se mit à taper sur le clavier. Au bout d'une minute, elle sourit et secoua la tête.

— Incroyable ! Ils font tous ça. Je m'attendais à mieux, de la part d'un chercheur. Il a pris un mot de passe à six chiffres — sans doute sa date de naissance.

— Vous y êtes ?

Elle hocha la tête :

— Avant tout, je vais faire une copie de cette petite merveille, au cas où.

Tandis que ses doigts couraient sur les touches, des lignes de texte apparurent à l'écran.

— Il y en a pour une minute.

— Pourquoi avez-vous quitté la police pour entrer chez Reed, Briggs ? demanda Daniel, histoire d'alimenter la conversation.

— Ça ne vous regarde pas, Ames, répondit Kate sèchement, en lui tournant le dos sur son siège pivotant.

Daniel fut si surpris par ce brusque changement de ton qu'il en resta sans voix.

— Voilà. Copie terminée, annonça-t-elle, un court instant plus tard, d'une voix redevenue égale, professionnelle. On va appeler les fichiers de Kaïdanov.

Elle se remit à pianoter.

— Les trucs qui restent ne parlent pas de l'Insufort. Si Kaïdanov a enregistré son travail sur les guenons, les fichiers ont sans doute été effacés.

— Merde.

— Ne vous en faites pas. À moins qu'on ait utilisé un logiciel spécial, les fichiers ne sont pas réellement détruits. Ils sont toujours là-dedans, sur le disque dur. Je viens justement de me procurer un logiciel de récupération capable de réveiller les morts !

Elle parlait sans cesser de taper, les yeux rivés à l'écran. Du texte apparut à nouveau. Elle se leva, et fit signe à Daniel de s'approcher pour regarder de plus près.

— Il y a là un paquet de fichiers qui ont été effacés le 4 mars dernier. Prenez ma place et tapez « page suivante » jusqu'à ce que vous trouviez ce que vous cherchez, et on l'éditera.

Daniel s'installa face à l'écran.

— Il y a un tas de choses.

— Donnez-moi quelques mots-clés. J'ai un logiciel de recherche branché.

Daniel réfléchit une minute, puis :

— Essayez Insufort, singes rhésus, primates.

Penchée sur son épaule, Kate frappa quelques touches. Ses cheveux effleuraient le visage de Daniel. Elle sentait bon.

Soudain la lettre de Kaïdanov à George Fournet apparut à l'écran.

— C'est ça ! s'écria Daniel.

Mais son excitation retomba tandis qu'il parcourait les feuillets suivants. Arrivé au dernier, il la regarda d'un air sombre.

— Qu'y a-t-il ? demanda Kate.

— Vous vous rappelez que je ne voulais pas croire ce que j'avais lu dans la lettre de Kaïdanov ?

Elle hocha la tête.

— Eh bien, les fichiers effacés contiennent le détail des essais réalisés par Kaïdanov. Je n'ai fait que les parcourir, mais ils semblent étayer ses conclusions sur la fréquence des malformations congénitales chez les sujets traités à l'Insufort.

— Les résultats qu'il indiquait dans sa lettre étaient donc justes ?

— Ce qui veut dire que j'ai encore aggravé mon cas.

— Mais vous aurez contribué à retirer l'Insufort du marché.

— Et ça m'aura coûté mon gagne-pain.

— Avez-vous vraiment envie de défendre le Groupe Geller parce qu'il vend un produit qui massacre des enfants ?

Daniel ne répondit pas.

— Il y a autre chose qui mérite qu'on y réfléchisse, reprit Kate. Qui a effacé les fichiers de Kaïdanov et fouillé sa maison ? Qui veut empêcher que son étude soit rendue publique ?

Daniel resta muet.

— Le Groupe Geller semble tout désigné.

— Je n'en sais rien.

— Voyez-vous qui d'autre aurait intérêt à faire ça, Dan ?

— Non, vous avez raison. C'est forcément quelqu'un de chez Geller.

Le souvenir du petit Patrick Cummings lui revint à nouveau.

— C'est moche.

— Et peut-être pis que ça. Où est Kaïdanov, d'après vous ?

— N'exagérons pas, Kate. Les gens qui travaillent chez Geller sont des hommes d'affaires, pas des tueurs ! protesta Daniel, sans trop de conviction.

— Revenez sur terre ! Il y a des milliards de dollars en jeu, des milliards de dollars de pertes pour le laboratoire s'il doit retirer l'Insufort du marché. Et n'oubliez pas le procès. Combien croyez-vous que les plaignants toucheront si Aaron Flynn prouve que Geller a commercialisé un produit dangereux en toute connaissance de cause ? Une fois le procès gagné, toutes les femmes qui ont eu des problèmes avec l'Insufort viendront frapper à la porte de Flynn, et le Groupe Geller sera emporté dans des tempêtes judiciaires à répétition.

Kate se tourna vers l'ordinateur et reprit ses recherches pendant que Daniel se demandait ce qu'il allait faire.

— Oui ! s'exclama la jeune femme, quelques minutes plus tard, en montrant l'écran. Les singes, il faut que ça mange. Ceci est une commande de nourriture, et il y a une adresse. Sans doute celle du laboratoire.

Elle s'approcha d'un autre ordinateur.

— Je peux avoir un plan avec l'itinéraire par Internet.

Pendant qu'elle se remettait au travail, Daniel relut l'étude de Kaïdanov. Plus il lisait, plus il se sentait déprimé. Quinze minutes plus tard, Kate lui montra une carte sur laquelle figurait l'itinéraire à emprunter pour se rendre au laboratoire.

— Et j'ai trouvé autre chose, dit Kate. La taxe foncière de la propriété. Le terrain appartient au Groupe Geller.

# 10

Vingt minutes plus tard, Daniel roulait sur une étroite route de campagne, Kate à ses côtés. Le soleil se levait et ils étaient silencieux depuis qu'ils avaient quitté l'autoroute. Tout en conduisant, Daniel lançait de temps en temps un coup d'œil à la jeune enquêtrice qui regardait droit devant elle. Il avait déjà eu deux ou trois fois l'occasion de la consulter et elle l'avait impressionné par son intelligence, mais il ne s'était pas senti attiré par elle. Il la trouvait bien, maintenant, avec sa rudesse. Sans avoir une beauté de mannequin comme Susan Webster, elle était intéressante à regarder. Et mystérieuse, sans aucun doute. Des filles qui programmaient des logiciels de décryptage et avaient d'abord été flics, il n'en connaissait pas d'autre.

— Nous y sommes, dit Kate.

Daniel s'engagea dans une allée de bûcherons sans se soucier de l'écriteau « Propriété interdite ». Les amortisseurs de la vieille Ford n'étaient plus en très bon état et Kate pesta beaucoup dès qu'ils eurent quitté le bitume. Elle pestait encore quand, au sortir d'une courbe, apparut un bâtiment bas. Au moment où ils sortaient de la voiture, le vent tourna, et une odeur bizarre lui fit froncer le nez.

— Qu'est-ce que ça sent ? demanda Daniel.

— Un barbecue, on dirait, répondit Kate.

Le sol était jonché de débris de verre sous une fenêtre qui avait volé en éclats, et la porte était noircie et déformée. Daniel tendit le cou pour regarder à l'intérieur, puis recula brusquement.

— Qu'y a-t-il ? demanda Kate.

— Un cadavre par terre. Sans peau. Comme un squelette.

Kate tendit la main vers la porte, prudemment, au cas où elle serait chaude. Elle toucha le métal du bout des doigts. C'était froid. Elle donna une poussée et la porte s'ouvrit vers l'intérieur. Elle chercha un interrupteur, en trouva un, mais il ne marchait pas.

— Vous avez une torche ?

Daniel en prit une dans la voiture et Kate entra. Il voulut la suivre, mais elle l'arrêta.

— Nous sommes sur les lieux d'un crime. Restez ici et tenez la porte ouverte, ça me donnera un peu plus de lumière.

Daniel s'exécuta, secrètement reconnaissant qu'on lui épargne la vue du cadavre.

Kate s'avança à pas lents vers la pièce qu'elle avait aperçue par la fenêtre et s'arrêta sur le seuil. Le toit s'était en partie effondré et un rayon du soleil couchant en éclairait un angle. Des poutres carbonisées avaient fracassé une table et un téléviseur. Près du téléviseur était posé un ratelier contenant des tubes à essais en plastique que la chaleur intense avait fait fondre.

Kate contourna un bureau carbonisé et renversé sur le côté. Elle vit, éclairées par un autre rayon de soleil, deux armoires à dossiers dont on avait arraché les tiroirs. La peinture cloquait. Le métal était noirci et rayé mais intact. Le vent entrait par la fenêtre béante, s'engouffrait dans les brèches du toit. Il faisait voler des lambeaux de papier brûlé à travers la pièce. Les papiers partaient d'un tas de cendres au centre qui devait être, pensa Kate, ce qui restait du contenu des armoires.

Son regard s'attarda un moment sur le tas de cendres avant d'être attiré, presque malgré elle, vers les deux corps qui gisaient sur le sol. L'un était humain, le crâne carbonisé et les vêtements réduits en cendres. Kate avait le cœur au bord des lèvres, mais elle ferma les yeux quelques secondes et se reprit. Quand elle rouvrit les yeux, ils se fixèrent sur l'autre cadavre. Il lui fallut un moment pour comprendre. Ce corps était trop petit même pour un enfant, ou alors c'était celui d'un très jeune enfant. Elle rassembla tout son courage et avança d'un pas. C'est alors qu'elle vit la queue. Elle sortit de la pièce à reculons.

— Qu'est-ce qu'il y a là-dedans ? demanda Daniel, en la voyant réapparaître.

— Un cadavre humain et un cadavre de singe. Je vais jeter un coup d'œil au fond du couloir.

— On ferait mieux de s'en aller, dit Daniel, nerveusement.

— Un instant.

— Il n'y a personne de vivant. On les aurait entendus, s'il y avait eu des gens.

— Laissez-moi un instant.

Comme la lumière entrant par la porte atteignait difficilement le fond du couloir, elle se servit de la torche. Elle vit deux portes ouvertes, mais pas ce qu'il y avait au-delà. L'odeur de chair brûlée se fit plus forte quand elle s'approcha. Kate retint sa respiration et braqua le faisceau de sa torche. La première pièce était pleine de cages, et dans chaque cage on voyait un singe, et chacun de ces singes se pressait contre le grillage comme s'il avait tenté de le déchirer avec ses griffes à l'instant de mourir.

# 11

Pendant qu'un policier en uniforme recueillait les déclarations de Kate et de Daniel, une voiture banalisée vint se garer derrière le fourgon du médecin légiste. La détective Billie Brewster, de la police criminelle, une Noire à la silhouette élancée, en jean et imperméable bleu marine, en sortit. Son coéquipier, Zeke Forbus, un Blanc de forte corpulence aux cheveux bruns en voie de disparition, repéra Kate au moment où elle-même l'apercevait.

— Que fait ici notre tireuse d'élite ? demanda Forbus.

— Ferme-la, répondit sèchement la détective.

Puis, s'approchant de Kate, elle l'embrassa.

— Comment ça va, Kate ? demanda Billie Brewster avec chaleur.

— Ça va, Billie, répondit Kate, sans conviction. Et toi ?

La détective montra du pouce son coéquipier.

— Tout allait bien pour moi avant qu'on m'oblige à faire équipe avec ce péquenaud.

— Zeke, dit Kate en saluant de la tête.

— Ça faisait une paye qu'on s'était pas vus, Kate, répondit Forbus, sans enthousiasme.

Et, lui tournant le dos, il s'adressa au policier en uniforme :

— Qu'est-ce qui se passe ici, Ron ?

— On a trouvé des lardons bien croustillants, répondit le policier avec un sourire. Si vous n'avez pas encore dîné, je vous offre un bon plat de SRK.

— SRK ?

— Singe Rôti du Kentucky, expliqua le flic en gloussant à sa propre plaisanterie. Il y en a toute une ribambelle là-dedans.

— Depuis quand j'enquête sur les assassinats de singes ? gronda Forbus. Il n'y a pas une brigade spécialisée pour ça ?

— L'un des lardons n'est pas un singe, dit le flic.

— On m'a dit que c'était toi qui avais donné l'alerte, dit Billie à Kate. Que faisais-tu en pleine nuit dans ce trou perdu ?

— Je te présente Daniel Ames, collaborateur de Reed, Briggs, le cabinet pour lequel je travaille. L'un de nos clients, le Groupe Geller, fait l'objet d'une plainte concernant l'un de ses produits. Jusqu'à la semaine dernière tous les tests de nocivité s'étaient révélés négatifs, mais un chercheur du nom de Sergueï Kaïdanov a obtenu des résultats positifs avec une étude comportant une série de tests sur des singes rhésus.

— La même espèce de singes que ceux qui sont ici ? demanda Billie en désignant le laboratoire d'un signe de tête.

— Exactement. Tout le monde cherche ce Kaïdanov car son étude peut être d'une importance décisive pour le procès, mais il a disparu depuis environ une semaine.

Billie se tourna vers le policier en uniforme.

— On a déterminé l'heure de l'incendie ?

— Pas encore, mais il ne date pas d'aujourd'hui.

— Continue, dit Billie à Kate.

— Nous sommes allés chez Kaïdanov, Dan et moi, pour l'interroger. Il n'y était pas, mais quelqu'un était passé avant nous et avait mis la maison sens dessus dessous.

— Qu'est-ce que ça veut dire ? intervint Forbus.

— Quelqu'un a fouillé les lieux et tout laissé en l'état. On a jeté un coup d'œil et on a trouvé l'adresse de ce laboratoire. On est venus ici en comptant y découvrir Kaïdanov, et on l'a découvert, apparemment.

— Vous pensez que le type mort est votre chercheur ?

— Je crois qu'il y a de fortes chances pour ça.

— Allons voir, dit Billie à Forbus.

Kate voulut les suivre, mais Forbus leva le bras pour lui barrer le passage.

— Pas de civils sur les lieux d'un crime.

— Ah, pour l'amour du ciel ! s'exclama Billie en fusillant son coéquipier du regard.

— Laisse tomber, Billie. Il a raison. Je ne suis plus de la police, dit Kate en s'efforçant de prendre un ton détaché.

Mais Daniel avait vu la tension soudaine de sa nuque et de ses épaules.

— Merci de m'avoir couvert, dit-il.

Et comme Kate semblait surprise, il précisa :

— Pour mon intrusion illégale dans la maison de Kaïdanov.

Katc haussa les épaules.

— Vous ne pensiez tout de même pas que j'allais vous dénoncer ?

Un assistant du médecin légiste filmait le laboratoire avec une caméra vidéo tandis qu'un technicien de la police scientifique prenait des clichés en 35 mm, puis des photographies numériques susceptibles d'être entrées dans un ordinateur et envoyées par Internet.

Billie examina la scène depuis le seuil. Un corps gisait sur le ventre au centre de la pièce. Le feu avait dévoré la chair sur son flanc et sur son dos et, sous l'effet de la chaleur, les os avaient pris une teinte gris-bleu.

— On connaît son identité ? demanda Billie au médecin-légiste.

— On ne peut même pas dire le sexe, répondit l'homme.

— C'est un meurtre ?

— Ça semble probable, oui. Deutsch dit qu'il s'agit visiblement d'un incendie criminel. (Deutsch était l'enquêteur incendie.) Et regardez le crâne.

La détective s'avança de quelques pas à l'intérieur de la pièce pour mieux voir le corps. La partie arrière du crâne était fracassée. Une balle ou un coup donné avec un outil contondant pouvait être la cause de tels dégâts. Au médecin légiste de le déterminer avec plus de précision.

Billie s'accroupit. Le sol était en ciment, et c'était peut-être une chance pour eux. En enquêtant sur d'autres assassinats par le feu, elle avait appris que des fragments de chair et de tissu pouvaient échapper à la fournaise. Aux endroits où le corps pesait sur le sol, l'oxygène qui nourrit les flammes était plus rare, ce qui offrait une protection à la chair et aux fibres.

Puis elle s'approcha du petit cadavre qui gisait un peu plus loin, recroquevillé. Le pelage et la chair avaient complètement disparu. Le crâne, là aussi, avait été fracassé. Elle examina froidement les restes du singe pendant quelques minutes et se redressa.

— Si vous voulez voir d'autres singes, il y en a deux pièces pleines au fond du couloir, dit le médecin légiste.

— Je laisse tomber, annonça Forbus en étouffant un bâillement.

Billie ne fut pas surprise de constater que cette étrange scène de crime ennuyait son coéquipier. C'était un brave type, qui n'attendait plus que le moment où il pourrait toucher sa retraite et aller à la pêche trois cent soixante-cinq jours par an. Elle ne l'avait jamais vu manifester le moindre intérêt pour une enquête sauf, la semaine précédente, à l'occasion d'un meurtre dans une boîte de strip-tease. Billie, à l'inverse, était passionnée par tout ce qui sortait de l'ordinaire, et ce crime était bien le plus inhabituel qu'elle ait jamais rencontré.

Elle fit quelques pas dans le couloir. On avait laissé ouvertes les portes des salles où étaient les singes. Elle les parcourut du regard en silence. Les singes étaient morts dans la souffrance et elle avait pitié de ces pauvres créatures. La mort par le feu, la pire façon de s'en aller. Elle frissonna et tourna les talons.

# 12

Les locaux de la médecine légale se trouvaient sur Knott Street dans un immeuble en brique à un étage qui avait abrité jadis une entreprise de pompes funèbres scandinave. Une haie d'arbustes aux essences variées masquait en partie un porche dont l'auvent était soutenu par des colonnes blanches. Kate se gara sur le parking adjacent et grimpa les marches. Billie Brewster l'attendait dans le hall.

— Merci de me prendre avec toi, dit Kate.

— Tu as de la chance. Zeke est encore au tribunal. Je ne pourrais jamais faire ça s'il était là.

— Encore merci.

Kate suivit Billie au fond du bâtiment. Dans la salle d'autopsie, elles trouvèrent le Dr. Sally Grace, une assistante du médecin légiste, et le Dr. Jack Forester, médecin légiste anthropologue, debout de chaque côté d'un brancard qu'on venait d'apporter entre deux tables en acier inoxydable. Le cadavre du singe gisait dessus. Juste avant que Billie ne quitte les lieux du crime, l'assistant, aidé de plusieurs pompiers équipés de gants en caoutchouc, s'était servi des quelques lambeaux d'étoffe ayant échappé à la destruction pour soulever le corps et le fourrer dans un sac de toile. On avait découvert près du corps des fragments de boîte crânienne qui avaient été envoyés au cabinet du médecin légiste en même temps que la dépouille. On avait aussi confié au médecin légiste le cadavre du singe retrouvé dans le bureau avec des restes humains, ainsi que les fragments de boîte crânienne prélevés à proximité. Ce cadavre-là était posé sur un autre brancard.

— Salut, Billie, dit le Dr. Grace. Tu arrives un peu en retard. On a presque terminé.

— Désolée. J'étais coincée au tribunal.

— Qui est ton amie ?

Billie fit les présentations :

— Kate, qui était dans la police de Portland, travaille maintenant comme enquêtrice pour le cabinet Reed, Briggs. La victime était peut-être un témoin important dans un procès intenté à un client de son cabinet. Elle nous a bien aidés.

— Ma foi, plus on est de fous..., dit gaiement le Dr. Grace en se retournant vers le cadavre.

Les deux médecins portaient des tuniques bleues imperméables, des masques, des chaussons, et d'épais tabliers de caoutchouc noir. Kate et Billie revêtirent des tenues similaires pour les rejoindre autour du brancard.

— On a trouvé des trucs intéressants, dit Jack Forester. Le singe est un rhésus. La plupart des laboratoires de recherche médicale en utilisent. On a prélevé un peu de sang et de chair sur ses dents, et on va comparer l'ADN avec celui de l'autre corps pour savoir si c'est de lui qu'ils proviennent. Ce qui est étonnant, c'est la façon dont le singe est mort.

— Comment ?

— D'un coup de feu, répondit Sally Grace. On a découvert une douille de .45 sur les lieux du crime et la reconstruction de la boîte crânienne a révélé une sortie de balle.

— Celui-là y a eu droit aussi ? demanda Billie en se tournant vers l'autre lit.

— C'est ce que j'ai pensé d'abord en voyant le crâne esquinté, répondit le Dr. Grace. Mais nous avons une autre cause de décès pour ce paroissien-là.

— C'est donc un homme ? demanda Kate.

— Ça, on l'a su très vite, dit Sally Grace.

— Les os sont plus gros chez les hommes, à cause du surcroît de ligaments musculaires, expliqua le Dr. Forester. C'était donc un homme de taille plus petite que la moyenne, ou une grande femme.

Le médecin pointa le doigt sur l'entrejambe du cadavre. Il n'y avait plus de chair sur les os.

— C'est le bassin qui permet le mieux de déterminer le sexe lorsqu'on n'a plus qu'un squelette. Le bassin de la femme est le plus large possible, pour faciliter le passage du fœtus à la naissance, et il est marqué d'une encoche. Ceci est sans aucun doute un bassin masculin.

— Et il n'y avait ni ovaires ni utérus, ajouta Sallly Grace en souriant. C'est toute la différence !

Billie acquiesça en riant.

— Alors, comment l'a-t-on tué, celui-là ?

— Sachez, d'abord, qu'il était déjà mort quand on l'a brûlé, dit le médecin légiste. Il y avait encore du sang dans son cœur. Du sang violet, et non rouge ou rose, ce qui signifie qu'il ne contenait plus de monoxyde de carbone. L'analyse chimique l'a confirmé. S'il avait été brûlé vif, j'aurais trouvé du monoxyde de carbone dans son sang. Et il n'y avait aucune trace de suie dans ses voies respiratoires, ce qui aurait été le cas s'il avait encore respiré au moment de l'incendie.

Sally Grace se pencha sur le cadavre.

— Vous voyez ces marques ? dit-elle en montrant une série d'encoches sur une côte. Elles ont été faites par une lame. Cette côte est très proche du cœur. Par chance, il était couché sur du ciment, si bien que le devant du corps a été relativement protégé, et le cœur était presque intact. Il avait reçu des coups de couteau, il y avait du sang dans la partie gauche de la cavité thoracique et sous la membrane du péricarde, ce qui confirme cette hypothèse.

— Et le crâne ? Le singe a été abattu, et il semble que notre homme ait reçu lui aussi une balle dans la tête, non ? demanda Billie.

— Venez par ici, répondit Sally Grace en les entraînant vers une table recouverte d'un drap blanc, devant un comptoir et un évier en inox.

On avait posé sur le drap, pour un minutieux travail de réassemblage, les restes de boîte crânienne récupérés sur les lieux du crime.

— Les coups de feu provoquent des fractures linéaires autour de l'orifice d'entrée ou de sortie de la balle. Nous n'avons rien trouvé de semblable et vous remarquerez qu'il n'y a pas non plus de trou.

» Si le crâne avait été fracturé par un coup porté avec un objet contondant comme une matraque, une batte de base-ball ou autre, on aurait sur certains fragments osseux des dépressions résultant de ce coup.

— Quelle est l'explication ? demanda Billie.

— Le cerveau est irrigué par une quantité de sang. Ce sang, sous l'effet de la chaleur, s'est transformé en vapeur qui a fait éclater la boîte crânienne du bonhomme.

La détective fit une grimace.

— On l'aurait donc poignardé dans le laboratoire avant de l'amener dans le bureau ? dit Kate.

— Je ne peux pas vous le dire. Nous avons trouvé dans le tissu de ses vêtements quelques fibres écrasées qui avaient échappé au feu. Je les fais analyser par notre laboratoire. Si ce sont les mêmes fibres qu'on découvre dans un coffre de voiture, on pourra en déduire qu'il a été transporté, mais sans plus de précision.

— Et le moment du décès ? demanda Kate. Vous pouvez nous dire à combien de jours il remonte ?

— Là-dessus, je peux vous aider, dit Sally Grace en montrant une passoire au-dessus d'une bassine métallique posée sur l'une des tables. Vous avez là son dernier repas, ajouta-t-elle en pointant le doigt sur des morceaux de viande, de la peau de pomme de terre rôtie, de la salade verte et de la tomate. Il a été tué dans l'heure qui a suivi mais je ne sais pas depuis combien de jours.

Billie se tourna vers Jack Forester.

— Pouvez-vous m'en dire assez sur lui pour nous permettre de le comparer avec des signalements de personnes disparues ?

— On a la dentition, bien sûr. Ce type avait reçu des soins dentaires. Brubaker n'est pas là en ce moment. (Il parlait du dentiste qui assistait habituellement aux autopsies.) On prendra contact avec lui dès son retour de vacances. Mais ça ne servira pas à grand-chose tant qu'on ne saura pas avec qui comparer.

— Les dents peuvent-elles nous apprendre quelque chose ? demanda Kate, qui avait lu quelques publications spécialisées dans le domaine de Forester.

— Elles nous donneront une idée de l'âge de la victime. On sait qu'un individu a dix-huit ans ou moins si ses dents de sagesse ne sont pas encore sorties. La dégénérescence du squelette aide aussi à déterminer l'âge. C'est encore une vue très subjective, mais la colonne vertébrale de celui-ci me fait penser qu'il avait sans doute plus de trente ans.

» En tout dernier, j'ai examiné la configuration du bassin. On appelle os pelvien l'endroit où les deux moitiés du bassin se rejoignent sur l'avant, et cet os s'use avec l'âge. Un certain T. Wingate Todd a réalisé des moulages de bassins sur un très grand nombre de corps dont l'âge était connu. Il a constaté que cette usure correspond à peu près à l'âge du sujet.

Forester montra une grande boîte Tupperware posée près de la porte. Le couvercle était soulevé et Billie vit plusieurs moulages en plâtre.

— J'ai comparé le moulage que j'ai fait sur ce type avec ceux de Todd. En tenant compte des autres facteurs, je peux vous donner une estimation. Il avait sans doute entre quarante-cinq et cinquante-cinq ans.

Il montra le nez du squelette.

— Je sais aussi qu'il était de race blanche. Chez un Asiatique, l'ouverture nasale est ovale. Chez un Africain, elle est plus courte et plus large. Celle-ci est longue et étroite. C'était donc un Blanc.

» Et il y a les orbites. Celles des Blancs ont une forme rectangulaire, comme des lunettes d'aviateur. Les Noirs les ont plus carrées, les Asiatiques plus arrondies.

— Et la couleur des yeux ? demanda Billie.

Forester secoua la tête.

— Impossible à savoir, chez quelqu'un qui est mort par le feu. Les globes oculaires sont détruits. Mais je peux vous donner la taille de ce type : entre un mètre soixante-trois et un mètre soixante-dix-huit. Je l'ai obtenue en mesurant le tibia et le fémur et en rapportant ces mesures aux tables qui ont été mises au point à partir des études réalisées sur les morts et les blessés de la Seconde Guerre mondiale et de la guerre de Corée.

— Nous voici donc avec un Blanc de sexe masculin, de taille moyenne, âgé de quarante-cinq à cinquante-cinq ans, récapitula Billie.

— Eh oui, dit Forester. Trouvez-nous un client et son dossier dentaire, et Brubaker vous dira si c'est bien lui.

# 13

En rentrant chez lui après avoir raccompagné Kate, Daniel se laissa choir sur son lit. Les images d'un laboratoire en flammes peuplé de singes hurlants et d'enfants aux visages déformés vinrent hanter ses rêves et il se réveilla plusieurs fois en sursaut au cours de la nuit. En arrivant au cabinet le lendemain matin, il arborait un teint grisâtre et des cernes autour de ses yeux rougis par la fatigue. Il trouva dans sa boîte vocale un message de Renee Gilchrist l'informant qu'Arthur Briggs l'attendait à onze heures dans son bureau. Nous y voilà, songea Daniel. Affalé dans son fauteuil, il parcourut le petit bureau du regard. Une boule se forma dans sa gorge. Il avait travaillé dur pour en arriver là, et il était sur le point de tout perdre à cause d'une lettre.

À onze heures moins le quart, il se leva, rajusta son nœud de cravate, et prit, à pas lents, le chemin du bureau de Briggs. Renee l'annonça, et lui décocha un grand sourire chargé de sympathie.

— Entrez. Et bonne chance.

— Merci, Renee.

Daniel respira un grand coup, rejeta les épaules en arrière et pénétra dans l'antre du lion — un incroyable bureau d'angle dans lequel un décorateur avait visiblement mis tout son talent. Avec les diplômes de l'université de Duke et de la faculté de droit de l'université de Chicago, et les photographies ornées de dédicaces flatteuses pour son occupant, la pièce tout entière n'était qu'un hymne à la grandeur d'Arthur Briggs.

— Asseyez-vous, Ames, dit-il, sans regarder Daniel.

Plongé dans la lecture d'une lettre, il ignora la présence de son visiteur pendant une bonne minute. Sa lecture achevée, il signa la lettre, la replaça dans le parapheur et fixa sur son jeune collaborateur, par-dessus le bureau, un regard glacial.

— Avez-vous une idée des dégâts causés par votre incompétence ?

Daniel comprit qu'on n'attendait pas de réponse, et se tut.

— Les associés se sont réunis hier pour discuter de votre cas, poursuivit Briggs. Il a été décidé que le cabinet se passerait désormais de vos services.

C'étaient les mots auxquels Daniel s'attendait mais il en fut tout de même abasourdi.

— Vous toucherez six mois de salaire, et votre assurance vie sera maintenue pendant un an. Ce qui est très généreux, étant donné que votre faute risque de coûter des millions de dollars à l'un de nos meilleurs clients.

Viré. Daniel ressentit d'abord de la honte, puis la honte se transforma en colère et il se raidit.

— C'est une saloperie, et vous le savez, monsieur Briggs.

La violence des mots surprit Briggs, et Daniel lui-même. Il n'en continua pas moins :

— Vous me virez parce qu'il vous faut un bouc émissaire maintenant qu'Aaron Flynn est au courant de l'existence de l'étude de Kaïdanov. Pourtant le fait d'avoir connaissance de cette étude pourrait éviter au cabinet Reed, Briggs de défendre un client qu'il n'aurait jamais dû représenter.

Briggs se renversa en arrière dans son fauteuil en formant une tente avec ses dix doigts, mais ne dit rien. Daniel continua :

— Je pense que le Groupe Geller a délibérément enterré les travaux de Kaïdanov. Savez-vous que la police est en train d'enquêter sur l'incendie criminel d'un laboratoire dont ce même groupe est le propriétaire ? Celui-là même dans lequel Kaïdanov a procédé à ses essais ? Tous les singes qu'il utilisait comme cobayes sont morts. Et il semble bien que Kaïdanov soit mort lui aussi — assassiné. Étrange coïncidence, n'est-ce pas ?

Daniel se tut, mais Briggs continua à le fixer comme s'il regardait quelque insecte un peu bizarre. Son absence de réaction à l'annonce de l'implication possible du Groupe Geller dans une affaire de meurtre et d'incendie criminel surprenait Daniel. Mais Briggs avait fait toute sa fortune sur son impassibilité de joueur de poker. Daniel reprit donc :

— Kaïdanov a disparu depuis plus d'une semaine. Son domicile a été fouillé de fond en comble. (Daniel crut voir Briggs ciller.) Monsieur Briggs, j'ai examiné le contenu du disque dur de l'ordinateur de Kaïdanov. Quelqu'un a tenté d'effacer tout ce qui concernait les essais sur des singes. Mais j'ai tout retrouvé, et j'ai tout lu. (Il était certain, maintenant, d'avoir toute l'attention de Briggs.) Les résultats de ces essais sont conformes aux conclusions de Kaïdanov dans sa lettre. Il y a, d'après moi, de fortes chances pour que l'Insufort soit un produit très dangereux, et que quelqu'un du Groupe Geller ait tenté de faire disparaître toute trace du travail de Kaïdanov.

— Comment savez-vous que le domicile de Kaïdanov a été fouillé ?

Daniel avala sa salive avec difficulté.

— J'y suis allé, dit-il.

Et il se rappela aussitôt que fouiller un domicile privé et emporter un disque dur faisait de lui un délinquant.

— C'est là que vous avez examiné le disque dur de son ordinateur ?

Daniel eut l'impression qu'un rayon laser le traversait de part en part, et il comprit la terreur des témoins soumis aux contre-interrogatoires d'Arthur Briggs.

— Je préférerais ne pas répondre à cette question, dit-il.

— Vraiment !

Daniel resta silencieux.

— Eh bien, Ames, on n'y va pas par quatre chemins, n'est-ce pas ? (Un sourire effrayant apparut sur les lèvres de Briggs. Daniel se sentit pris au piège.) Évidemment, je ne peux pas vous obliger à me répondre. Mais la police le pourra. Que se passera-t-il, d'après vous, si elle s'aperçoit qu'on a volé le disque dur de l'ordinateur du Dr. Kaïdanov, et que je leur dis que vous m'avez avoué vous être rendu chez lui et avoir examiné ce disque dur ?

— Je... j'agissais au nom de notre client.

À l'instant même où il prononçait ces mots, Daniel trouva l'excuse pitoyable.

— Vous vous êtes rappelé, par chance, qu'il y avait, entre le Groupe Geller et nous, une relation client-avocat, bien que vous ne fassiez plus partie de ce cabinet ! Si vous savez ça, vous savez aussi que toute information concernant l'Insufort contenue dans le disque dur du Dr. Kaïdanov est la propriété exclusive de notre client.

Le sourire de Briggs disparut.

— Je veux ce disque dur avant cinq heures, aujourd'hui, Ames.

— Monsieur Briggs...

— S'il n'est pas ici à cinq heures, vous perdrez votre assurance vie, vos six mois de salaire, et vous serez arrêté. Suis-je clair ?

— Qu'allez-vous faire, pour l'Insufort ?

— Ce que je vais faire ou ne pas faire ne vous regarde pas puisque vous ne faites plus partie de ce cabinet.

— Mais l'Insufort est dangereux pour les bébés, il leur fait du mal ! Il se peut que quelqu'un de chez Geller ait commis un meurtre pour qu'on ne le sache pas ! Le cabinet risque de se rendre complice de...

Briggs se leva brusquement.

— Cet entretien est terminé, dit-il en montrant la porte du doigt. Sortez !

Daniel hésita, puis il se leva et se dirigea vers la porte. En traversant la pièce, il sentit une bouffée de colère lui monter à la gorge. Il ouvrit à demi la porte, et se retourna vers Briggs pour lui faire face.

— Depuis la remise des documents, j'avais peur et j'étais effondré à l'idée de perdre ce poste, car travailler pour Reed, Briggs représentait beaucoup pour moi. Mais c'est peut-être ce qui pouvait m'arriver de mieux. Je ne crois pas que j'aie envie de travailler pour un cabinet capable de défendre les crimes que le Groupe Geller est en train de commettre sur de petits enfants. C'est de ces petits enfants que nous parlons, monsieur Briggs. Je me demande comment vous pouvez encore vous regarder dans une glace !

— Écoutez-moi ! dit Briggs — il criait maintenant. Si vous répétez à qui que ce soit un seul mot de ce que vous venez de me dire, vous serez poursuivi pour diffamation et vous irez en taule ! Et qui voudra alors embaucher un avocat dans la misère condamné par les tribunaux ? Maintenant, dehors !

Daniel referma brutalement la porte du bureau et

s'aperçut, à ce moment seulement, qu'il avait un public. Renee Gilchrist et une femme entre deux âges, dans laquelle il reconnut le Dr. April Fairweather, le regardaient, bouche bée. Sa colère retomba, il se sentit gêné et repartit vers son bureau en bredouillant des excuses.

Il était presque arrivé quand il se rappela que Kate avait le disque dur en sa possession. Et comme il s'apprêtait à entrer dans son bureau il vit un type du service de sécurité planté devant sa porte. Il pressa le pas. Dès qu'il l'aperçut, l'homme se mit en travers pour lui barrer le passage.

— Je travaille ici, dit Daniel. Que se passe-t-il ?

— Désolé, monsieur Ames, dit le type, fermement mais poliment. Vous ne pouvez pas entrer tant que nous n'avons pas terminé.

Daniel jeta un coup d'œil par-dessus son épaule. Un autre sbire était en train d'empiler ses dossiers dans un grand carton.

— Et mon matériel, mes affaires personnelles, mes diplômes ?

— Vous aurez tout ça dès qu'on aura fini.

L'homme tendit la main.

— J'ai besoin de vos clés.

Daniel était humilié. Il avait envie de se battre, de protester, de crier qu'il avait des droits, mais il comprit qu'il n'y pouvait rien, et tendit docilement ses clés.

— Vous en avez encore pour longtemps ? Je veux sortir d'ici.

— C'est bientôt fini.

Un groupe s'était formé. Joe Molinari mit sa main sur l'épaule de Daniel.

— Que se passe-t-il, Ames ?

— Briggs m'a viré.

— Ah, merde.

— Ce n'est pas une surprise. Je le sentais venir depuis la déposition.

— Je peux faire quelque chose pour toi ? demanda Joe.

— Merci, mais c'est réglé. Briggs avait besoin d'un bouc émissaire. Ce sera moi.

Molinari lui pressa l'épaule d'un geste sportif.

— Écoute, je connais pas mal de monde. Je vais en parler autour de moi. Je pourrai peut-être te trouver quelque chose.

— J'apprécie la proposition, mais qui veux-tu qui m'embauche ? Quel genre de lettre de recommandation crois-tu que Briggs écrira ?

— Il ne faut pas voir les choses comme ça. Briggs ne commande pas à tous les cabinets de Portland. Tu es un bon avocat, mon vieux. N'importe quelle boîte sera contente de t'avoir.

— Je me demande si j'ai envie de continuer dans ce métier, Joe.

— Ne sois pas défaitiste, c'est trop idiot ! Tout ça, c'est comme au polo. Si on tombe de son poney, on ne reste pas par terre à s'apitoyer sur soi-même. On se remet en selle et on reprend le jeu ! Je te laisse une journée pour pleurnicher, et ensuite on trouvera un moyen de te remettre au boulot — s'il s'agit de trimer comme ici des dix-huit heures par jour sous les ordres de débiles mentaux, ce ne sont pas les endroits qui manquent !

Daniel ne put réprimer un sourire. Puis il pensa à Kate.

— Je peux me servir de ton téléphone ? On m'a interdit l'entrée de mon bureau.

— Vas-y.

— Merci, Joe. Merci pour tout.

— Ah, non ! Tu me fais rougir.

Daniel secoua la tête.

— Tu es tout de même un sacré phénomène.

Joe éclata de rire et ils se dirigèrent vers son bureau. Arrivé devant la porte, Daniel se tourna vers son ami.

— C'est un coup de fil personnel... tu comprends ?

— N'en dis pas plus.

La porte refermée, Daniel appela Kate sur sa ligne directe. Joe montait la garde dans le couloir.

— C'est Daniel, dit-il, très vite, dès qu'elle eut décroché. Vous êtes seule ?

— Oui, pourquoi ?

— Briggs m'a viré.

— Oh, Daniel, je suis désolée.

— Je ne peux pas dire que c'est une surprise.

— Il ne faut pas vous laisser faire !

— Je ne suis pas certain de vouloir récupérer ce poste, même si c'était possible. Me faire virer est peut-être ce qui pouvait m'arriver de mieux.

— Comment pouvez-vous dire une chose pareille ?

— J'ai expliqué à Briggs que le Groupe Geller avait peut-être dissimulé le fait que l'Insufort était cause de malformations chez les nouveau-nés. Il a menacé de me faire arrêter, de m'attaquer en justice. Il se fiche éperdument du mal que peut causer ce médicament aux enfants et à leurs parents. La question est donc : aurais-je accepté une offre d'embauche du cabinet Reed, Briggs si j'avais su qu'on se servirait de moi et de tout ce que j'ai appris pour protéger une boîte capable de détruire des vies entières pour encaisser des profits ?

» Mais ce n'est pas pour ça que je vous appelle. Je n'avais plus toute ma tête après que Briggs m'a envoyé faire mes bagages, et je lui ai dit que j'avais le disque dur de Kaïdanov. Il le veut dans son bureau d'ici cinq heures, sinon c'est moi qui aurai de ses nouvelles.

— Vous n'avez pas... ?

— Non. Je n'ai pas parlé de vous. Il ne se doute absolument pas que c'est vous qui l'avez et je veux être certain qu'il ne le saura pas. Vous pouvez me l'apporter ? Briggs a promis de me dénoncer à la police et de me faire coffrer si je ne le lui apportais pas, et j'ai déjà assez d'ennuis comme ça. De toute façon, on garde une copie.

— Qu'allez-vous faire de ces informations, maintenant ?

— Je n'en sais rien, Kate, et je n'ai pas les idées assez claires, pas encore, pour prendre une décision.

— Je vous apporte le disque dur avant une heure.

— Merci.

Il y eut un silence. Puis la voix de Kate :

— Vous êtes un type bien, Dan, et les types bien retombent toujours sur leurs pieds. Vous allez vous sortir de tout ça.

Daniel apprécia la gentillesse de ces propos, mais il n'était pas certain que les choses se passaient ainsi dans la réalité.

# 14

En quittant les bureaux du médecin légiste, Billie Brewster prit vers l'ouest sur la Sunset Highway. Elle en sortit vingt minutes plus tard, à Hillsboro, pour déboucher dans un paysage dégagé où, parmi de vertes collines et sous un immense ciel bleu, se dressaient, tout en vitrages sombres et pierre polie, les trois tours reliées entre elles par des passerelles du Groupe pharmaceutique Geller.

Tout un angle du bâtiment A était occupé par un atrium doté d'une chute d'eau tombant d'une hauteur de trois étages à partir du toit en verre teinté. Après avoir demandé à l'accueil le bureau de Kurt Schroeder, Billie monta au deuxième étage par un escalier qui démarrait à côté de la chute. Une passerelle entièrement vitrée permettait d'accéder au bâtiment B, où se trouvaient les bureaux de la division recherche et développement.

La détective, ayant montré son badge à la secrétaire, fut rapidement introduite auprès du premier conseiller médical.

— Docteur Schroeder, je suis Billie Brewster, détective de la police criminelle de Portland.

— Criminelle ? répéta Schroeder en tressaillant.

— J'ai vu hier soir un bâtiment détruit par un incendie criminel. Il y avait à l'intérieur les restes carbonisés d'une vingtaine de singes rhésus. On les avait brûlés vifs dans leurs cages.

— C'est affreux, mais en quoi cela concernerait-il le Groupe pharmaceutique Geller ?

— Il se trouve que ce bâtiment est situé sur un terrain appartenant au Groupe Geller. Nous pensons qu'il s'agissait d'un laboratoire utilisé à des essais de médicaments sur les singes.

Schroeder fronça les sourcils.

— Toutes nos recherches se font ici même, dans cet immeuble. Nous possédons effectivement des terrains ailleurs, en vue de développements futurs, mais ils sont inutilisés. Si vous avez trouvé un laboratoire, il n'avait rien à voir avec notre groupe.

— Il y avait un cadavre dans ce laboratoire, docteur Schroeder. Le corps était en partie brûlé, mais je peux vous dire que c'était celui d'un individu de race blanche et de sexe masculin, âgé de quarante-cinq à cinquante-cinq ans, et qui pourrait bien être le Dr. Kaïdanov.

— Kaïdanov ! Mon Dieu ! Voilà une semaine qu'il a disparu. Nous l'avons cherché en vain. C'est affreux !

— Le Dr. Kaïdanov faisait-il des essais sur les primates ?

— C'est là qu'est le problème. Une action en justice a été déclenchée contre nous à propos de l'un de nos médicaments, et le plaignant a produit une lettre qu'il prétend être de Kaïdanov et dans laquelle il est question d'une étude sur des primates que celui-ci aurait effectuée pour nous, mais nous n'avons ici aucune trace de cette étude.

— Un avocat du cabinet Reed, Briggs m'en a parlé. C'est ce qui nous a fait penser que la victime était peut-être Kaïdanov.

Schroeder frissonna.

— Seigneur, j'espère que non !

— Vous pouvez nous aider à identifier ce corps en

nous communiquant le dossier personnel du Dr. Kaïdanov. Il doit contenir des informations sur les soins dentaires qu'il a reçus.

— Je vais faire de mon mieux, répondit Schroeder, apparemment secoué par ce qu'il venait d'apprendre.

Billie Brewster lui tendit un papier indiquant l'emplacement du bâtiment incendié.

— Pouvez-vous me confirmer que votre groupe dispose d'un laboratoire à cet endroit ?

— Certainement. Je vous donnerai une réponse d'ici un jour ou deux.

La détective se leva.

— Merci pour votre coopération, docteur Schroeder.

— C'est naturel. (Un court silence.) J'espère que vous vous trompez, en ce qui concerne Kaïdanov.

— Je l'espère aussi.

Plusieurs messages attendaient Billie Brewster à son retour au palais de justice. L'un émanait du service de recherche des personnes disparues. Même si elle n'avait guère de doutes sur l'identité de l'homme trouvé mort dans le laboratoire, elle avait appelé ce service depuis le bureau du médecin légiste afin qu'on lui communique une liste d'individus dont la description se rapprochait de celle fournie par Forester. Elle refit le numéro.

— Salut, Billie, dit le détective Aaron Davies. J'ai un client pour toi. Un certain Gene Arnold, avocat dans l'Arizona. Son associé, Benjamin Kellogg, a signalé sa disparition à la date que tu nous as indiquée. Il s'est volatilisé après avoir pris une chambre à l'Hôtel Benson. Je vais te donner le numéro de Kellogg.

Billie appela l'associé en Arizona.

— Vous avez retrouvé Gene ? demanda aussitôt Kellogg, d'un ton anxieux.

— Non, mais j'aurais besoin de quelques renseignements pour tenter d'élucider cette disparition. Avez-vous une idée de ce qui a pu la provoquer ?

— Je sais seulement qu'il a disparu, et je suis certain qu'il s'est passé quelque chose. Nous sommes tous très inquiets.

— Pourquoi ?

— Il est parti pour New York le 27 février, un dimanche. C'était un voyage d'affaires et il ne devait faire qu'un aller-retour. J'avais son numéro de vol et son heure d'arrivée, mais il n'était pas dans l'avion. Puis il a appelé de Portland, le mercredi 1er mars. Il a demandé à me parler, mais j'étais au tribunal, et on lui a passé Maria Suarez, notre secrétaire.

— Vous saviez qu'il devait se rendre dans l'Oregon ?

— Non. Je travaille avec Gene depuis six ans, Maria depuis plus longtemps encore. Nous ne l'avons jamais entendu parler de contacts dans l'Oregon, professionnels ou autres.

— Bien. Qu'a-t-il dit à Mrs. Suarez ?

— Il voulait qu'on me prévienne qu'il serait absent quelques jours, pour des raisons personnelles. Maria m'a dit qu'il lui avait demandé ce qu'il avait reçu comme courrier et s'il y avait des messages pour lui. Puis il lui a donné son numéro de chambre à l'Hôtel Benson et lui a dit qu'il rappellerait. C'est l'hôtel qui nous a appelés, le mardi 7 mars, pour nous signaler que Gene avait réservé sa chambre jusqu'au lundi mais qu'il ne s'était pas présenté. Ils voulaient savoir s'il souhaitait la conserver. Je n'en savais rien. Le gardien nous a dit qu'il mettait de côté les effets personnels qu'il avait laissés sur place. C'est alors que j'ai pris peur et que j'ai contacté votre service de recherche des personnes disparues.

— Et vous n'avez pas eu de nouvelles depuis ?

— Rien.

— Mr. Arnold est-il marié ?

— Veuf. Sa femme était décédée depuis un an environ quand nous avons commencé à travailler ensemble.

— Auriez-vous une photo de Mr. Arnold à m'envoyer ?

— Je peux en trouver une.

— Bien. Il me faudrait aussi le nom et le numéro de téléphone de son dentiste.

Il y eut un brusque silence. L'homme retenait sa respiration.

— Vous pensez qu'il est mort ?

— Je n'ai aucune raison de le penser.

— Vous êtes de la police criminelle, n'est-ce pas ?

Billie ne voulait pas alarmer l'associé de Gene Arnold, mais elle sentait bien qu'il était déjà bouleversé.

— Oui.

— Je ne suis pas si naïf, détective. J'ai déjà travaillé sur des affaires d'homicide, et quand un détective de la criminelle demande un dossier de soins dentaires, je sais ce que cela veut dire. Vous avez un cadavre non identifié qui pourrait être celui de Gene.

— J'ai effectivement un cadavre, mais je suis à peu près certaine de son identité.

— Pourquoi m'appeler, alors ?

— Parce qu'il peut m'arriver de me tromper. Mais jc nc crois pas que ce soit le cas, cette fois.

Il y eut un lourd silence de quelques secondes. Puis la voix de Kellogg :

— Le dentiste de Gene est Ralph Hughes. Laissez-moi votre adresse, et je lui demanderai de vous envoyer son dossier.

TROISIÈME PARTIE

# Satan

# 15

Après avoir échangé le disque dur de Kaïdanov contre un carton contenant ses effets personnels, Daniel quitta les locaux de son ancien employeur, la tête basse et les joues en feu. Bien qu'il n'eût aucune raison d'avoir honte, il fut soulagé de ne croiser personne de sa connaissance dans la salle d'attente ou dans l'ascenseur.

Ce soir-là, le téléphone sonna plusieurs fois. Quelques habitués des apéritifs du vendredi tinrent à lui présenter leurs condoléances et à lui promettre de garder le contact. Joe Molinari voulait qu'ils se retrouvent dans un bar. Daniel répondit qu'il n'était pas d'humeur à s'amuser et Joe lui dit qu'il devait absolument rester confiant. En fait, Daniel aurait bien voulu discuter avec Kate Ross. Mais elle ne se manifesta pas.

Le dimanche, il se leva tard et s'offrit un formidable petit déjeuner à Wildwood. Il savait qu'il n'était pas raisonnable de dépenser ainsi son argent alors qu'il était lourdement endetté, sans perspective d'embauche et sans un cent d'économies, mais c'était une façon de se dire à lui-même que s'il était licencié, il n'était pas vaincu. Il alla ensuite se promener dans le quartier, mais c'était dur d'être seul parmi une foule de gens heureux. Il les enviait trop. L'armée lui avait permis de prendre pour la première fois confiance en lui-même, et de se dire qu'il avait peut-être un avenir. Son diplôme universitaire n'était pas pour lui une simple feuille de papier. C'était la preuve qu'il pouvait devenir quelqu'un. Le poste qu'il avait décroché chez Reed, Briggs était au-delà de ses rêves les plus fous. Mais voici qu'il l'avait perdu, et sa réputation avec. On parlerait de lui, désormais, comme du collaborateur qui, par son incompétence, avait coulé le Groupe pharmaceutique Geller.

Le dimanche était un jour difficile. Depuis son entrée chez Reed, Briggs, Daniel avait passé le plus clair de son temps, même pendant les week-ends, au bureau ou à réfléchir à ce qu'il avait à faire au bureau. Mais tous ces soucis avaient disparu, hormis celui de sa propre déconfiture. Il tua le temps en allant courir longuement puis, une fois rentré chez lui, en regardant du football à la télévision. Il en était à préparer son dîner, peu après six heures, quand retentit la sonnerie du téléphone.

— Dan ? C'est Kate.

— Ah, bonjour ! dit-il en souriant malgré lui.

— Désolée, Dan, je n'ai pas pu appeler hier. J'étais à Astoria pour enquêter sur une pollution par le pétrole que les gardes-côtes attribuent à un bateau assuré par l'un de nos clients. Tout s'est bien passé après qu'on s'est vus ?

— Sans doute, puisque j'ai rapporté le disque dur et que les flics n'ont pas enfoncé ma porte.

— Eh bien, j'ai de bonnes nouvelles pour vous. Natalie Tasman, l'une des assistantes juridiques du cabinet Jaffe, Katz, Lehane et Brindisi, est une amie. Comme elle m'a dit que le cabinet allait bientôt recruter un collaborateur, j'ai appelé Amanda Jaffe pour lui parler de vous. Prenez contact avec eux dès demain.

— Amanda Jaffe, celle qui a défendu ce médecin accusé d'être un tueur en série[1] ?

— Celle-là même. Ce n'est pas un gros cabinet — ils ne sont que sept ou huit avocats, mais tous parmi les meilleurs. Ils sont plutôt spécialisés dans la défense que dans le conseil et plaident des affaires criminelles. Je crois que vous y seriez beaucoup plus à votre place que chez Reed, Briggs.

— Merci, Kate, vous êtes une bonne amie.

— Vous êtes un bon avocat.

Daniel s'apprêtait à répondre, quand l'image qui venait d'apparaître sur l'écran de la télévision attira soudain son attention.

— Attendez, Kate. Il y a quelque chose sur notre incendie à la télé !

Le reporter d'une station locale se tenait devant ce qui restait du laboratoire incendié.

— Coup de théâtre dans l'affaire du Groupe pharmaceutique Geller, qui commercialise sous le nom d'Insufort un médicament destiné aux femmes enceintes et se voit réclamer devant la justice plusieurs millions de dollars...

— Kate, branchez-vous sur Channel Four, vite !

— Hier en fin d'après-midi, poursuivait le reporter, notre station a reçu copie d'une série de documents présentés comme les résultats de tests du médicament sur des singes rhésus — les singes morts dans l'incendie du bâtiment que vous voyez derrière moi. D'après ces résultats, un important pourcentage de guenons ayant reçu de l'Insufort auraient donné naissance à des petits atteints de malformations.

» Nous avons appris par ailleurs que le Dr. Kaïdanov, le chercheur qui aurait effectué ces essais pour le compte du Groupe Geller, avait disparu. Et que la

1. *Justice barbare*, Albin Michel, 2001.

dépouille d'un individu non identifié avait été retrouvée sur les lieux. La police estime qu'il s'est agi d'un incendie criminel, et que l'homme a été assassiné avant d'être brûlé...

Le reporter disparut, remplacé par le visage d'Aaron Flynn.

— ... Angela Graham a rencontré ce matin Aaron Flynn, avocat des plaignants dans l'affaire de l'Insufort. Monsieur Flynn, comment réagissez-vous à ces dernières informations ?

— Angela, je suis encore sous le coup. J'ai effectivement appris, il y a peu, que le Dr. Kaïdanov avait effectué ces essais, mais je n'ai pas vu les documents, et je m'abstiendrai donc de les commenter. L'éventualité d'un meurtre du Dr. Kaïdanov est quelque chose d'épouvantable, qui peut correspondre à une tentative d'étouffer l'affaire. Je dois dire que je suis stupéfait à l'idée qu'on aurait pu tenter délibérément de supprimer la preuve des terribles effets de l'Insufort sur des nouveau-nés.

— Vous avez entendu ? demanda Daniel tandis que les journalistes passaient à un autre sujet.

— Oui, et je viens de changer de chaîne. Le sujet était aussi aux infos nationales de Channel Six. Dan, je me dois de vous le demander : avez-vous parlé à quelqu'un de cette affaire ?

— Bien sûr que non ! Briggs a promis de me faire arrêter si je parlais à quiconque de ce qui se trouve sur ce disque dur. (Il se tut quelques secondes, en se rendant compte de ce qu'il venait de dire.) Mon Dieu, Kate ! Si Briggs pense que c'est moi qui ai organisé les fuites, je suis fichu !

Ils restèrent un instant silencieux. Puis Kate posa la question qu'ils avaient tous deux à l'esprit :

— Si vous n'avez rien dit à la presse et si je n'ai rien dit non plus, alors qui a parlé ?

# 16

Billie Brewster jeta un coup d'œil à l'horloge placée au fond du parloir. Son frère le vit, et lui adressa un sourire indulgent.

— Tu dois partir ?

Billie eut honte de s'être laissée surprendre. C'était comme ça depuis toujours, avec Sherman.

— Le devoir m'appelle, petit frère.

— Ça va. J'en connais pas beaucoup qui ont envie de traîner ici.

— Ne l'oublie pas, toi non plus, dit Billie en pressant la main de son frère entre les siennes.

— T'en fais pas pour moi. Je me tiens bien.

Ils se levèrent et il la serra entre ses bras. Billie lui rendit son étreinte. Elle détestait venir dans cet endroit pour voir son frère, et détestait encore plus le moment où elle devait le quitter. Chaque fois que les portes métalliques claquaient derrière elle, elle laissait un peu de son cœur dans cette prison.

— Allons, vas-y, dit Sherman avec un grand sourire si innocent qu'elle en oublia presque qu'il avait forgé de ses propres mains le piège qui lui valait d'être enfermé dans ce pénitencier.

Dehors, il pleuvait. Une pluie mêlée de neige, froide et rageuse, comme l'humeur de Billie. La détective traversa le parking en courbant l'échine pour rejoindre sa voiture. Ces visites à son frère étaient toujours une épreuve. Après le départ de leur père, leur mère avait dû travailler dur — elle exerçait deux métiers à la fois. Billie était seule à la maison pour s'occuper de Sherman, et c'était elle qui l'avait élevé. Elle-même sortait tout juste de l'enfance — seize ans — mais elle avait fait son possible pour le maintenir dans le droit chemin. Sa mère lui avait dit mille fois que ce n'était pas sa faute si Sherman était en prison. Mais elle ne le croyait pas vraiment.

C'était la troisième fois que Sherman tombait, mais la première depuis qu'elle s'était engagée dans la police. Il se montrait inquiet à chacune de ses visites — qu'arriverait-il si on découvrait que sa sœur était un flic ? Une ancienne camarade d'école devenue gardienne de prison tenait Billie au courant des faits et gestes de Sherman. Elle savait qu'il faisait partie d'un gang. Billie détestait cette idée, mais elle ne voulait pas qu'il lui arrive malheur. La vie était faite de compromis.

Sur la route qui la ramenait à Portland, Billie essaya de ne pas penser à son frère en écoutant de la musique à plein volume et en réfléchissant à ses enquêtes. Après avoir quitté l'autoroute à la sortie de Wilsonville, elle appela son bureau pour écouter les messages et eut le plaisir d'en entendre un du Dr. Brubaker, le dentiste du service de médecine légale. Le meurtre au laboratoire incendié était l'affaire qui l'intéressait le plus.

Elle appela Brubaker sur son portable :

— Salut, Harry, vous avez des nouvelles pour moi ?

— On a identifié le cadavre du laboratoire.

— Ne me faites pas attendre !

— C'est l'avocat de l'Arizona.
— Vous plaisantez !
— Aucun doute possible. J'ai reçu hier le dossier de soins de Gene Arnold envoyé par son dentiste. Ça colle parfaitement.

Achevé en 1912, l'Hôtel Benson, avec ses treize étages, figurait dans le répertoire national des palaces historiques et accueillait traditionnellement les présidents des États-Unis en visite à Portland. Billie pénétra dans un luxueux hall d'entrée dont les murs couverts de boiseries et le sol dallé de marbre importé d'Italie étaient éclairés par de hauts chandeliers de cristal. Kate l'attendait.
— Merci d'accepter ma compagnie, dit-elle tandis qu'elles se dirigeaient vers le comptoir de la réception.
— Tu m'as donné toutes tes informations. C'est le moins que je puisse faire.
— Je n'arrive pas à croire que ce mort n'était pas Kaïdanov.
Billie montra son insigne à une jeune Japonaise au regard vif et demanda Antonio Sedgwick, le chef du service de sécurité. La jeune femme s'éclipsa par une porte située derrière le comptoir et revint quelques minutes plus tard avec un Afro-Américain tout en muscles sous son complet trois pièces. En apercevant la détective de la Criminelle, l'ancien flic de Seattle se fendit d'un large sourire.
— Billie ! Voilà un sacré bout de temps qu'on s'était pas vus ! T'as trouvé un pigeon pour t'inviter à dîner ?
— Hélas, non, répondit Billie en souriant à son tour.
— C'est une amie à toi ? demanda Sedgwick en regardant Kate.

— Kate Ross. Elle est enquêtrice au cabinet Reed, Briggs.

Billie se tourna vers Kate, le doigt pointé sur le chef de la sécurité.

— Je t'autorise à abattre cet homme s'il s'approche de trop près. C'est un coureur de jupons avéré.

Sedgwick éclata de rire.

— Je le dis sérieusement, reprit Billie, faussement sévère. Il faudra tirer sans sommations !

— Tu n'es pas venue au Benson uniquement pour saboter ma vie amoureuse ?

— En effet. L'un de vos clients a pris une chambre le 29 février dernier et a disparu le 7 mars. On l'a retrouvé mort, et je voudrais voir ce qu'il a laissé ici.

Sedgwick claqua des doigts.

— Le type de l'Arizona !

Billie acquiesça d'un hochement de tête.

— Il s'appelait Gene Arnold. Tu te souviens de lui ?

— Je ne l'ai pas vu. Comme il n'avait pas libéré sa chambre à la date prévue, on lui a envoyé un bagagiste. Il y avait un écriteau « Ne pas déranger » sur la poignée de sa porte. Quand on voit ça, on attend. À la fin de la journée, j'y suis allé moi-même. On aurait dit qu'il avait l'intention de revenir. Tout était resté à sa place : les objets de toilette sur le lavabo, les vêtements dans la penderie, il y avait même un livre ouvert sur la table de chevet, un bouquin sur l'histoire de l'Amérique ou un truc de ce genre.

» On a appelé au numéro qu'il avait laissé, pour savoir s'il voulait garder la chambre un jour de plus. On n'a pas pu nous répondre. Comme on n'avait pas besoin de la chambre, on a tout laissé jusqu'au lendemain. Puis j'ai ramassé ses affaires et je les ai mises en sécurité au vestiaire. Si vous voulez les emporter, il me faut un mandat. Mais je peux toujours vous les montrer.

— Ça suffira pour le moment.

Le vestiaire se trouvait près de la réception. C'était une pièce étroite au plafond haut et voûté chargé de moulures qui avait été jadis l'entrée de l'hôtel. Mais une certaine décrépitude avait succédé à sa magnificence originelle. La moitié du sol était en marbre et l'autre en contreplaqué et des tuyaux couraient à découvert le long d'un mur. Deux ampoules nues de soixante watts avaient remplacé le chandelier en cristal.

La valise d'Arnold était rangée sur une étagère à gauche de la porte. Sedgwick la prit pour la poser dans un coin dégagé à l'extrémité de la pièce, et l'ouvrit. Billie la vida méthodiquement de son contenu, examinant chaque objet pendant que Kate la regardait faire. Puis elle remit tout en place avec soin.

— Les costumes sont ici, dit Sedgwick en montrant deux complets pendus à la tringle qui courait le long du mur latéral.

L'inspection du premier complet ne donna rien, mais Billie trouva dans la poche intérieure du second la carte d'une galerie d'art de SoHo. On y avait noté un nom, Claude Bernier, une adresse, et un numéro de téléphone à Manhattan. Billie et Kate recopièrent le tout dans leurs calepins respectifs et remirent la carte dans la poche du complet.

— Monsieur Bernier ?

— Oui.

— Billie Brewster, de la police criminelle de Portland, dit la détective, tandis que Kate écoutait sur le deuxième poste du bureau de Sedgwick.

— Dans le Maine ?

— Non, dans l'Oregon.

— Je n'y suis plus allé depuis longtemps. C'est à quel sujet ?

— J'enquête sur un homicide, et nous sommes tombés sur votre nom.

— C'est une plaisanterie ?

— Connaissez-vous un certain Gene Arnold, avocat dans l'Arizona ? Il se trouvait à New York vers la fin du mois de février.

— En février ? répéta Bernier, apparemment pris de court. Attendez... Ce n'était pas un type chauve, dans les quarante-cinq ans, avec des lunettes ?

— Exactement, dit Billie, après un coup d'œil à la photo que lui avait envoyée Benjamin Kellogg.

— D'accord, je le vois, maintenant. Arnold, oui. Il est venu chez moi. On l'a assassiné, vous dites ?

— Oui, monsieur. Pouvez-vous me dire pourquoi vous l'avez rencontré ?

— Il a acheté l'une de mes photographies à la galerie Pitzer-Kraft. Mon amie Fran y travaille. Elle m'a appelé et m'a dit que ce type avait failli s'évanouir en voyant ce cliché. Elle a cru qu'il avait une crise cardiaque. Puis il a tenu à me voir.

— Que voulait-il ?

— Il voulait tout savoir sur le couple que j'avais photographié. C'était le thème de mon exposition — les couples. Celui-ci était de Portland.

— Que lui avez-vous dit ?

— Pas grand-chose. Toutes ces photos sont des instantanés. Quand je voyais un couple intéressant, je le photographiais sans que les gens s'en aperçoivent. Je n'avais pas relevé un seul nom.

— Pouvez-vous me décrire les personnes qu'on voyait sur la photo achetée par Gene Arnold ?

— C'étaient un homme et une femme qui traversaient le grand jardin public que vous avez là-bas, en plein centre.

— Pioneer Square ?

— C'est ça.

— C'est tout ce que vous pouvez me dire à leur sujet ?

— Ce Gene Arnold a paru bouleversé en voyant cette photo. Et encore plus quand il a compris que je ne pouvais rien pour lui.

— Pourriez-vous m'en envoyer un tirage ?

— Sans doute. Il va falloir que je retrouve le négatif. J'ai déménagé récemment, et tout est encore en désordre. Je vais essayer.

— Essayez pour de bon, monsieur Bernier. La personne qui a tué Gene Arnold est peut-être sur cette photographie.

# 17

— Brock vous fait dire que tout le monde est dans la salle de conférences, annonça Renee Gilchrist.

Briggs serrait les lèvres et Renee remarqua les cernes sous ses yeux.

— Dites à Brock que je descends tout de suite.

L'un de ses téléphones se mit à sonner. Renee fit un geste pour s'en approcher, mais il l'arrêta pour décrocher lui-même.

— Briggs, dit-il d'un air absent.

Puis il se raidit :

— Je prends la communication.

Et, se tournant vers Renee :

— Qu'on ne me passe plus personne. Dites à Newbauer et aux autres de commencer sans moi. Et fermez la porte en sortant, s'il vous plaît.

Renee tourna les talons et Briggs reprit le téléphone.

— Docteur Kaïdonov, il y a un tas de gens qui voudraient bien vous parler, entendit Renee au moment où elle franchissait le seuil.

Une demi-heure plus tard, Briggs fit son entrée dans la petite salle de réunion. Brock Newbauer et Susan Webster étaient assis d'un côté de la table et face à eux, Isaac Geller, le directeur du groupe pharmaceutique du même nom, et Byron McFall, le président.

Geller approchait de la cinquantaine et avait depuis longtemps renoncé à ses études médicales pour amasser une fortune dans l'immobilier après avoir fait la connaissance de McFall, un grand costaud de dix ans son cadet, sur un terrain de golf. Les deux hommes s'étaient tout de suite bien entendus. Avant que Geller ne reparte pour Chicago et McFall pour Seattle où il gérait une banque, ils avaient parlé d'un possible investissement de Geller dans un laboratoire pharmaceutique de l'Oregon, alors en difficulté, mais où se poursuivaient des recherches intéressantes. Cette rencontre devait rapporter des millions de dollars aux deux compères.

— Alors, Arthur, ça va vraiment mal ? demanda Geller à Briggs en le voyant prendre place au bout de la table.

— Qu'en pensez-vous, Brock ? répliqua Arthur à l'adresse de son jeune associé.

La question surprit Newbauer. Briggs s'intéressait rarement à ce qu'il pensait.

— Ma foi, nous avons tous entendu les nouvelles. Il paraît que cet homme a été victime d'un incendie criminel, et les singes également, répondit Newbauer d'un ton mal assuré. C'est pour le Groupe la pire des publicités. L'*Oregonian* y a consacré ce matin son édito de première page. (Il regarda Geller et McFall, qui lui faisaient face de l'autre côté de la table, et détourna les yeux.) La presse sous-entend que le Groupe Geller pourrait être derrière ce meurtre.

— N'importe quoi ! rugit McFall. Vous allez attaquer ce torchon en diffamation ! Et je veux savoir qui a organisé cette fuite dans les médias !

— Je suis déjà en train de m'en occuper, Byron, dit

Briggs. Que pouvons-nous conseiller au Groupe Geller en ce qui concerne le procès, Brock ?

— Je crois que nous n'avons pas le choix. D'après Susan, le juge Norris risque fort d'accepter que la lettre de Kaïdanov soit versée au dossier, et il semble maintenant que Flynn ait en sa possession une copie de ces comptes rendus d'essais sur les primates. S'il y a des preuves suffisantes pour convaincre le jury que le meurtre et l'incendie ont été prémédités... (Il secouait la tête d'un air découragé.) Je crois qu'il est grand temps de réfléchir à une proposition de règlement à l'amiable.

Briggs hocha la tête pour indiquer qu'il accordait toute son importance à l'avis de Newbauer, avant de se tourner vers Susan Webster.

— Et vous, Susan, qu'en pensez-vous ?

— Je suis d'accord avec Brock, répondit Susan sans une hésitation. Les informations que j'ai pu recueillir me font penser que le juge Norris autorisera Flynn à faire état des documents de Kaïdanov au procès. Si Flynn parvient à convaincre le jury que le Groupe Geller a occulté le résultat de ces essais, nous perdrons, et les sommes à payer seront astronomiques. Si Flynn convainc le jury que l'assassin de Kaïdanov a agi pour le compte du Groupe, alors il nous faudra le plus gros ordinateur du monde pour faire le compte des dommages et intérêts.

— Mais ce sont des conneries, Arthur ! explosa McFall. Nous avons interrogé tous nos responsables, et aucun d'entre eux n'a entendu parler de ce foutu laboratoire ni de ces saloperies de singes !

— Susan n'a pas dit le contraire. Elle envisage des hypothèses pour nous aider à prendre les bonnes décisions.

— Lesquelles ? demanda Geller.

— Je préfère attendre un peu pour vous le dire.

— Non, maintenant ! ordonna McFall dont la colère n'était pas retombée. Je suis le président d'un groupe industriel qui verse un million de dollars par an à votre cabinet. Cette affaire est la menace la plus sérieuse à laquelle nous ayons jamais été confrontés et nous avons besoin de votre avis !

Pendant la tirade de McFall, Isaac Geller observait d'un œil serein l'attitude de son avocat. Briggs était d'un calme olympien, et la fureur du colosse, qui en avait déjà fait plier plus d'un, ne semblait pas l'impressionner.

— Vous avez déjà vos munitions, n'est-ce pas, Arthur ? dit Geller.

Briggs sourit sans répondre.

Geller se tourna vers McFall.

— Il vaut peut-être mieux ne pas presser Arthur, dit-il calmement. Son cabinet nous a donné jusqu'ici toute satisfaction. Je suis certain que, s'il ne veut pas abattre toutes ses cartes pour le moment, c'est qu'il a quelque chose d'important en vue.

— Peut-être, mais je ne trouve pas très agréable que notre avocat ait des secrets pour nous, insista McFall pour sauver la face.

— Je respecte le jugement d'Arthur.

— Très bien, très bien, maugréa McFall. Mais il n'a pas intérêt à se tromper !

Briggs se levait déjà.

— Je vous remercie, messieurs. Je reprendrai contact très bientôt, et je ne crois pas que vous serez déçus.

# 18

Sitôt levé, Daniel appela le bureau d'Amanda Jaffe, mais l'avocate était pour trois jours à Washington County, où elle présentait des requêtes préliminaires dans un procès pour meurtre. Après avoir pris son petit déjeuner, il se rendit en ville et passa la journée à chercher du travail. En rentrant chez lui, fatigué et découragé, il vit son répondeur téléphonique clignoter. Il pressa le bouton avec l'espoir d'entendre un message de Kate ou d'Amanda Jaffe.

— Ames, ici Arthur Briggs. Je me suis trompé à votre sujet et j'ai besoin de votre aide. Il y a du nouveau dans l'affaire de l'Insufort et vous êtes le seul à qui je puisse faire confiance. Retrouvons-nous ce soir à huit heures.

Suivaient des indications pour se rendre dans une maison de campagne proche des gorges de la Columbia. Daniel pensa d'abord à un canular monté par Joe Molinari. Mais il avait assez souvent entendu la voix de Briggs pour savoir que c'était bien son ancien patron qui lui avait téléphoné. Pourtant ce message n'avait pas de sens. Briggs le détestait et, même dans le cas contraire, pourquoi lui aurait-il demandé son aide ? Il avait des collaborateurs, et autant d'enquêteurs qu'il en voulait. Daniel était un collaborateur tombé en disgrâce, et licencié — il n'avait pas réellement le profil pour que Briggs l'appelle en urgence. Et pourquoi ce rendez-vous loin de la ville, à des kilomètres de son bureau ?

Daniel se dit qu'il n'y avait qu'un moyen de savoir si cet appel était sérieux. Il appela le cabinet.

— Renee ? C'est Daniel Ames.

— Ah, Daniel ! Je suis vraiment désolée pour vous. Comment ça va ?

— Bien, merci. Mr. Briggs est là ?

— Non. Il est absent pour la journée. Il sera de retour demain matin.

Daniel réfléchit quelques secondes.

— Mr. Briggs a laissé un message sur mon répondeur. Il disait qu'il y avait du nouveau dans l'affaire de l'Insufort. Et qu'il voulait me voir ce soir. Il me propose de le retrouver dans une maison de campagne près des gorges de la Columbia. Je me demande pourquoi il veut me voir, moi, et pourquoi en pleine campagne plutôt qu'à son bureau. Vous avez une idée ?

— Non, mais il s'est visiblement passé quelque chose aujourd'hui, et Arthur était très excité. C'est bon signe, non ? Il veut peut-être vous reprendre ?

— Oui, peut-être, dit Daniel, pensif. Écoutez, si vous avez Mr. Briggs au téléphone, pouvez-vous lui dire de m'appeler ?

— Entendu.

— Merci.

Daniel raccrocha et appela Kate, mais elle n'était pas là. Il se laissa retomber contre le dossier de son fauteuil, les yeux au plafond. Que ferait-il si Briggs proposait de le reprendre ? Il s'était répété mille fois qu'il n'avait plus envie de travailler pour ce cabinet, mais le pensait-il vraiment ? Il avait si longtemps rêvé d'être avocat chez Reed, Briggs...

Il prit une décision. Il n'était pas certain de vouloir retourner chez Reed, Briggs, mais il voulait entendre ce que Briggs avait à lui dire. Et Arthur Briggs avait piqué sa curiosité en disant qu'il y avait du nouveau dans l'affaire de l'Insufort. Peut-être avait-il convaincu Briggs du danger de ce médicament, et celui-ci était-il désormais de son côté ? Le seul moyen de le savoir était d'en parler avec l'homme qui venait de le licencier.

# 19

Le Dr. Sergueï Kaïdonov, tapi, tel un animal traqué, dans un petit bois de peupliers, regardait la nuit tomber sur la modeste maison de campagne. Il n'avait pas eu une vraie nuit de sommeil depuis sa fuite du laboratoire. Une barbe luisante, hirsute, lui couvrait la moitié du visage, et ses vêtements flottaient sur son corps amaigri. Les feuillages étaient chargés d'humidité et le vent cruel qui soufflait dans les gorges le faisait trembler, mais cette fuite éperdue pour sauver sa vie l'avait endurci et avait fait de lui un homme rusé et prudent. Désespéré, aussi.

Les journaux avaient dit que quelqu'un était mort dans le laboratoire. S'il n'y avait pas eu le singe pour le sauver, la police aurait découvert deux corps. Il avait fui jusqu'à Las Vegas. Sa voiture était garée dans le parking du motel. Au moment où il s'apprêtait à démarrer, il avait vu une voiture s'arrêter juste devant sa chambre. Et il avait reconnu, au volant, la personne qui l'avait attaqué dans le laboratoire. Il avait alors attendu pour partir que son poursuivant soit entré. Quelques rues plus loin, il avait compris qu'on venait de le repérer grâce à sa carte de crédit. Et il lui avait fallu encore un moment pour se rappeler ce qu'il avait dit à la prostituée : qu'il avait un avion à prendre de bonne heure. Mais il avait renoncé à prendre l'avion.

Et depuis, il se servait le moins possible de sa carte de crédit, se nourrissant de sandwichs et dormant dans sa voiture. Il puait et n'était pas rasé, mais il était vivant. Demain, peut-être, il serait tiré d'affaire.

La maison surgit de l'ombre, illuminée par des phares. Une Mercedes vint se garer devant la porte. Kaïdanov jeta un coup d'œil à sa montre : dix-neuf heures vingt-neuf. Arthur Briggs lui avait fixé rendez-vous à dix-neuf heures trente, pour qu'ils aient le temps de discuter avant l'arrivée de son collaborateur.

La lumière se fit dans la maison. Kaïdanov traversa la route en courant. Il avait d'abord inspecté les lieux et savait qu'une porte donnait sur l'arrière. Il décrivit un grand cercle autour de la maison. Il y avait une ferme à côté, mais derrière, un épais sous-bois. Il en sortit et vint frapper à la porte. Un instant plus tard, Arthur Briggs le faisait entrer dans la cuisine.

— Docteur Kaïdanov ?

Le chercheur hocha la tête.

— Avez-vous quelque chose à manger ? Je n'ai rien pris depuis mon petit déjeuner.

— Certainement. Mon frigidaire n'est pas bien garni, mais je peux vous préparer un sandwich.

— N'importe quoi. Et un verre me ferait du bien, aussi.

Briggs se dirigea vers le réfrigérateur. Au moment où il passait devant la porte de la cuisine, il aperçut une silhouette dans l'entrée. Il s'immobilisa, surpris, puis sortit de la cuisine. Kaïdanov ne bougeait plus, tendu comme un daim surpris dans la forêt. Il entendit la voix de Briggs :

— Qu'est-ce que vous faites ici ?

Puis, plus fort, alors qu'il était déjà dehors :

— Partez !

Puis des coups de feu.

Kaïdanov plongea dans le sous-bois à la seconde où

la porte de la cuisine s'ouvrait à la volée. Il savait par où il devrait fuir en cas de besoin, et il ne ralentit pas sa course. Il entendait des branches craquer derrière lui. Il changea brusquement de direction pour rejoindre sa voiture en faisant un grand détour, après s'être arrêté quelques secondes afin de s'assurer que son poursuivant continuait tout droit. Il aperçut entre les arbres un individu de taille moyenne enveloppé dans un imperméable noir. Un capuchon lui recouvrait la tête, masquant en partie son visage, mais Kaïdanov eut la certitude qu'il s'agissait de la personne qui avait tenté de le tuer dans le laboratoire.

Kaïdanov avait laissé sa voiture au bord d'un chemin, à quelques centaines de mètres de là, pour être certain qu'on ne la verrait pas de la route qui passait devant la maison. Le moteur démarra tout de suite. Kaïdanov roula tous feux éteints jusqu'à l'autoroute. Il ne savait pas où il allait. Une seule chose importait : il respirait toujours.

# 20

L'autoroute I-84, qui longe les gorges de la Columbia, est l'une des plus spectaculaires des États-Unis. Mais la nuit tombait déjà, et Daniel aperçut à peine la vue magnifique que lui offraient le fleuve et les hautes falaises dressées sur ses rives. Vingt minutes après avoir quitté la ville, il sortit de l'autoroute pour s'engager sur une route à deux voies qui filait à travers champs dans un paysage assez peu habité. Il parcourut ainsi trois kilomètres, et commença à chercher Starlight Road, comme le lui avait indiqué Briggs. Brièvement aveuglé par les phares d'une voiture qui arrivait vers lui à grande vitesse, il faillit passer devant le panneau de signalisation sans le voir. Il tourna et, un kilomètre plus loin, environ, aperçut la petite maison un peu en retrait de la route.

Daniel sortit de sa voiture, s'approcha, et s'arrêta sous le porche pour écouter. Pas le moindre bruit à l'intérieur. Il faisait froid, et le vent secouait les branches des arbres. Daniel rentra la tête dans les épaules et frappa à la porte. Elle était entrouverte.

— Monsieur Briggs !

Pas de réponse. La maison était plongée dans l'obscurité. On n'entendait que le bruit du vent. Daniel ouvrit complètement la porte et s'apprêtait à appeler de nouveau quand il vit une forme étendue sur le sol.

Un corps. Il s'agenouilla. C'était Arthur Briggs. Une flaque de sang s'élargissait sous le cadavre de son ancien patron, et Daniel évita soigneusement d'y toucher. Briggs avait reçu une balle en plein front, et deux autres lui avaient percé la poitrine.

Daniel tendait la main pour prendre son pouls quand il entendit une voiture approcher de la maison. Le faisceau des phares balaya la façade. Daniel bondit sur ses pieds et sortit en courant. Il reçut la lumière des phares en pleine face, leva le bras pour cacher son visage, sauta dans sa voiture et démarra en trombe.

# 21

Arthur Briggs n'était pas le premier homme assassiné que voyait Daniel, mais bien des années s'étaient écoulées depuis sa précédente rencontre avec une mort violente. À l'âge de quinze ans, il avait fui le domicile familial pour la deuxième fois. Après avoir dormi deux nuits sous des porches, il avait passé la soirée avec deux paumés comme lui sous le pont de Broadway, où des SDF avaient installé un campement. On ne pouvait rien faire contre le grondement ininterrompu du fleuve et celui de la circulation, mais le campement, plus près de lui, était plein de bruits bizarres et beaucoup plus dérangeants. Des ivrognes pleuraient doucement, et des malheureux, livrés à leur folie, vitupéraient contre des choses qu'ils étaient seuls à voir. Daniel, par peur d'être battu, dépouillé, ou pis encore, luttait pour ne pas s'endormir. Et quand il s'assoupissait, le moindre bruit le réveillait en sursaut et il bondissait de sa couche, son couteau à la main.

Tard dans la nuit, alors qu'il dormait enfin, vaincu par la fatigue, il fut réveillé par les cris de deux hommes qui se disputaient une bouteille de vin. Stupéfait, il les vit échanger des coups avec une énergie démentielle. Quand le combat cessa, le vainqueur était couvert de sang et le vaincu hurlait de douleur, par terre, recroquevillé sur lui-même. La bouteille de vin était brisée et son contenu, enjeu de cet affrontement, s'était répandu sur le sol boueux.

Daniel resta blotti dans son sac de couchage, abasourdi par le spectacle de cette violence et paralysé par la peur. Quand il put enfin bouger, l'homme resté à terre avait cessé de vivre. Daniel ne ferma plus l'œil jusqu'au matin. Le jour venu, il rassembla ses quelques affaires et s'en alla en enjambant le cadavre. Il avait gardé à l'esprit cette image de son premier cadavre, et Arthur Briggs lui ressemblait beaucoup. Il avait le regard éteint, le teint cireux, et sa formidable énergie n'était plus qu'un souvenir.

Sur la route qui le ramenait vers Portland, tandis que s'apaisait dans ses veines le flux d'adrénaline qui l'avait jeté hors de la maison, il revint peu à peu à la réalité. Briggs était mort et quelqu'un l'avait vu s'enfuir — un témoin. Le conducteur de cette voiture l'avait-il assez bien vu pour l'identifier ? Il faisait nuit, mais le faisceau des phares l'avait atteint avant qu'il ait eu le temps de se cacher le visage. Daniel sentit monter la nausée. Il avait fait de la prison, adolescent, et cette expérience lui avait laissé un très mauvais souvenir. S'il devait y retourner, cette fois, ce serait pour meurtre.

En arrivant chez lui, il se rua vers la salle de bains pour s'examiner dans le miroir. Il ne vit aucune trace de sang mais, par précaution, changea de vêtements et descendit au sous-sol pour jeter dans le lave-linge ceux qu'il avait retirés. De retour à l'appartement, il se demanda si la police pourrait établir, et comment, un lien entre lui et le meurtre de Briggs. Il était à peu près certain de ne pas avoir laissé d'empreintes dans la maison, mais il y avait ce témoin. Et Renee Gilchrist. Il lui avait dit que Briggs lui avait demandé de venir le soir même dans cette maison de campagne. Si elle parlait aux policiers, c'en était fait de lui.

Puis Daniel se rappela le message de Briggs sur son répondeur. C'était la preuve qu'il devait se rendre sur les lieux du crime, à l'heure où il s'était produit. Il venait tout juste de l'effacer quand la sonnerie du téléphone retentit. Daniel décrocha.

— Monsieur Ames ?

— Oui.

— Détective Brewster, de la police de Portland. (Daniel sentit son estomac se nouer.) Nous nous sommes rencontrés, l'autre soir.

— Ah, oui.

— Je suis en bas de chez vous avec un autre détective et quelques agents en tenue. Nous voudrions vous parler.

— À quel sujet ? demanda Daniel en s'approchant de la fenêtre.

Billie Brewster l'appelait d'un téléphone portable. Zeke Forbus se tenait à côté d'elle. Un agent en uniforme levait la tête vers sa fenêtre. Daniel recula vivement.

— Je préfère vous parler de vive voix, dit Billie. Vous voulez bien descendre ?

Daniel réfléchit très vite. Il pouvait rester chez lui et attendre que les policiers enfoncent sa porte pour le traîner dehors. Il pouvait aussi les rejoindre de son plein gré. Dans un cas comme dans l'autre, on allait l'arrêter ; à lui de choisir comment.

— D'accord, dit-il. Je descends tout de suite.

Il parcourut l'appartement du regard. Ses vêtements étaient dans le lave-linge. Les policiers allaient fouiller partout, mais ils ne penseraient peut-être pas au sous-sol. Au moment de sortir, il songea brusquement qu'il risquait de se retrouver au secret. Il fallait absolument prévenir quelqu'un, mais qui ? Il hésita, puis composa le numéro de Kate Ross. Il tomba sur le répondeur.

— Kate, c'est Daniel. La police est en bas de chez

moi. Je ne sais pas ce qui se passe, dit-il pour les protéger tous les deux. Mais tâchez de me joindre. Si vous ne me trouvez pas chez moi, je serai peut-être en prison.

Il raccrocha, sortit, ferma la porte à clé. En arrivant au rez-de-chaussée, il vit Billie Brewster et Forbus qui attendaient devant l'entrée. Il pensa que des agents devaient se tenir de chaque côté pour l'empoigner au passage au cas où il porterait une arme. Pour éviter de se faire rudoyer, il ouvrit la porte d'une main en tendant l'autre au-dehors. Dès qu'il fut sorti, deux agents l'encadrèrent. L'un d'eux avait dégainé son revolver. Daniel s'y attendait, mais n'en fut pas moins épouvanté.

— Mettez-vous face au mur et les mains en l'air, s'il vous plaît, monsieur Ames. Et écartez les jambes, ordonna Zeke Forbus.

— Je ne suis pas armé.

— Donc tout se passera bien.

La fouille fut rapide, mais complète. Pendant qu'on le palpait, un autre agent vida ses poches et prit son trousseau de clés.

— Que se passe-t-il ? demanda Daniel.

— Nous enquêtons sur le meurtre d'Arthur Briggs, répondit Billie Brewster.

— De quoi voulez-vous parler ? demanda Daniel.

Il regretta aussitôt ses paroles. N'importe qui d'autre, se dit-il, se serait d'abord montré choqué à une telle annonce.

— Un témoin vous a vu quitter les lieux du crime au volant de votre voiture, dit Forbus.

— Nous sommes venus pour vous permettre de vous expliquer, ajouta Billie. Si vous avez des informations susceptibles de nous aider à retrouver l'assassin de Mr. Briggs, nous vous en saurons gré.

— Je désire parler avec un avocat avant de dire quoi que ce soit.

— Vous m'êtes plutôt sympathique, monsieur Ames, dit Billie. Si vous pouvez me donner des explications sur ce qui s'est passé, je ferai mon possible pour vous aider.

Billie semblait tellement sincère que Daniel faillit s'y laisser prendre, mais il avait déjà eu affaire à la police, à l'époque où il vivait dans la rue, et il connaissait la chanson.

— Je vous remercie, détective, mais j'attendrai d'avoir vu un avocat.

Billie hocha la tête.

— Comme vous voudrez. Veuillez vous retourner et tendre les mains.

— Pourquoi ?

— Je vous arrête pour le meurtre d'Arthur Briggs.

Daniel fit le trajet jusqu'au palais de justice dans un véhicule de patrouille, menottes aux poignets. Il passa les premières minutes à chercher une position confortable, et le reste du temps seul avec ses pensées, car personne ne lui adressa la parole. Quand ils pénétrèrent dans le parking, il était malade d'inquiétude.

Un bâtiment moderne, haut de seize étages, abritait le palais de justice au cœur de Portland. Il regroupait la prison du comté de Multnomah, deux circonscriptions judiciaires et deux cours de district, les bureaux du contrôle judiciaire, le laboratoire de la police criminelle et le commissariat de police central de Portland. Billie Brewster et Zeke Forbus suivirent Daniel dans leur voiture puis l'escortèrent jusqu'au bureau des détectives. Ils ne lui adressèrent la parole que pour lui donner des ordres.

Le bureau des détectives occupait une grande surface sans cloisons sur tout un côté du bâtiment. Chaque détective y avait son propre espace séparé des autres par un rayonnage. On retira tout de suite ses menottes à Daniel et on le fit entrer dans une petite cellule. Un tube au néon encastré dans le plafond l'éclairait. C'était minuscule, avec une simple banquette pour s'asseoir.

Forbus s'y assit d'ailleurs, quelques minutes, avec lui. Il lui expliqua qu'il devait rester là un certain temps, et n'avait qu'à frapper à la porte s'il voulait se rendre aux toilettes ou désirait qu'on lui apporte un verre d'eau. Puis il sortit et fit coulisser une plaque de métal devant la petite vitre teintée insérée dans la porte, le coupant ainsi de tout contact avec le monde extérieur. Daniel s'étira sur le banc, mit un bras devant ses yeux pour les protéger de la lumière et essaya de se détendre.

Vingt minutes plus tard, Forbus rentra dans la cellule accompagné d'un photographe qui fit plusieurs clichés de Daniel. Dès que le photographe fut sorti, Forbus lui tendit une combinaison blanche, en non-tissé — en fait, une sorte de papier, très léger, qui donnait une drôle de sensation au contact de la peau —, avec une fermeture Éclair sur le devant. Le détective expliqua à Daniel qu'il porterait cette tenue en attendant qu'on lui remette un uniforme de détenu.

Quand Daniel fut habillé, Forbus lui fit traverser le hall pour le conduire dans une petite salle d'interrogatoire meublée de lourdes chaises en bois et d'une table scellée au mur.

Forbus ne chercha pas à interroger Daniel sur le meurtre et Daniel dut lutter contre son envie d'aborder le sujet. Le détective lui demanda son âge, son lieu de naissance, et d'autres informations nécessaires à l'établissement du procès-verbal de garde à vue. Daniel songea un instant à refuser de répondre, mais il voulait surtout retarder le plus possible le moment où il lui faudrait retourner dans sa cellule. Forbus l'y reconduisit. On lui avait pris sa montre et il n'aurait su dire depuis combien de temps il était là — une éternité, de toute façon — quand il entendit enfin le bruit d'une clé dans la serrure, et vit entrer Billie Brewster.

— Je vais maintenant vous conduire à la prison, dit la détective, après lui avoir fait mettre les mains dans le dos et lui avoir passé les menottes aux poignets.

Ils suivirent un long corridor au sol recouvert de moquette jusqu'à un ascenseur qui les ramena au rez-de-chaussée. Ils traversèrent rapidement la cour centrale, puis le garage, et Daniel se retrouva devant une porte métallique bleue marquée d'un point rouge dans le hall d'entrée de la prison. Un shérif adjoint en uniforme vert se tenait derrière une épaisse cloison vitrée. La détective lui fit passer un papier à travers une fente dans le verre.

— Si vous voulez me parler de ce qui s'est passé dans la maison de campagne, demandez à l'un des gardiens de me prévenir, dit-elle d'une voix douce.

Puis elle surprit Daniel en lui posant la main sur l'épaule pour ajouter :

— Bonne chance, Daniel.

Dès que Billie Brewster fut partie, la porte qui se trouvait derrière Daniel s'ouvrit avec un claquement sec et on le fit entrer dans un cellule d'environ deux mètres de côté. Un détenu était allongé, menottes aux poignets, sur la banquette qui courait le long du mur. Daniel, n'osant pas lui demander de se pousser, resta debout. Quelques minutes s'écoulèrent. Puis la porte située au fond de la cellule s'ouvrit et un gardien, après une rapide fouille au corps, le conduisit dans une pièce brillamment éclairée où on le prit à nouveau en photo. On le dirigea ensuite vers une lucarne donnant sur une sorte de petit cabinet médical. Une femme attendait derrière la vitre. Elle l'interrogea sur ses antécédents médicaux. Un gardien vint relever ses empreintes digitales. On lui fit suivre, enfin, un interminable corridor au sol en ciment et il entendit un long hurlement qui semblait celui d'un chien. Le gardien le fit avancer, tourner, et le hurlement se transforma en cris inarticulés. Ils provenaient de l'une des cellules individuelles alignées contre le mur d'une vaste salle de détention. Chaque cellule était fermée par une porte métallique peinte en bleu, percée d'une étroite lucarne et d'une ouverture grillagée au tiers de la hauteur. Une gardienne était en train de parler d'un ton ferme devant l'une de ces grilles. Daniel comprit que les cris et les gémissements inhumains qu'il avait entendus sortaient de là.

— Ça ne vous fait pas de bien, monsieur Packard, disait la femme.

Mais Mr. Packard n'en avait cure et continuait à hurler.

Le gardien retira ses menottes à Daniel et le fit entrer dans une cellule fermée par une grille au centre de la salle. Un détenu en vêtements civils était couché sur la banquette en ciment. Daniel examina attentivement son compagnon de cellule, qui dormait malgré les cris de Mr. Packard. L'homme était nu jusqu'à la taille, le torse couvert de tatouages. Difficile d'en détacher le regard. Daniel s'approcha de la grille. Il se rendit compte, soudain, que tous les détenus étaient silencieux. Il en apercevait quelques-uns à travers les lucarnes de leurs cellules — des hommes qui allaient et venaient entre quatre murs, prisonniers de leurs propres pensées comme Daniel des siennes.

Il tenta d'abord de rappeler tous les souvenirs de ses précédents séjours en prison pour se préparer à survivre. Il savait qu'il s'y sentait chaque fois comme si on l'avait ramené au lycée dans une classe de brutes, de menteurs et de malades mentaux. La plupart des criminels étaient des irresponsables, des furieux incapables de tracer leur chemin dans le monde du dehors, et qui faisaient payer leurs frustrations au premier qui leur tombait sous la main. Daniel se promit de ne dire à personne qu'il avait fait des études secondaires, et à plus forte raison des études universitaires et du droit.

Il y avait une banquette libre dans la cellule. Daniel s'y étendit. Il n'avait pas encore dormi et le matin n'était pas loin. Il ferma les yeux, mais la lumière crue, la dureté du ciment et les bruits incessants rendaient tout sommeil impossible. Daniel se tourna et se retourna un moment avant que ses pensées l'amènent à la question qu'il se serait posée plus tôt s'il n'avait été sonné par la découverte du cadavre de son patron, puis par la honte et la peur de son arrestation : qui avait tué Arthur Briggs, et pourquoi ?

Daniel ne savait presque rien de la vie privée de Briggs, sinon qu'il était marié et avait deux grands enfants. Il ne l'avait côtoyé que dans son cadre professionnel. Il savait, d'expérience, que Briggs était un homme dur, caustique, terriblement agressif devant un tribunal, mais il ignorait totalement s'il avait des ennemis — ou des amis, d'ailleurs. Il ne tarda pas à se rendre compte qu'il manquait trop d'informations pour se livrer même à de vagues spéculations quant à l'identité du meurtrier, et qu'il valait mieux s'interroger plutôt sur le mobile.

Dans le message laissé sur son répondeur, Briggs lui disait qu'il y avait « du nouveau » dans l'affaire de l'Insufort. Et aussi qu'il s'était trompé à son sujet, que Daniel était le seul à qui il pouvait faire confiance. Soudain la lumière se fit dans son esprit : les résultats des tests de Kaïdanov !

Daniel se dressa sur son séant. Voilà ce qu'il devait

y avoir de nouveau, puisque ces documents étaient le seul aspect du dossier qui concernait Daniel. C'était ce qui avait provoqué son renvoi. De quoi Briggs avait-il parlé lors de leur dernière entrevue ? Il s'était mis en colère en entendant Daniel lui dire que le Groupe Geller avait dissimulé les résultats des tests effectués par Kaïdanov. Bien sûr ! Depuis, Briggs s'était sans doute aperçu que Daniel avait raison. Ce qui expliquait pourquoi il lui disait qu'il était la seule personne à laquelle il pouvait faire confiance. Le Groupe Geller était le plus gros client de Reed, Briggs et la perte à subir par le cabinet, dans le cas où Briggs révélerait les agissements du Groupe, était telle qu'il ne pouvait en parler à personne de son entourage. Mais il pouvait se fier à Daniel, puisque lui seul lui avait demandé de dénoncer ces agissements. Il n'existait qu'une faille dans cette théorie : Daniel imaginait plus facilement Briggs soutenant le Groupe Geller et s'en rendant complice que dénonçant à la vindicte publique un client qui rapportait des millions de dollars à son cabinet...

Mais peut-être se trompait-il au sujet d'Arthur Briggs. Il en savait si peu sur lui. Il se pouvait, aussi, que Briggs n'ait pas trouvé chez Geller les bons interlocuteurs et qu'on ait réussi à le faire taire. Il fallait que Daniel fasse part à quelqu'un de ces réflexions — mais à qui ? Et quelle preuve avait-il ? Le désespoir l'envahit et toute son énergie, toute son excitation retombèrent. S'il parlait, on le regarderait comme un pauvre fou, un employé licencié qui avait perdu la tête. Le type même du cinglé qui assassine le patron coupable de l'avoir viré.

Une heure plus tard, un gardien apporta deux sachets en papier contenant des petits déjeuners pour Daniel et son compagnon de cellule. L'homme tatoué ne sortit pas de son sommeil comateux. Daniel tira de son sachet un sandwich, une orange, un petit carton de lait. Il n'avait pas le moindre appétit et le sandwich avait un aspect dégoûtant, mais il savait qu'il devait manger pour préserver ses forces. Il finissait tout juste quand un gardien entra, lui passa les menottes et le fit sortir de la cellule. L'administration de la prison avait un relevé de ses effets personnels, dont son portefeuille. Il pouvait acheter, pour un dollar cinquante, un petit nécessaire de toilette comprenant du shampooing, une brosse à dents et du dentifrice.

Le gardien le conduisit au septième étage. En sortant de l'ascenseur, on le fit entrer dans une immense salle haute de deux étages. À l'une des extrémités, se trouvait un espace entièrement vitré, avec un poste de télévision, où les détenus pouvaient se rendre à certaines heures. Le long des murs, des cellules sur deux niveaux. On ordonna à Daniel de se déshabiller. Le gardien prit sa combinaison en non-tissé et lui remit des sandales de douche en plastique, des sous-vêtements et des chaussettes roses, un pantalon en coton bleu avec un élastique à la taille, et un pull bleu à col en V. Puis il lui dit d'entrer dans la cellule 7 C.

Il y avait deux lits superposés dans la cellule. Un Sud-Américain tout en muscles était allongé sur celui du bas. Il se retourna sur le flanc pour regarder Daniel d'un air vaguement intéressé. Une tablette en ciment courait le long du mur. Daniel observa que les ustensiles de toilette de son compagnon de cellule se trouvaient à l'une des extrémités, et posa les siens à l'autre. Derrière le lit, une étroite fenêtre donnait sur le nouveau tribunal fédéral.

Dès que le garde eut refermé la porte, Daniel se tourna vers son compagnon.

— Ça va ?

— Ça va, répondit l'homme.

Puis, avec un fort accent :

— Pourquoi t'es ici ?

— Pour pas grand-chose.

Daniel ne risquait pas de parler de son affaire. N'importe quel détenu pouvait être un mouchard.

— C'est comme moi, dit l'homme avec un mince sourire. M'appelle Pedro.

— Moi, c'est Daniel. Je vais me pieuter, maintenant.

— C'est ça.

Daniel se rappela ce qu'il avait appris la dernière fois qu'il s'était trouvé en prison, et prit sa brosse à dents avant de grimper sur sa couchette. Il ne dormit pas, mais passa plusieurs heures à frotter le manche de la brosse contre le ciment du mur pour le transformer en une pointe bien affûtée, au cas où son compagnon de cellule se révélerait encore moins aimable qu'il n'en avait l'air.

# 22

— Ames, votre avocate est là.

Daniel était vaseux après une nuit sans sommeil, et il mit une minute à se rendre compte que le gardien s'adressait à lui.

— Quelle avocate ?

— Qu'est-ce que j'en sais, moi ? Allez, dépêchons !

En descendant de sa couchette, il se demanda si le tribunal lui avait déjà commis d'office un défenseur. Le garde lui fit prendre un long corridor bordé de parloirs dans lesquels les détenus et les visiteurs, séparés par une épaisse paroi de verre, se parlaient en utilisant des téléphones. Au fond du corridor, une porte métallique donnait accès à un petit couloir. Deux parloirs sans séparation se trouvaient sur un côté. Daniel vit le plus proche par la fenêtre qui occupait la moitié supérieure de la cloison. Il était meublé d'une table scellée au sol et de deux chaises en plastique moulé. Une jolie jeune femme aux cheveux bruns tombant sur les épaules était assise dans l'une des deux chaises. Daniel entra, le gardien referma la porte derrière lui et la jeune femme se leva. Daniel mesurait un mètre quatre-vingt-cinq. La jeune femme était presque aussi grande, avec de larges épaules et une silhouette d'athlète sous son tailleur classique.

— Bonjour, Daniel, dit-elle en tendant la main. Je suis Amanda Jaffe.

Daniel rougit. Sa tenue de prisonnier était beaucoup trop grande pour lui, il n'était pas peigné ni rasé depuis la veille. Et il puait.

Amanda sourit.

— Vous ne vous attendiez certainement pas à ça, quand vous avez appelé pour un entretien d'embauche !

— Que faites-vous ici ?

— Kate Ross m'a appelée quand elle a su où vous étiez. Si on s'asseyait ?

Elle reprit son siège. Daniel resta debout.

— Écoutez, mademoiselle Jaffe...

— Amanda.

— Je n'ai pas les moyens de vous prendre comme avocate. Kate vous l'a sans doute dit, je viens de perdre mon travail, j'ai tout juste assez d'économies pour payer cette consultation, et s'il me restait un espoir de retrouver une situation, il s'est envolé pour de bon.

— Pour ce qui est de mes honoraires, vous n'avez pas à vous en inquiéter.

— Il le faut bien. Quels que soient vos tarifs, je n'aurai pas de quoi payer.

— Daniel, je vous en prie, asseyez-vous. Je vais avoir un torticolis si vous vous obstinez à rester planté comme ça.

Daniel s'exécuta à regret.

— Kate a beaucoup d'estime pour vous. Elle ne vous croit pas coupable du meurtre d'Arthur Briggs.

— Je ne le suis pas.

— Bien. Essayez donc de vous détendre. J'ai besoin de quelques renseignements pour vous sortir d'ici.

— Mais vos hon...

— Je me charge de cette affaire *pro bono*[1] et Kate paiera mes frais.

— Je ne peux pas l'accepter.

Le sourire d'Amanda disparut. Elle le fixa d'un air grave.

— Vous êtes dans de sales draps, Daniel. On vous accuse de meurtre. Vous risquez la détention à perpétuité, ou la mort. Ce n'est pas le moment de faire le malin. Acceptez l'aide qu'on vous offre. Vous en avez besoin.

Ces mots lui firent l'effet d'une douche froide. Une vie entière derrière les barreaux, ou l'exécution capitale... Que lui arrivait-il ?

— Avant de venir ici, j'ai discuté avec Mike Greene, le procureur adjoint chargé de votre affaire. Il a, m'a-t-il dit, un témoin qui vous a vu vous enfuir des lieux du crime. Ce témoin dit également avoir entendu une violente altercation, vendredi, entre vous et Arthur Greene.

— Qui est-ce ?

— Le Dr. April Fairweather.

— Fairweather ! Vous plaisantez !

— Vous la connaissez ?

— Elle est cliente de Reed, Briggs, mais elle n'a rien à voir avec l'affaire de l'Insufort.

— Le procès à propos du traitement de grossesse ? Quel rapport avec l'assassinat d'Arthur Briggs ?

— C'est ce qui m'a conduit jusqu'à cette maison de campagne. Briggs a laissé un message sur mon répondeur disant qu'il y avait du nouveau dans cette affaire. Et qu'il avait besoin de mon aide. Ce qui m'a beaucoup étonné, étant donné qu'il venait de me

1. Bénévolement, au titre de l'assistance judiciaire privée telle qu'elle se pratique aux États-Unis. (*N.d.T.*)

licencier sous prétexte que j'avais saboté la défense du Groupe...

— Je ne vous suis pas du tout. Vous devriez peut-être commencer par le commencement.

Daniel expliqua l'affaire du Groupe pharmaceutique Geller, la découverte de la lettre de Kaïdanov, sa visite chez celui-ci, la découverte du cadavre dans le laboratoire incendié, et les révélations faites à la presse. Puis il raconta son licenciement, sa dernière entrevue orageuse avec Briggs, et ce qui s'était passé à la maison de campagne.

— Je comprends maintenant les policiers, conclut-il. Ils ont pensé que j'y étais arrivé bien vite. April Fairweather se trouvait dans la salle d'attente quand Briggs m'a dit que j'étais renvoyé. Elle nous a vu nous disputer. Ce que je comprends moins, c'est ce qu'elle-même était venue faire à la maison de campagne. Il n'existe aucun rapport entre son affaire et celle du Groupe Geller. Je ne vois pas pourquoi Briggs l'aurait convoquée s'il s'agissait de parler de l'Insufort.

Amanda resta silencieuse un instant. Daniel lui trouva l'air inquiet et commença à s'agiter. Puis elle sourit, et Daniel se pencha, plein d'espoir.

— Vous aviez un mobile, dit la jeune femme, puisque Briggs vous avait renvoyé et avait proféré des menaces à votre encontre. Mais le message qu'il a laissé sur votre répondeur montre qu'il avait changé d'avis sur vous pour une raison ou pour une autre. Je pourrai peut-être convaincre Mike Greene de différer votre mise en accusation si on lui fait écouter cette bande.

Daniel s'assombrit.

— Je l'ai effacée.

— Quoi ?

— Je me suis affolé et j'ai effacé le message avant

l'arrivée de la police. C'était la preuve que je m'étais rendu à Starlight Road à l'heure du crime.

Amanda ne put cacher sa déception et Daniel comprit qu'il avait fait une bêtise.

— Combien de temps vais-je rester en prison ? demanda-t-il fébrilement.

— Vous en avez pour un certain temps. La libération sous caution n'est pas automatique dans les affaires de meurtre. On ne l'obtient pas facilement, et je dois demander une audience pour plaider la demande. Si vous deviez rester ici une semaine, voire plus, vous sentiriez-vous capable de tenir le coup ?

Daniel se sentait malade à cette perspective, mais il hocha la tête.

— Ce n'est pas mon premier séjour en prison.

Amanda se tendit.

— Racontez-moi ça.

— Je... la vie à la maison n'était pas facile, quand j'étais adolescent, commença-t-il en fixant la table devant lui. J'ai souvent fugué...

Il se tut, haussa les épaules avant de poursuivre :

— Quand on est dans la rue, livré à soi-même, à cet âge-là, les occasions de faire des bêtises ne manquent pas.

— Quelle sorte de bêtises avez-vous commises ?

— Cambriolages, agressions. Je ne suis jamais allé jusqu'à la condamnation, mais j'ai été deux fois arrêté et mis en prison.

Daniel lui indiqua les dates approximatives de ces arrestations et Amanda jeta quelques notes sur son calepin. Puis elle lui posa une série de questions sur ses antécédents. Quand ce fut terminé, elle rangea le calepin dans son attaché-case.

— Je retourne au cabinet, où j'ai rendez-vous avec mon enquêteur. Vous devez être présenté à la cour cet après-midi à deux heures, et je serai là. Cette première audience sera vite expédiée. Il s'agit pour le juge de vous informer officiellement des charges retenues contre vous et de s'assurer que vous avez un avocat. Je lui demanderai de fixer une date pour l'audience de demande de liberté sous caution et nous demanderons également une audience préliminaire. À partir de là, nous suivrons la procédure. Vous avez d'autres questions à me poser ?

— Non, pas pour le moment. Je me sens complètement abruti.

— Ça n'a rien d'étonnant. Je serais morte de frousse, si j'étais à votre place. Mais dans votre cas, il y a une bonne raison d'espérer. Vous m'avez dit que vous étiez innocent, et je suis certaine qu'on finira par connaître la vérité.

Ces mots avaient de quoi rassurer Daniel, mais il se souvenait d'un article sur la peine capitale qu'il avait lu peu de temps auparavant. On y réclamait un moratoire sur les exécutions en rappelant le nombre impressionnant d'innocents victimes d'erreurs judiciaires qui croupissaient dans l'antichambre de la mort.

Kate Ross attendait dans le hall d'entrée. Elle se leva en voyant Amanda sortir de l'ascenseur.

— Comment va Daniel ? demanda-t-elle, la voix chargée d'inquiétude.

— Il tient le coup. Il m'a paru assez solide. Je ne pense pas qu'il se laisserait détruire par la prison si je ne pouvais l'en faire sortir d'ici le procès.

— Vous craignez de ne pas y arriver ?

— Je n'en sais rien, Kate. Mike Greene m'a un peu parlé du dossier d'accusation. Il n'est pas complètement ficelé, mais il est solide.

— Qu'ont-ils contre lui ?

— Briggs a renvoyé Daniel et ils ont eu une altercation devant des témoins, ce qui donne un mobile à Daniel. La police n'a pas retrouvé l'arme du crime, ni sur place ni chez Daniel au cours de la perquisition, mais Mike Greene dira simplement que Daniel s'en est débarrassé. Et le plus embêtant, c'est ce témoin qui aurait vu Daniel s'enfuir de la maison de campagne.

— Qui est-ce ? Dites-moi son nom. Si ce témoin ment, je le saurai.

— Je crains, malheureusement, que vous ne puissiez travailler sur cette affaire.

— Pourquoi ?

— Conflit d'intérêts. Ce témoin oculaire est April Fairweather, une cliente du cabinet Reed, Briggs.

Kate en resta bouche bée.

— Vous ne vous moquez pas de moi ?

— Daniel a eu la même réaction. Elle devait retrouver Briggs à huit heures et quart dans la maison où il été assassiné. Elle affirme qu'elle a vu Daniel sortir en courant et repartir avec sa voiture.

— On ne peut pas avoir confiance dans ce que dit cette femme, Amanda. Elle...

Kate s'interrompit en se mordant la lèvre.

— Bon sang...

— Qu'y a-t-il ?

— Il y a que vous avez raison... Conflit d'intérêts.

— Vous savez des choses sur April Fairweather qui pourraient m'être utiles ?

— Oui, dit Kate en hochant la tête. Mais je ne peux pas vous en parler. Ce sont des éléments dont j'ai eu connaissance en travaillant sur son dossier. Tout ce que je peux vous dire c'est : creusez et vous trouverez !

— Que dois-je chercher ?

— Désolée, Amanda. Avant de vous communiquer

quoi que ce soit, je dois en parler avec l'un des associés. Et il me répondra probablement qu'il nous faut l'accord de l'intéressée, et je doute qu'elle nous le donne.

— Daniel comprendra pourquoi vous ne pouvez pas vous en occuper. Il sait que vous vous êtes proposée pour payer les frais, et il vous en est très reconnaissant.

— Je voudrais faire plus.

— C'est impossible pour le moment, mais ne vous inquiétez pas. C'est Herb Cross qui se charge de l'enquête, et vous savez qu'il n'y a pas meilleur que lui. Si vous voulez témoigner de votre solidarité, soyez au tribunal à deux heures pour l'audience de mise en accusation.

Les bureaux de Jaffe, Katz, Lehane et Brindisi, l'un des plus importants cabinets d'avocats de l'Oregon, occupaient le huitième étage du Stockman Building au centre de Portland. Frank Jaffe, le père d'Amanda, et deux de ses camarades d'études l'avaient créé immédiatement après leur admission au barreau. Amanda les avait rejoints depuis six ans, après de brillantes études à la faculté de droit de l'université de New York et deux années d'assistanat à la neuvième cour d'appel. À la suite de son succès dans l'affaire Cardoni[1], les trois fondateurs avaient voté son admission comme associée. Elle avait abandonné quelques mois plus tôt l'un des petits bureaux utilisés par les collaborateurs pour s'installer dans une pièce beaucoup plus vaste donnant sur les West Hills. Amanda avait décoré son nouveau bureau avec deux toiles abstraites achetées dans une galerie de Pearl District proche de chez elle, et plusieurs photographies de Broadway prises au lendemain de la

1. *Justice barbare*, Albin Michel, 2001.

Première Guerre mondiale, pendant la construction du Stockman Building.

En revenant de son entrevue avec Daniel, Amanda consigna aussitôt ses notes sur son nouveau client. Daniel lui était sympathique et elle espérait qu'il était innocent, mais elle traitait des affaires criminelles depuis suffisamment longtemps pour savoir qu'on ne doit jamais prendre pour argent comptant ce que vous dit un nouveau client, aussi sincère qu'il paraisse. Daniel avait un puissant mobile pour assassiner son ancien patron, il avait reconnu sa présence sur les lieux du crime, et il avait effacé le message sur son répondeur — l'unique preuve que les sentiments d'Arthur Briggs à son égard avaient changé.

Amanda se laissa aller contre le dossier de son fauteuil en se tapotant la paume de son stylo. Quelle était cette information dont disposait Kate, et qui pouvait aider à jeter le doute sur le témoignage d'April Fairweather ? Et en quoi cela pouvait-il changer quelque chose, de toute façon ? Daniel s'était bel et bien rendu sur les lieux du crime. Il le lui avait dit. Ce qui signifiait qu'il ne pouvait pas témoigner, car il aurait dû reconnaître qu'April Fairweather l'avait vu. Elle soupira. Les choses, décidément, ne s'annonçaient pas faciles. Il lui faudrait travailler beaucoup, et avoir beaucoup de chance pour arracher Daniel Ames à l'antichambre de la mort.

# 23

À l'audience de mise en accusation de Daniel, Amanda Jaffe déposa une demande de libération sous caution, et le juge fixa cette deuxième audience au vendredi suivant. Daniel réfléchit à la façon de passer la semaine. Il décida de rester le moins de temps possible hors de sa cellule et de se faire aussi discret que possible quand il se trouverait en présence des autres détenus.

Chaque matin, à dix heures, les gardiens ouvraient les cellules alignées au rez-de-chaussée de la vaste salle et laissaient les prisonniers regarder la télévision, bavarder et faire les cent pas dans la partie fermée par une cloison vitrée. C'était le moment que Daniel redoutait le plus. Il avait repéré un angle d'où l'on ne voyait pas l'écran de la télévision, et il s'y tenait jusqu'à ce qu'on leur ordonne de réintégrer leurs cellules. Le jeudi matin, en rejoignant son coin, Daniel vit un type au crâne rasé et aux gros biceps tatoués d'une croix gammée qui semblait décidé à s'y mettre lui aussi. Il fit de son mieux pour l'éviter mais ne fut pas assez rapide, et ils se cognèrent l'un contre l'autre. Daniel sentit son estomac se contracter.

— Pardon, murmura-t-il.

L'autre le fusilla du regard. Et comme Daniel ne s'écartait pas assez vite, il se poussa vers lui.

— Qu'est-ce que tu regardes, minet ?

— Rien, répondit Daniel en priant le ciel de lui épargner une bagarre.

— Rien ? Tu me regardes, et tu dis que je suis rien ?

Daniel vivait depuis bien des années comme un être humain civilisé mais, dans la seconde qui suivit, il se retrouva dans la rue, à l'époque de ses quinze ans, quand il écoutait les histoires de George. George était un ancien taulard qui s'était montré gentil avec lui jusqu'au jour où Daniel avait dû repousser ses avances en le menaçant d'un cul de bouteille. Pour se gagner les faveurs de Daniel, George lui avait raconté des histoires de taule, pleines de trucs de survie. Des trucs qui devaient se révéler bien utiles pour Daniel lors de ses séjours en prison, et qui lui revinrent en mémoire à cet instant.

— Je... j'ai dit pardon, s'excusa-t-il d'une voix délibérément craintive et soumise.

L'autre avança d'un pas.

— Ça suffit pas ! dit-il au moment où Daniel lui écrasait le pied de tout son poids.

Et comme le type, par réflexe, se penchait en avant, Daniel lui balança un violent coup d'épaule en pleine figure. Le sang jaillit du nez du type. Sans lui laisser le temps de reprendre ses esprits, Daniel frappa à nouveau, cette fois à la gorge. Le type s'écroula, sa tête heurtant le carrelage avec un bruit creux.

Daniel se retourna pour s'assurer que personne ne l'attaquait par-derrière. La plupart des détenus s'étaient prudemment éloignés de l'homme tombé à terre et de son adversaire, mais deux crânes-rasés s'avançaient. Le premier était un peu plus petit que Daniel, avec un physique d'haltérophile. Ses biceps gonflaient quand il serrait les poings. L'autre était grand et maigre, avec des yeux de pit-bull et des mains comme des battoirs.

Daniel savait qu'il n'avait aucune chance contre ces deux types-là, mais il était prêt à se jeter sur le premier quand il les vit se figer sur place. Et au même moment, les quatre Latinos surgirent à côté de lui. Son compagnon de cellule se tenait parmi eux.

— Qu'est-ce qu'il y a, frère ? demanda Pedro à l'haltérophile.

— Casse-toi, macaque, répondit l'autre.

Pedro sourit mais ne broncha pas. L'haltérophile avança d'un pas.

— Arrêtez ça ! cria un gardien du fond de la salle.

Trois gardiens armés de matraques arrivèrent à la rescousse.

— On se retrouvera, enculé, dit le gros skinhead à Daniel, en crachant par terre à ses pieds.

Puis il toucha légèrement le bras de l'haltérophile et tous deux reculèrent pour se fondre dans le groupe des prisonniers.

L'un des gardiens s'agenouilla pour examiner l'homme évanoui, dont le visage était couvert de sang.

— Qui a fait ça ?

Silence.

— Bon. La récré est finie ! Retournez dans vos cellules !

La salle se vida rapidement.

— Merci, mec, dit Daniel quand la porte de leur cellule se fut refermée. Je serais mort si tu ne t'en étais pas mêlé.

Pedro haussa les épaules.

— Je peux pas les saquer, ces fumiers de skinheads.

— Tu m'as rendu un sacré service.

Pedro sourit.

— Et toi, tu l'as bien encadré, ce gros nazi. Je t'aurais pas cru capable de ça.

— C'est vrai que j'ai tapé fort.

Le sourire de Pedro s'élargit.

— Et au bon endroit, mon salaud !

Ils éclatèrent de rire en même temps. Puis Pedro, reprenant brusquement son sérieux, tendit le doigt vers Daniel.

— Regarde toujours derrière toi. Ces types sont vicieux. Ils te rateront pas si tu fais pas gaffe.

Daniel hocha la tête. Puis grimpa sur sa couchette. Une fois certain que Pedro ne pouvait pas le voir, il se laissa aller et se mit à trembler.

# 24

Herb Cross, un mince Afro-Américain proche de la quarantaine, précéda Amanda dans l'étroit escalier qui menait au cabinet d'April Fairweather. Le cabinet était situé au-dessus d'une quincaillerie de Stark Street. L'escalier était branlant, et aussi mal éclairé que la petite entrée donnant sur le cabinet.

Pendant le trajet depuis leur bureau, Herb avait fait part à Amanda du peu d'informations qu'il avait glanées. April Fairweather n'avait pas d'antécédents judiciaires. Elle possédait une seule carte de crédit et s'en servait avec parcimonie. Elle se présentait comme psychothérapeute et se prétendait docteur en médecine, mais n'avait aucun diplôme officiel. Elle habitait un appartement modeste à Beaverton, et Herb avait discuté avec quelques-uns de ses voisins, mais tous lui avaient déclaré que leurs rapports avec elle se limitaient à quelques échanges de saluts.

L'enquêteur poussa une porte en bois et verre dépoli qui s'ouvrit sur une minuscule salle d'attente. Au moment où Amanda refermait, une petite femme, ni belle ni laide, vêtue d'un tailleur gris, sortit du cabinet attenant. Amanda remarqua qu'April Fairweather ne s'était pas donné grand mal pour coiffer ses cheveux châtain clair, et ne portait pas le moindre bijou. La jeune avocate en conclut que la psy n'était pas de celles qui attachent de l'importance à leur apparence physique.

— Que puis-je faire pour vous ? demanda April Fairweather en regardant l'enquêteur d'un air méfiant.

Comme elle semblait effrayée, Amanda s'avança en souriant.

— Amanda Jaffe. Je suis l'avocate de Daniel Ames. Et voici Herbert Cross, mon collaborateur. Nous aimerions vous parler, si vous voulez bien nous accorder quelques minutes.

April Fairweather se raidit.

— Non. Je ne peux pas.

— Je vais être amenée à vous interroger au tribunal, docteur Fairweather, insista Amanda. Ce premier contact peut nous permettre de gagner du temps.

— Je n'ai pas à vous parler, dit April Fairweather, la tête rentrée dans les épaules et les yeux rivés au sol.

— C'est le district attorney qui vous l'a dit ? Vous avez le droit de parler à qui vous voulez. Et je crois que vous feriez bien d'accepter.

— Je refuse, et je préfère que vous partiez.

— Très bien.

Amanda lui tendit sa carte, que l'autre prit à contrecœur.

— Si vous changez d'avis, appelez-moi.

— Voilà une dame qui m'a l'air plutôt nerveuse, dit Herb Cross en refermant la porte.

— En effet, répondit Amanda, pensive. Et je voudrais savoir pourquoi.

Pendant le trajet de retour, Amanda et Cross discutèrent longuement sur les moyens de fendre l'armure d'April Fairweather. À leur arrivée, la réceptionniste tendit à Amanda une petite boîte emballée dans du papier brun sur lequel on avait écrit au marqueur POUR L'AUDIENCE DE DEMANDE DE MISE EN LIBERTÉ DE D. AMES. Il n'y avait pas d'adresse d'expéditeur.

— Ce n'est pas ainsi que le bureau du district attorney transmet les pièces, s'étonna Amanda en défaisant le paquet. Qui nous a apporté celle-ci ?

— Un coursier, répondit la réceptionniste.

— Il vous a dit qui l'envoyait ?

— Non.

Sous l'emballage, Amanda découvrit une boîte en carton sans aucune inscription. Elle souleva le couvercle. Il n'y avait pas le moindre papier à l'intérieur, mais une cassette vidéo. Amanda et l'enquêteur se rendirent dans la salle de réunion équipée d'un magnétoscope. La bande commença à défiler. Un « carton » apparut à l'écran, les informant que ce qui allait suivre était l'enregistrement du discours prononcé trois ans auparavant par le Dr. April Fairweather lors d'une conférence organisée pour des victimes d'abus de confiance. Puis un distingué gentleman, juché sur une estrade, présenta le Dr. Fairweather en termes dithyrambiques. Quelques minutes plus tard, l'avocate et son enquêteur se tournèrent l'un vers l'autre.

— Je rêve ? demanda Cross.

— J'espère bien que non, répondit Amanda.

# 25

La nuit du mercredi au jeudi, Daniel ne ferma pratiquement pas l'œil, si forte était sa crainte de ce qui l'attendait le lendemain dans la salle de « récréation ». Par chance, son audience était programmée en début de matinée et on vint le chercher tôt pour l'emmener deux rues plus loin, menottes aux poignets, au tribunal du comté de Multnomah, où on le fit entrer dans une grande cellule déjà occupée par d'autres détenus qui attendaient leur comparution. À dix heures moins le quart, deux agents du shérif lui remirent le complet apporté à son intention par l'enquêteur d'Amanda. Dès qu'il fut habillé, ils le conduisirent à la salle d'audience.

Le tribunal du comté de Multnomah est un bloc de béton gris, fonctionnel, sans le moindre effet architectural. Mais à l'intérieur, c'est autre chose. La salle d'audience de l'Honorable Gerald Opton, au cinquième étage, avait de très hauts plafonds, des moulures, des colonnes de marbre et un dais en chêne massif. Une barrière en bois séparait les bancs du public de la partie de la salle où se déroulait le procès. Ce matin-là, le public était nombreux en raison de la presse déjà abondante suscitée par l'affaire, mais Daniel repéra très vite Kate. Elle lui sourit. Gêné d'être vu avec des menottes aux poignets, il ne put que lui adresser un bref signe de tête.

Plusieurs avocats associés du cabinet Reed, Briggs étaient assis au premier rang. Daniel se demanda si le district attorney comptait les appeler à témoigner. Derrière les associés, se tenaient Joe Molinari et deux collaborateurs. Joe lui adressa un signe de la main, le pouce dressé, et Daniel ne put s'empêcher de sourire. Les autres le saluèrent de la tête, et Daniel fut heureux de constater que quelques-uns de ses amis du cabinet étaient visiblement là pour le soutenir. Susan Webster, quant à elle, brillait par son absence.

Daniel parcourut la salle du regard à la recherche d'autres visages connus, et eut la surprise d'y voir un jeune Noir en complet gris anthracite, armé d'un stylo et d'un bloc-notes, dans lequel il reconnut l'un des collaborateurs dont Aaron Flynn s'était fait accompagner lors de la déposition des documents du Groupe Geller par Kurt Schroeder.

Au moment où ses gardes firent entrer Daniel dans la salle d'audience, Amanda Jaffe était en discussion avec Mike Greene, l'assistant du district attorney. Avec sa haute taille et ses larges épaules, Greene avait tout d'un joueur de basket ou de football, mais cette apparence était trompeuse : il préférait jouer du saxophone et disputer des tournois d'échecs. L'avocate et le procureur adjoint s'étaient déjà affrontés à plusieurs reprises devant les tribunaux, et avaient entamé une liaison peu après le dénouement mouvementé de l'affaire Cardoni.

Amanda vit que l'un des agents retirait ses menottes à Daniel et se précipita vers son client. Dans son costume, celui-ci ressemblait à n'importe quel jeune avocat, mais les trois jours qu'il venait de passer en prison avaient laissé des traces. Dès qu'il fut débarrassé de ses menottes, elle le conduisit vers la table de la défense où ils échangèrent quelques phrases à mi-voix.

— Comment ça va ? demanda Amanda.

Daniel hocha la tête.

— Il faut me faire sortir de cette prison. Je me suis déjà battu avec un type, et ses copains m'attendent pour me régler mon compte. Si je retourne là-bas, ils ne me rateront pas. Quelles sont mes chances d'obtenir une libération conditionnelle ?

Amanda s'apprêtait à répondre quand l'huissier abattit son marteau. Elle posa la main sur le bras de Daniel.

— Ça va aller.

L'Honorable Gerald Opton fit son entrée et tout le monde se leva. Jerry Opton était l'un des trois juges appelés à statuer, par roulement, dans les affaires d'homicide. On choisissait pour cela des magistrats chevronnés, qui ne jugeaient rien d'autre pendant un an ou deux afin d'acquérir une bonne expérience dans ce type de procès. Opton était juge depuis cinq ans, mais travaillait depuis dix ans comme spécialiste des homicides au bureau du district attorney du comté. Trapu, le front dégarni, il avait une vague ressemblance avec l'acteur Jack Nicholson. Bien qu'il ait été un procureur redoutable avant d'accéder à la fonction de juge, Opton jouissait d'une grande estime auprès des avocats de la défense comme des procureurs. On appréciait son équité scrupuleuse, sa connaissance des textes de loi et la fermeté tempérée par un authentique sens de l'humour avec laquelle il menait ses audiences.

— Nous sommes prêts ? demanda le juge, en se tournant vers les avocats.

— Prête pour Mr. Ames, répondit Amanda.

— Prêt pour l'État, dit Greene en écho.

— Huissier, je vous prie, appelez l'affaire.

L'huissier lut le nom de Daniel et le numéro du

dossier. Les deux parties étaient d'accord pour qu'il soit stipulé qu'Arthur Briggs avait été abattu par une balle de calibre .45 et qu'une personne autre que lui-même avait intentionnellement provoqué sa mort. Ce qui permit d'accélérer la procédure de l'audience, le procureur n'ayant pas besoin d'appeler le médecin légiste comme témoin. Il était également stipulé que Daniel Ames travaillait au cabinet Reed, Briggs jusqu'à la semaine précédant le meurtre, semaine au cours de laquelle Briggs l'avait renvoyé. Cette lecture achevée, Mike Greene appela son premier témoin.

En réponse aux questions de Greene, Zeke Forbus déclara au juge qu'il avait été appelé sur les lieux d'un crime à Starlight Road et qu'il avait interrogé le Dr. April Fairweather. Cette personne lui avait décrit l'homme qu'elle avait vu s'éloigner, et sa voiture, et lui avait donné le nom de cet homme. Forbus dit ensuite qu'il avait vérifié que la marque et la couleur de la voiture décrite par le Dr. Fairweather correspondaient bien à la marque et à la couleur de la voiture de l'individu dont elle avait donné le nom. Puis il relata l'arrestation de Daniel Ames.

— Bonjour, détective Forbus, commença Amanda quand vint le moment de son contre-interrogatoire.

Forbus ne répondit pas. Il se méfiait des avocats, et avait une dent particulière contre les avocates.

— Étiez-vous présent lors de l'arrestation de Mr. Ames et de la fouille de son appartement ?

— Oui, m'dame.

— Mr. Ames a-t-il fait des déclarations susceptibles d'être reçues comme des aveux par vous-même ou par tout autre détective ou officier de police, à la suite de son arrestation ?

— Il a tout de suite réclamé un avocat.

— Puis-je en conclure que Mr. Ames n'a fait aucune

déclaration susceptible de le désigner comme l'auteur du meurtre de Mr. Briggs ?

— C'est exact.

— A-t-on relevé les empreintes digitales de Mr. Ames sur les lieux du crime ?

— Pas que je sache.

— Mr. Briggs a été retrouvé baignant dans son propre sang, n'est-ce pas ?

— Oui.

— Avez-vous relevé des traces de sang sur les vêtements de Mr. Ames ?

— Mr. Ames a lavé ses vêtements. On les a retrouvés dans le lave-linge du sous-sol.

— Votre Honneur, pouvez-vous demander au détective Forbus de répondre à mes questions ?

Le juge Opton sourit.

— Allons, détective. Ce n'est pas ainsi que vous marquerez des points. Rendez-nous service. Écoutez la question, et répondez-y — d'accord ?

— Excusez-moi, monsieur le juge, dit Forbus. On n'a pas retrouvé de sang sur la personne de Mr. Ames ni sur ses vêtements.

— Avez-vous retrouvé l'arme du crime sur Mr. Ames ou dans son appartement ?

— Non.

— Avez-vous fouillé sa voiture ?

— Oui.

— Y avez-vous trouvé des traces de sang ou une arme ?

— Non.

— Peut-on dire, dans ces conditions, que le seul lien que vous avez pu établir entre Daniel Ames et les lieux du crime est la déclaration de Mrs. Fairweather ?

— Oui.

— Merci. Pas d'autre question.

— Monsieur Greene ? dit le juge Opton.

— Nous appelons le Dr. April Fairweather à la barre.

Daniel se tourna légèrement pour regarder April Fairweather s'approcher de la barre. Elle lui donna tout de suite l'impression d'une personne qui cherchait à passer inaperçue. Elle regardait droit devant elle comme pour ne pas le voir. Et elle prêta serment en évitant soigneusement de croiser son regard.

— Docteur Fairweather, commença Mike Greene dès qu'elle eut prêté serment, quelle est votre profession ?

Elle s'assit, bien droite, les mains croisées sur les genoux, sans quitter le district attorney des yeux, et répondit d'une voix tellement étouffée que Daniel l'entendit à peine. Le juge lui demanda de parler plus fort et de répéter sa réponse.

— Je suis conseillère théocentriste.

— Vous êtes titulaire d'un doctorat dans cette spécialité ?

— Oui. C'était également mon sujet de maîtrise.

— C'est dans le cadre de votre activité professionnelle que vous êtes devenue cliente d'Arthur Briggs ?

— Oui, monsieur. Une patiente m'a attaquée devant la justice. Ma compagnie d'assurances avait pris Mr. Briggs comme avocat pour la défendre dans ce type d'affaires.

— Avez-vous rencontré Mr. Briggs à son cabinet pour en discuter ?

— Nous nous sommes vus à plusieurs reprises.

— Lors de vos visites à son cabinet, avez-vous rencontré l'accusé, Mr. Daniel Ames ?

— Oui. Mr. Briggs nous a présentés. Il m'a dit son nom et nous nous sommes serré la main.

Daniel se rappelait qu'April Fairweather, à cette occasion déjà, avait évité de croiser son regard. Il se rappelait qu'elle avait la main froide et moite, et l'avait brusquement retirée comme si elle craignait que Daniel ne la prenne au piège.

— Avez-vous rencontré Mr. Ames une deuxième fois au cabinet Reed, Briggs ?

— Oui.

— Quand ?

— Le vendredi précédant l'assassinat de Mr. Briggs.

— Veuillez décrire au juge les circonstances de cette rencontre.

— J'étais assise dans la salle d'attente du bureau de Mr. Briggs et la porte s'est ouverte. J'ai vu Mr. Ames, de dos, pendant qu'il parlait à Mr. Briggs.

— Vous vous rappelez ce qu'il disait ?

— Non, mais j'ai compris qu'il était très en colère.

— Comment l'avez-vous compris ?

— J'ai entendu Mr. Briggs qui lui criait quelque chose, et Mr. Ames a claqué la porte. Quand il s'est tourné vers moi, il avait l'air furieux. Puis il nous a vues, la secrétaire de Mr. Briggs et moi, et il est parti très vite.

— Avez-vous rencontré Mr. Ames une troisième fois ?

— Oui, monsieur.

— Quand ?

— Le soir du meurtre.

— Où étiez-vous ?

— J'arrivais à une maison de campagne au bord de Starlight Road.

— Quelle heure était-il ?

— Un peu plus de huit heures.

— Comment le savez-vous ?

— La secrétaire de Mr. Briggs m'avait appelée dans la journée pour me dire qu'il y avait du nouveau dans mon affaire et que Mr. Briggs voulait me voir, le soir même à huit heures et quart, à une adresse qu'elle m'a indiquée — celle de cette maison sur Starlight Road.

Je suis toujours ponctuelle, et j'ai regardé l'heure sur le tableau de bord de ma voiture au moment où je m'engageais sur Starlight Road.

— Qu'avez-vous vu en arrivant devant la maison ?

— Mr. Ames. Il courait et semblait en proie à une grande émotion. Quand il a aperçu ma voiture, il a levé le bras pour se cacher le visage. Puis il s'est précipité dans sa voiture et a démarré en trombe.

— Comment êtes-vous certaine que c'est bien Mr. Ames que vous avez vu à ce moment ?

— Comme je viens de le dire, je le connaissais déjà, et il est arrivé en courant dans la lumière de mes phares. Je l'ai vu aussi clairement qu'on voit quelqu'un sur une scène face à un projecteur.

— Et vous êtes absolument certaine qu'il s'agissait de Mr. Daniel Ames, l'accusé, sortant en courant de cette maison ?

— Absolument.

— Est-ce que vous voyez Mr. Ames, maintenant, dans cette salle ?

— Oui.

— Veuillez, s'il vous plaît, le désigner au juge.

April Fairweather pivota légèrement sur son siège et pointa le doigt sur Daniel, mais en évitant toujours son regard.

— Après le départ de Mr. Ames, qu'avez-vous fait ?

April Fairweather se tut un instant avant de répondre à la question du procureur de la même voix étouffée et monotone :

— J'ai garé ma voiture et je suis entrée dans la maison. La lumière était éteinte et il a fallu un moment pour que ma vue s'accommode. J'ai alors vu Mr. Briggs étendu par terre. Je me suis approchée et j'ai tout de suite compris qu'il était mort.

— Pourquoi ?

— Il gisait dans une mare de sang. Je me suis agenouillée et j'ai pris son pouls, mais il ne battait plus.

— Qu'avez-vous fait ensuite ?

— Je suis ressortie et j'ai appelé le 911 sur mon portable.

— Merci, docteur Fairweather. Le témoin est à vous, mademoiselle Jaffe.

— Pouvez-vous m'indiquer votre date de naissance, docteur Fairweather ? demanda Amanda d'un ton amical.

— Le 29 juillet 1957, répondit April Fairweather, le regard fuyant.

— Et où êtes-vous née ?

— À Crawford, dans le Colorado.

— Quel était le nom de votre père ?

Daniel eut l'impression de voir tressaillir April Fairweather.

— Herman Garlock, répondit-elle, en baissant à nouveau la voix.

— Et celui de votre mère ?

— Linda Garlock.

— Pourquoi vous appelez-vous, vous-même, Fairweather ?

— J'ai officiellement changé de nom il y a cinq ans.

— Quel était votre nom de naissance ?

— Florence Garlock.

— Quand avez-vous pour la dernière fois parlé à l'un de vos parents ?

— Je ne m'en souviens pas précisément. Vers 1978.

— Vous n'avez plus eu de contacts avec eux depuis plus de vingt ans ?

— C'est exact.

— Pouvez-vous me dire pourquoi ?

— Je n'y tenais pas.

— Vous ne trouvez pas qu'il est tout à fait inhabituel, pour une fille, de rester plus de vingt ans sans le moindre contact avec ses parents ?

— Objection ! La question est hors sujet ! lança Mike Greene.

— Les rapports du témoin avec ses parents ont-ils quelque chose à voir avec cette affaire, mademoiselle Jaffe ? demanda le juge Opton.

— Oui, Votre Honneur. Mais je retire la question pour le moment.

Amanda reporta son attention sur le témoin.

— Avez-vous des frères ou des sœurs ?

— J'ai une sœur plus jeune que moi, Dorothée.

— Votre sœur est-elle restée en contact avec vos parents ?

— Oui.

Amanda griffonna quelques notes avant de changer de sujet :

— Je voudrais maintenant parler de vos études. Où avez-vous obtenu votre maîtrise et votre doctorat ?

— À l'université de Templeton.

— Et votre licence ?

— Je n'en ai pas.

Amanda parut surprise.

— Je ne vous suis pas.... Avant de présenter une maîtrise puis une thèse de doctorat, n'avez-vous pas passé une licence ?

— Ce n'était pas nécessaire à Templeton.

— S'agit-il d'une université normale, avec campus et équipe de football ?

— Templeton est une université d'études par correspondance.

— Combien de temps vous a-t-il fallu pour obtenir un diplôme de maîtrise puis un doctorat... par correspondance ?

— Environ trois ans.

— Trois ans par diplôme ?

— Non. Trois ans en tout.

Amanda avait capté l'attention du juge et Daniel nota que Greene commençait à se montrer inquiet.

— Dans quelle spécialité avez-vous obtenu ce doctorat ?

— Le conseil en théocentrisme.

— Je crains de ne pas connaître... Pouvez-vous expliquer au juge ce qu'est le conseil en théocentrisme ?

— Théocentrique signifie centré sur Dieu. Ce n'est pas en rapport avec une religion particulière, répondit April Fairweather sans se tourner vers le juge.

Daniel avait l'impression qu'elle ne s'adressait à personne en particulier, comme si elle avait mis une distance entre elle et ce qui se passait dans la salle d'audience.

— Docteur Fairweather, Templeton est-elle une université accréditée comme, par exemple, l'université d'État de l'Oregon ?

— Je ne le crois pas.

— Et vous n'êtes pas vous-même officiellement reconnue en tant que thérapeute par l'administration ?

— Non.

— Revenons à vos parents. Votre père a-t-il exercé des violences sur vous au cours de votre enfance ?

— Objection ! Sans rapport avec l'affaire !

Amanda se leva.

— Au contraire, Votre Honneur. Si vous me permettez de poursuivre, vous verrez que ces questions nous conduisent tout droit à poser la question de la crédibilité et de la compétence du témoin.

Le juge Opton mit un moment à se décider. Il n'avait pas l'air content.

— Je vais vous laisser poursuivre puisque vous prétendez prouver que ces questions ne sont pas sans rapport avec l'affaire. Mais si vous ne le faites pas très vite, j'accepterai l'objection de Mr. Greene.

— Je vous remercie, Votre Honneur. Docteur Fairweather, votre père a-t-il exercé des violences sur vous ?

— Oui.

— De quelle sorte ?

— Des violences sexuelles, physiques, et affectives.

— Quel âge aviez-vous les premières fois ?

— Je ne m'en souviens pas avec précision. Mes premiers souvenirs de violences remontent à l'âge de quatre ou cinq ans.

— Qu'entendez-vous par « violences physiques » ?

— J'ai été battue, étranglée, enfermée dans un placard.

April Fairweather parlait d'un ton égal, sans la moindre trace d'émotion. Daniel songea qu'il aurait pu décrire sur ce ton des événements rapportés par la télévision.

— Et par « violences sexuelles » ?

— Attouchements, coïts.

— Il pratiquait ces actes sur vous quand vous aviez quatre ou cinq ans ?

— Oui.

— Et d'autres choses ?

— Sodomie, fellation. Il... il se servait de divers objets. Des bouteilles, d'autres choses.

— Combien de temps cela a-t-il duré ?

— Jusqu'à ce que je quitte la maison.

— À quel âge ?

— À vingt et un ans.

— Cela a donc duré dix-sept ans ?

— Oui.

— Chaque année ?

— Chaque semaine.

— Avez-vous parlé à quelqu'un des violences qu'on vous faisait subir ?

— Je... j'ai peut-être essayé d'en parler à l'école. Je ne m'en souviens pas.

— Serez-vous surprise d'apprendre que mon enquêteur a interrogé plusieurs de vos anciens instituteurs et qu'ils ne se rappellent pas vous avoir entendue vous plaindre de telles choses ?

— Comme je vous l'ai dit, je ne sais plus si j'en ai parlé ou non.

— Votre mère était-elle au courant de ce qu'on vous faisait ?

— Elle y participait.

— Comment ?

— Elle se livrait à des cunnilingus sur moi, m'enfonçait des objets dans le vagin, dans l'anus.

— Quels objets ?

— Un manche à balai, le canon d'une arme à feu.

— Une arme à feu ?

— Oui.

— Quelle sorte d'arme à feu ?

— Je ne sais pas.

— Un fusil ou un revolver ?

— Je ne m'en souviens pas.

— Votre sœur était-elle victime de violences, elle aussi ?

— Je crois que oui.

— S'en est-elle jamais plainte ?

— Elle ne se rappelle rien.

— Mais vous pensez qu'elle a été violée elle aussi ?

— Nous avons dormi dans la même chambre de six ans à dix-huit ans et je pense que mon père venait dans la chambre et faisait l'amour avec ma sœur.

— Souvent ?

— Deux ou trois fois par semaine.

— Et elle ne s'en souvient plus ?

— Elle le nie.

— Mademoiselle Jaffe..., intervint le juge Opton, visiblement contrarié.

— Encore quelques questions et on comprendra, Votre Honneur. Je vous le certifie.

— Je l'espère, car je suis à deux doigts de mettre fin à cet interrogatoire.

Amanda se retourna vers son témoin, pour l'assaut final :

— Avez-vous subi des violences de la part d'autres personnes que vos parents ?

— Oui.

— Combien de personnes ?

— Je ne sais pas exactement combien.

— Pouvez-vous donner au juge un nombre approximatif ?

— Quinze personnes, peut-être. Ou trente-cinq...

Le juge fronça les sourcils.

— Pouvez-vous identifier certaines de ces personnes ? poursuivit Amanda.

— Non.

— Était-ce des hommes ou des femmes ?

— C'est difficile à dire.

— Pourquoi ?

— Ils portaient de longues robes avec des capuchons. Et des masques.

Le juge se pencha en avant.

— Pouvez-vous décrire plus précisément ces costumes ?

— Des robes noires à capuchon. Elles traînaient par terre. Quand j'étais petite, j'avais l'impression qu'ils volaient, qu'ils flottaient au-dessus du sol au lieu de marcher. Aujourd'hui je comprends que c'était une illusion parce que je ne voyais pas leurs pieds.

— Vous vous rappelez autre chose, au sujet de ces costumes ?

— Ils portaient des médaillons circulaires.

— Ces médaillons symbolisaient quelque chose, selon vous ?

— Oui. Le culte de Satan.

— C'étaient donc des adorateurs de Satan qui vous faisaient subir ces violences ?

— Oui.

Le juge écoutait maintenant avec une attention soutenue. Mike Greene s'efforçait de jouer l'indifférence, comme s'il eut entendu parler chaque jour de violences perpétrées par des adorateurs de Satan.

— Où tout cela avait-il lieu ?

— Quelquefois dans une grange. Je me rappelle aussi un sous-sol, le sous-sol d'une église.

— Pouvez-vous donner au juge une idée de ce qui se passait lors de ces réunions ? Si vous lui racontiez, par exemple, le pire de vos souvenirs ?

— Un jour on m'a emmenée dans cette grange, et on m'a ligotée sur une table, et on m'a avortée.

— On vous a avortée ? Vous étiez enceinte ?

— Oui.

— Quel âge aviez-vous ?

— Treize ans.

— Et ils vous ont avortée ?

— Oui. Et après ils m'ont forcée à manger le fœtus de mon.. mon enfant.

Le juge Opton luttait pour garder une contenance digne de sa fonction.

— Ces cérémonies sataniques étaient-elles fréquentes ?

— Une fois par mois, à peu près.

— Quel âge aviez-vous la dernière fois qu'on vous y a amenée ?

— Je devais avoir dix-huit ou dix-neuf ans.

— Y emmenait-on aussi votre sœur ?

— Oui, mais elle prétend que non. Elle dit qu'elle n'en a aucun souvenir.

— Y avait-il d'autres enfants à ces cérémonies ?

— Je me souviens de deux ou trois d'entre eux.

— Que leur faisait-on ?

— On les enfermait dans des coffres avec des insectes, répondit April Fairweather sans se départir de son ton monotone. On leur faisait passer des serpents sur le corps, on les soumettait à des décharges d'électricité, on leur faisait manger des animaux, on les photographiait en train de faire l'amour avec des adultes.

— Y avait-il des sacrifices d'animaux pendant ces cérémonies ?

— Oui. Je m'en souviens. Des chats, des chiens. Un mouton, une fois.

— Que leur faisait-on ?

— On les éventrait. On les accrochait au plafond, on leur ouvrait le ventre et les organes tombaient sur les gens, et on forçait les enfants à les manger.

— Y avait-il des sacrifices humains ?

— Oui.

— À quel endroit ?

— Dans une grange.

— Savez-vous où se trouvait cette grange ?

— C'était dans la campagne, loin de tout. Il y avait de grands arbres tout autour et à l'intérieur on n'y voyait qu'à la lueur des lanternes. On avait mis des rideaux devant les fenêtres pour empêcher la lumière du soleil d'entrer et pour que personne ne voie ce qui se déroulait à l'intérieur.

— Qu'est-il arrivé la première fois que vous avez assisté à un sacrifice humain ?

— On avait pendu un homme aux poutres du plafond.

— Il était habillé ?

— Non, il était nu.

— Est-ce qu'il criait, se débattait ?

— Oui.

— Que lui a-t-on fait alors ?

— Les gens ont pris des couteaux et lui ont arraché la peau.

— Vous voulez dire qu'ils l'ont écorché vivant ?

— Oui.

— Combien de personnes y avait-il ?

— Je ne sais plus. Une quinzaine, au moins.

— Et elles y ont toutes participé ?

— Il y en avait qui chantaient et qui tapaient sur des tambours en invoquant les démons.

— Savez-vous comment étaient choisies les victimes de ce rituel ?

— On les prenait parce que c'étaient des chrétiens.

— Qu'a-t-on fait du corps, ensuite ?

— Il y a eu une cérémonie pendant laquelle on a bu le sang dans un calice, et les gens ont fait l'amour, et tout ça.

— Pourquoi buvaient-ils le sang ?

— Parce que celui qui boit le sang d'un chrétien acquiert la force de cette personne.

— Qu'espéraient donc les membres de cette secte satanique ?

— Ils espéraient rejoindre Satan pour l'éternité et avoir tout ce qu'ils voudraient, et être parmi les élus quand Satan dominerait l'univers.

— Comment se procuraient-ils leurs victimes ?

— D'après ce que j'ai compris, il y avait dans la secte des gens chargés de capturer des chrétiens pour les cérémonies.

— On les enlevait au hasard, dans la rue ?

— C'est ce que j'ai compris.

— Écorcher quelqu'un vivant, c'est un crime, n'est-ce pas, docteur Fairweather ?

— Oui.

— Et ces malheureux avaient sans doute des parents qui s'inquiétaient pour eux ?

— Sans doute.

— Avez-vous prévenu la police des atrocités qui étaient ainsi commises sur vous-même et sur d'autres personnes ?

— Non, c'était impossible.

— Pourquoi ?

— J'étais terrifiée, je craignais pour ma vie.

— Mais enfin... vous êtes partie à l'âge de vingt et un ans et vous en avez plus de quarante aujourd'hui. Vous avez donc quitté ces gens-là, et vos parents, il y a plus de vingt ans. Il ne vous est jamais venu à l'idée d'en parler à quelqu'un, après avoir rompu le contact ?

— Je ne pouvais pas en parler.

— Pourquoi ?

— On m'avait fait croire depuis mon plus jeune âge qu'il y avait dans la secte des gens capables de lire dans vos pensées et que j'étais surveillée en permanence, et...

— Oui ?

— Je crois que des médecins membres de la secte s'étaient livrés sur moi à des expériences de contrôle mental.

— Quel était le but de ces expériences ?

— Que je fasse ce qu'ils voulaient.

— En quoi consistaient ces expériences ?

— Je me souviens qu'on m'administrait des décharges électriques. On me donnait certains mots ou certains codes et on me disait ce que je devais faire chaque fois que je les entendais.

— Où cela se passait-il ?

— Dans un endroit qui ressemblait à une salle d'opération. Il y avait une lumière crue au-dessus de moi. J'étais nue et ligotée. On me fixait des électrodes sur la tête. C'est tout ce que je me rappelle.

— Quel a été le résultat de ces expériences ?

— On énonçait une certaine phrase et ils me

disaient : « Quand tu entends cette phrase, tu dois faire ceci ou cela. » Et quoi que je dise, ils répondaient : « On ne te croit pas ! » et je recevais de nouvelles décharges électriques. Puis ils finissaient par s'arrêter. Je suppose qu'à ce moment ils estimaient que j'étais sous contrôle.

— Et ensuite il est arrivé qu'on vous dise ces phrases ou ces codes ?

— Oui.

— Comment ?

— Au téléphone, ou quelqu'un en passant, dans la rue. Et je devais alors faire ce qu'on m'avait dit.

— Par exemple ?

— Par exemple, si je voyais du rouge, je devais essayer de me tuer, mais pas jusqu'au bout.

— Simuler un suicide ?

— Oui.

— Vous avez reçu cet ordre ?

— Oui, plusieurs fois.

— Et vous avez tenté de vous suicider ?

— Oui.

— Comment ?

— Je me suis tailladé les veines du poignet.

— Combien de fois ?

— Je ne sais plus.

— Vous avez été hospitalisée à la suite de ces tentatives ?

— Deux fois. On m'a envoyée en hôpital psychiatrique.

Amanda Jaffe s'apprêtait à poser une autre question, mais Mike Greene se leva en reboutonnant sa veste.

— Votre Honneur, nous pourrions peut-être faire une pause ?

— En effet, monsieur Greene. L'audience est suspendue pour un quart d'heure. Docteur Fairweather, il faudra revenir à la reprise. Je veux voir les avocats dans mon cabinet.

Le juge quitta la salle par la porte placée derrière l'estrade. Daniel se tourna vers Amanda pour la regarder avec de grands yeux.

— Elle est cinglée, dit-il.

— Complètement, répondit Amanda avec un sourire rassurant. Et nous sommes en position de force. Tenez bon pendant que je discute avec le juge. Normalement, je devrais revenir avec de bonnes nouvelles.

— Comment étiez-vous au courant de cette histoire de secte satanique ?

— Je vous le dirai plus tard.

Amanda et Mike Greene sortirent à leur tour et Joe Molinari s'approcha. L'un des gardes dit à Joe qu'il pouvait parler au prévenu mais qu'il n'avait pas le droit de le toucher ou d'échanger quoi que ce soit.

— Merci d'être là, dit Daniel.

— Eh, mec, c'est le meilleur spectacle du moment, et ton avocate est super ! Je sens qu'on va se retrouver ce soir pour l'apéro !

Mais Daniel craignait de s'abandonner à des espoirs déraisonnables. Il se contenta d'un sourire pour toute réponse.

— Que se passe-t-il ici ? demanda le juge Opton à Mike Greene dès qu'il fut assis dans son cabinet face aux deux avocats.

— Croyez bien que j'ignorais totalement qu'elle allait se lancer dans ce délire, répondit Greene.

Opton secoua la tête.

— Et on s'imagine toujours avoir tout vu ! Alors, Mike, que fait-on ?

Greene poussa un profond soupir.

— April Fairweather et Forbus sont mes seuls témoins. Vous en avez entendu autant que moi.

— Êtes-vous prêt à soutenir que vous avez apporté les preuves de la culpabilité de Mr. Ames dans le meurtre d'Arthur Briggs ? Car c'est bien ce que vous devez faire si vous voulez que je refuse la mise en liberté.

— Elle n'en a pas moins vu ce qu'elle a vu, monsieur le juge, dit Greene sans grande conviction.

— Votre témoin voit beaucoup de choses... Quelle est votre position, Amanda ?

— Le seul lien entre Daniel Ames et le meurtre est le témoignage du Dr. Fairweather, et je ne crois pas qu'elle soit un témoin crédible.

— Inutile de prendre des précautions oratoires. Nous sommes entre nous. Cette femme est complètement givrée. Des électrodes, bordel ! D'où l'avez-vous sortie, Mike ?

Greene ne répondit pas.

— Bon. Voilà ce qu'on va faire. Vous, Amanda, vous finissez votre contre-interrogatoire. Et vous, Mike, inutile de vous fatiguer. Vous pouvez toujours plaider contre la libération, mais je vais l'accorder — compris ?

Greene répondit d'un hochement de tête. Opton se tourna vers Amanda.

— Il peut payer combien, votre client ?

— Daniel Ames n'a personne pour l'aider, et il est pratiquement sans le sou, juge. Comme vous venez de l'entendre, il vient d'être renvoyé du cabinet Reed, Briggs. Sa mère est fauchée et il ne sait même pas où est son père. Il s'est débrouillé tout seul pour payer ses études, si bien qu'il est endetté jusqu'au cou et n'a pas d'argent de côté. Je plaide l'affaire *pro bono.*

Opton haussa les sourcils. Amanda continua, ignorant sa mimique :

— Je crois que vous devriez le libérer sur parole. Daniel Ames jure qu'il est innocent et il n'y a aucune preuve tangible contre lui. April Fairweather, à supposer qu'on puisse la croire, dit seulement qu'elle l'a vu s'enfuir, mais rien ne prouve qu'il avait une arme ou qu'il a tiré sur Briggs.

— Mike ?

Greene semblait abattu.

— Je vais plaider contre la libération, mais je crains de ne pas être très convaincant.

— Très bien. Je vous laisserai faire votre travail. Vous pouvez plaider sans y mettre trop de passion. Mais ne soyez pas trop long. (Opton se leva.) Allons-y, et finissons-en !

Mike Greene arborait une mine sombre en ressortant du cabinet du juge, et Amanda Jaffe ne montrait aucune émotion. Elle s'assit et se tourna aussitôt vers Daniel.

— Le juge Opton a décidé que cette April Fairweather était cinglée. À partir du moment où il considère que son témoignage est irrecevable, Mike n'a plus aucune charge sérieuse contre vous. Vous serez sorti de prison d'ici midi.

— C'est fini ? Je suis libre ?

— Ne vous excitez pas trop. Vous êtes toujours accusé de meurtre, mais le juge va vous libérer sur parole, et vous dispenser de caution.

— Merci. Vous êtes formidable !

— Je ne suis pas mauvaise, répliqua Amanda. Mais on n'aurait pas gagné sans votre ange gardien.

— Vous vous doutiez de ce qui nous attendait ? demanda Mike Greene à Zeke Forbus. Parce que, voyez-vous, je veux bien passer pour un parfait crétin, mais je préférerais être prévenu un peu à l'avance !

Greene se mettait rarement en colère et Forbus n'était pas souvent embarrassé, mais rien, ce jour-là, n'allait comme prévu.

— Croyez-moi, Mike, j'ai été aussi surpris que vous. April Fairweather m'avait paru un peu tendue le jour où je l'ai vue, mais je ne me doutais pas qu'elle était folle.

Greene pivota sur son fauteuil, face à la fenêtre du bureau et le dos tourné au détective de la Criminelle. Sur une console, un jeu d'échecs offrait une combinaison qu'il était en train d'étudier. Il le contempla un instant dans l'espoir de s'extraire d'une pénible réalité, mais en vain. Il pivota à nouveau pour regarder Forbus.

— Et maintenant, Zeke ?

— Je continue à penser que c'est lui qui a fait le coup. Il me reste à prouver qu'il était sur les lieux, et j'y arriverai.

— Vous avez déjà une idée ?

Forbus se contenta de secouer la tête.

— Eh bien, réfléchissez, bon sang ! On ne peut pas en rester là. L'audience préliminaire est fixée à la semaine prochaine. Normalement je m'en passe en obtenant une mise en accusation secrète du grand jury, mais je n'ai rien à leur montrer. Je vais être obligé de laisser tomber les charges contre Ames si on ne trouve pas rapidement quelque chose.

# 26

Daniel était tellement abasourdi par la rapidité avec laquelle l'audience s'était achevée qu'il n'entendit même pas l'échange d'arguments juridiques entre Amanda et Mike Greene. Dès que le juge eut annoncé sa décision, les gardes le ramenèrent à la prison, où il attendit que soient réglées les formalités de sa levée d'écrou. Il venait de passer une semaine à refouler ses émotions, et il mit un certain temps à se persuader qu'il allait sortir de cette prison. La stupéfaction fit place à l'euphorie, jusqu'au moment où il se rappela qu'il restait accusé dans une affaire de meurtre. On l'avait libéré parce que le témoignage d'April Fairweather n'était pas fiable, mais qu'arriverait-il quand les policiers interrogeraient Renee Gilchrist ? Leur parlerait-elle du coup de téléphone qu'il lui avait donné l'après-midi du meurtre ? Et dans ce cas, le juge ne reviendrait-il pas sur sa décision de le remettre en liberté ? Quand on vint lui restituer ses effets personnels, Daniel était en pleine déprime.

Amanda avait demandé et obtenu qu'on le laisse sortir par le garage pour lui éviter la confrontation avec les journalistes. Et elle lui avait dit que quelqu'un serait là pour l'attendre. Il pensait trouver Herb Cross, l'enquêteur, mais il vit Kate Ross debout dans la pénombre. Elle l'accueillit avec un grand sourire et la déprime disparut en une seconde tandis qu'elle le serrait joyeusement dans ses bras.

— Vous ne sentez pas si mauvais que ça, plaisanta-t-elle en le relâchant.

Un sourire fendit le visage de Daniel d'une oreille à l'autre.

— Vous non plus !

— Allons manger quelque chose ! dit Kate.

Daniel n'y avait pas pensé de la journée, mais il se sentit soudain affamé.

La voiture de Kate était garée à une rue de là. Tout en marchant, Daniel savoura la douce chaleur du soleil sur sa peau, la caresse du vent sur son visage, et cette idée qu'il pouvait aller jusqu'à la voiture ou non, selon ce qu'il décidait.

— Comment vous sentez-vous ? demanda Kate quand ils commencèrent à rouler.

— Bien. Je m'étais mis en veilleuse, pour ainsi dire, depuis que j'étais enfermé, et il va me falloir un peu de temps pour me sentir vraiment libre.

— Amanda ne vous laissera pas y retourner. C'est une super-avocate.

— Pour ça, oui !

Ils roulèrent un moment en silence. Puis Daniel se rappela les paroles sibyllines d'Amanda au tribunal.

— Quand je l'ai remerciée pour m'avoir fait remettre en liberté, elle m'a parlé de mon ange gardien. Vous savez ce qu'elle voulait dire ?

Le sourire de Kate disparut.

— Oui. On en a discuté ce matin. Amanda savait à qui elle avait affaire avec April Fairweather parce qu'elle avait reçu l'enregistrement vidéo d'un discours prononcé par celle-ci il y a quelques années. April Fairweather s'adressait à un groupe de prétendues victimes de cérémonies rituelles sataniques, en leur disant qu'elle-même avait été la proie d'une telle secte.

Amanda a tiré de ce discours les informations qui lui ont servi pour son contre-interrogatoire.

— Qui lui a donné cette bande ?

— C'était un envoi anonyme. Elle a cru que ça venait de moi.

— Ça ne l'était pas ?

— Je connais cet enregistrement. Il figurait au dossier d'April Fairweather, dit Kate, visiblement malheureuse. J'aurais voulu en parler à Amanda mais je ne le pouvais pas, pour les mêmes raisons qui m'interdisaient de l'aider en enquêtant sur votre affaire.

— Vous avez déjà fait beaucoup, la rassura Daniel. Je serais encore sous les verrous à l'heure qu'il est, si vous n'aviez pas demandé à Amanda de me défendre !

Kate parut soulagée.

— Savez-vous si Amanda soupçonne quelqu'un d'être l'expéditeur de cette cassette ? reprit Daniel.

— Non, mais tous ceux qui ont approché ce dossier connaissaient son existence, et chez Reed, Briggs, beaucoup de gens en avaient entendu parler. Sans compter Aaron Flynn et ses collaborateurs. Je ne sais pas s'ils étaient au courant avant l'audience de ce matin, mais c'est probable — ils ont eux aussi de très bons enquêteurs.

— Eh bien, nous voici avec un bel éventail de suspects !

Kate sourit, soulagée de voir que Daniel ne lui en voulait pas. Il redevint silencieux.

— À quoi pensez-vous ? demanda-t-elle.

— Je me disais que ce n'était pas le premier envoi anonyme reçu ces derniers temps.

— Vous voulez parler de l'étude de Kaïdanov ?

Daniel fit oui de la tête.

— J'y a pensé, moi aussi, dit Kate. On ne sait pas si c'est la même personne qui a posté ces deux courriers. Vous croyez qu'il existe un lien entre April Fairweather et l'affaire de l'Insufort ?

— J'en vois deux. Briggs était l'avocat de la défense dans chacune de ces affaires. Il a demandé à April Fairweather de le rejoindre à huit heures et quart à la maison de campagne et il m'avait demandé d'y être à huit heures, ce qui signifie qu'il voulait nous y voir en même temps.

— Et quel autre lien voyez-vous entre April Fairweather et l'Insufort ?

— Aaron Flynn. Il est l'avocat des plaignants dans un cas comme dans l'autre.

Daniel s'aperçut soudain qu'ils arrivaient devant chez Kate.

— Je croyais qu'on allait déjeuner ?

— Vous ne vous trompiez pas. Comme Amanda ne voulait pas qu'on vous voie en public, on va manger chez moi. C'est là que vous allez habiter, aussi. Votre appartement est sens dessus dessous, depuis la fouille que les flics lui ont fait subir. Vous n'avez certainement pas envie de passer votre première journée de liberté avec un balai et une serpillière à la main. J'ai une jolie chambre d'amis et Herb Cross a apporté une valise et quelques affaires. Vous y trouverez même votre vieille brosse à dents.

Tout en parlant, elle s'était garée.

— Vous êtes une véritable amie, dit Daniel.

— Oui. Et des amis, il va vous en falloir, pour vous tirer de ce pétrin.

Daniel prit une douche, enfila un jean propre et un grand sweat-shirt. En sortant de la salle de bains, il sentit l'odeur du café. Il la suivit jusqu'à la cuisine, où il trouva Kate plongée dans la dernière édition du journal. Elle leva la tête et lui sourit.

— Je vous prépare des œufs et des toasts ?

— Ah oui, merci.

Elle s'approcha de la cuisinière.

— Comment aimez-vous le bacon ?

— Sur une assiette ! plaisanta Daniel.

Il éprouva, à entendre le rire de Kate, un plaisir qui le surprit lui-même.

Elle jeta trois tranches de bacon dans une poêle. Daniel s'assit. Il y avait un compte rendu de son affaire dans le journal.

— Je trouve le papier de l'*Oregonian* honnête, dit Kate. Ils disent qu'Amanda a jeté un doute sérieux sur la personnalité d'April Fairweather, et font observer qu'il n'y a rien d'autre pour prouver votre implication dans le meurtre d'Arthur Briggs.

Cela aurait dû réjouir Daniel. Mais il pensait déjà à la suite, quand la police interrogerait Renee.

Kate posa devant lui une assiette d'œufs au bacon et des toasts, puis une chope de café.

— Je ne vous imaginais pas en femme d'intérieur, dit Daniel en souriant.

— Ne croyez pas que ça va durer, rétorqua-t-elle en laissant choir un trousseau de clés à côté de son assiette. À partir de demain, il faudra vous débrouiller tout seul.

— Pourquoi ces clés ?

— Ce sont celles de la maison. Je m'absente pour quelques jours, et vous en aurez besoin.

— Où allez-vous ?

— Dans l'Arizona.

Daniel parut désemparé.

— Pendant que vous étiez à l'ombre, la police a découvert l'identité du type dont on a trouvé le cadavre dans le laboratoire. Ce n'était pas le Dr. Kaïdanov.

— Qui était-ce ?

— Un avocat de l'Arizona, un certain Gene Arnold.

— Que faisait-il dans ce laboratoire ?

— Personne ne le sait. Son associé ignorait même ce qu'il était venu faire dans l'Oregon. Gene Arnold s'est rendu à New York pour affaires, a vu au mur d'une galerie la photo d'un couple de promeneurs dans Pioneer Square, et a sauté dans un avion pour Portland. Il a pris une chambre au Benson, et a disparu. On sait maintenant où il est allé, mais on ne sait pas pourquoi. Quelque chose me dit que la réponse pourrait se trouver en Arizona.

# 27

Kate loua une voiture à l'aéroport pour se rendre à Desert Grove. L'autoroute filait sous un immense ciel bleu entre des étendues désertiques et des *mesas* de rochers rouges. La jeune femme appréciait la rude beauté de ces paysages, mais pour quelqu'un comme elle, qui avait toujours vécu sur la côte Pacifique, l'herbe y était trop rare et le soleil trop fort. Peu avant treize heures, elle se gara devant un bâtiment bas à l'architecture moderne, aux abords de la ville. Devant l'entrée, on lisait en lettres d'or sur une plaque de verre : ARNOLD & KELLOGG, AVOCATS.

Benjamin Kellogg, un grand Viking aux cheveux blond filasse qui ne devait guère avoir plus de trente ans, l'accueillit dans le hall d'entrée et la conduisit à son bureau.

— Merci de me recevoir un samedi, dit Kate en s'asseyant.

— Gene n'était pas seulement mon associé, mademoiselle Ross. Je vous serai reconnaissant de tout ce que vous pourrez me dire, si vous m'aidez à comprendre ce qui s'est passé.

— Très franchement, monsieur Kellogg, personne — ni la police, ni mon cabinet, personne — n'a la moindre idée quant aux raisons de sa mort. C'est pourquoi je suis ici.

— Je ferai mon possible pour vous être utile, dit Kellogg.

— Mon cabinet défend le Groupe pharmaceutique Geller dans un procès qui met en cause l'un de ses produits. Des informations sur une étude que notre client aurait réalisée ont été révélées lors d'une déposition. Les résultats de cette étude semblaient montrer que, conformément aux dires des plaignants, le produit en question était dangereux. Peu de temps après la découverte de ces documents, le laboratoire où l'étude avait été réalisée a été détruit par un incendie criminel. Le corps de votre associé gisait parmi les décombres. Gene Arnold, ou votre cabinet, étaient-ils pour quelque chose dans cette plainte contre le Groupe Geller ?

— Non.

— Savez-vous pour quelle raison Mr. Arnold s'est rendu dans l'Oregon ?

Kellogg parut interloqué.

— Je suis désolé, mademoiselle Ross, mais je n'en ai pas la moindre idée. Nous n'avons aucune affaire en cours là-bas.

— Mr. Arnold vous a-t-il parlé d'amis ou de relations professionnelles dans l'Oregon ?

— Non, mais Gene m'a embauché il y a six ans, à ma sortie de la fac de droit. Je ne suis devenu son associé que l'année dernière. Mais je venais de Phoenix, et je ne sais pas grand-chose de ce qui s'est passé ici avant mon arrivée. J'ai entendu parler des assassinats, évidemment, comme tout le monde.

— Quels assassinats ?

— La femme de Gene et la femme de notre plus gros client ont été enlevées et assassinées. L'affaire a fait grand bruit en Arizona. (Kellogg secoua la tête.) Une histoire vraiment horrible. D'abord la femme de

Martin, puis celle de Gene. Ils ne s'en sont jamais remis, ni l'un ni l'autre.

Kate se pencha en avant.

— C'est la première fois que j'entends parler de ces meurtres. Pouvez-vous m'en dire un peu plus ?

— Je n'en sais guère que ce que j'ai lu dans la presse de l'époque. Comme je vous l'ai dit, c'était avant que je vienne m'installer à Desert Grove. Je ne connaissais encore ni Gene ni Martin Alvarez.

— Qui est Martin Alvarez ?

— C'est l'homme le plus riche de Laurel County. Un an avant mon arrivée ici, sa femme a été tuée lors d'une tentative d'enlèvement qui a mal tourné. Un type du coin, Paul McCann, a été arrêté. Puis on a enlevé et assassiné la femme de Gene. On a même soupçonné Gene pendant un certain temps, puis on a abandonné l'accusation. Il a passé des moments terribles. Il était encore sous le coup de cette affaire pendant ma première année ici.

— A-t-on finalement retrouvé l'assassin de Mrs. Arnold ?

— Non.

— Vous pouvez me donner d'autres détails ?

— Pas vraiment. C'était déjà du passé quand j'ai commencé à travailler avec Gene, et il n'en parlait jamais.

— Qui pourrait me renseigner sur ces meurtres ?

Kellogg hésita, puis :

— Il y a bien Martin, mais je doute qu'il accepte de vous recevoir.

— Pourquoi ?

— Martin Alvarez adorait sa femme. Sa mort l'a démoli. On m'a dit qu'il sortait beaucoup et voyait beaucoup de monde avant ce drame. On se bousculait aux soirées que donnait le couple ; il était très actif dans notre petite communauté et soutenait généreusement les œuvres locales. Mais tout a changé après la mort de sa femme. Il vit désormais en reclus. Il quitte rarement son hacienda, même pour s'occuper de ses affaires.

# 28

L'hacienda Alvarez se trouvait à plusieurs kilomètres de la ville. Rien ne la signalait depuis l'autoroute, et Kate aurait certainement manqué la piste de terre qui y conduisait si Benjamin Kellogg ne lui avait donné des indications précises. Elle roulait maintenant dans un nuage de poussière, sans voir le moindre signe de civilisation. De chaque côté de la piste, quelques maigres touffes de végétation s'agrippaient au sol aride parsemé de rochers, et des cactus géants se dressaient vers le ciel d'un bleu intense où flottaient çà et là des lambeaux de nuages blancs. Kate commençait à se demander si elle ne s'était pas trompée de route quand un ensemble de bâtiments aux murs de pisé brun apparut dans le lointain.

Un gardien examina les papiers de la jeune femme avant de la diriger vers un parking, face à une maison de style mexicain au toit de tuiles et aux murs blanchis à la chaux. Elle vit un autre garde armé tandis qu'elle suivait l'allée dallée de pierres jusqu'à une porte de chêne sculpté qui s'ouvrit avant qu'elle ne frappe.

— Miss Ross ? demanda une petite femme entre deux âges, à la silhouette frêle, vêtue d'une robe longue.

— Oui.

La femme sourit.

— Je suis Anna Cordova, l'assistante de Mr. Alvarez. Il est au bord de la piscine.

Anna Cordova précéda Kate sur le sol carrelé de l'entrée, en lui demandant poliment si son vol s'était bien passé, puis elle lui fit descendre quatre grandes marches en bois et traverser le living-room qui s'ouvrait en contrebas. Une couverture indienne au motif complexe décorait l'un des murs, et un grand tableau représentant un troupeau lui faisait face ; des objets d'art précolombien étaient disposés dans une vitrine. Kate passa devant une cheminée et devant un autre tableau dans lequel elle crut reconnaître une œuvre de Georgia O'Keeffe.

Dehors, elle retrouva la chaleur. Mais une avancée du toit délimitait un vaste patio ombragé, au carrelage rouge sombre de style mexicain. Le patio donnait sur une piscine assez large pour six couloirs de natation, et assez profonde pour le plongeoir dressé à l'une de ses extrémités. Un gardien en arme se tenait à l'ombre du haut mur d'enceinte. Il suivit Kate des yeux tandis qu'elle traversait le patio, mais Kate ne s'attarda pas sur lui. Son attention se concentrait sur un personnage à la stature impressionnante, vêtu d'une chemise à manches courtes portée par-dessus un pantalon de cotonnade blanche. Assis sous un grand parasol devant une table ronde au plateau de verre, Martin Alvarez regardait fixement la surface de l'eau.

Il se leva en entendant approcher les deux femmes. Kate se dit qu'il devait mesurer dans les deux mètres dix. Un bandeau noir lui masquait l'œil droit et une cicatrice lui barrait la tempe d'un trait rougeâtre qui ressortait sur la peau brune et grêlée. Ses cheveux d'un noir de jais étaient striés de blanc. Une épaisse moustache recouvrait sa lèvre supérieure. Alvarez avait les épaules larges et des avant-bras épais. L'enquêtrice eut tout de suite l'impression de se trouver devant un homme dur, implacable.

— Martin, c'est Miss Ross, annonça Anna Cordova.

Alvarez avança vers elle d'un pas décidé.

— Gene est mort ? demanda-t-il sans préliminaires.

Kate hocha la tête.

— Il n'y a pas de confusion possible ? ajouta-t-il.

Son visage n'exprimait pas la moindre émotion.

— Non.

— Les détails, s'il vous plaît. Et ne craignez pas de me heurter. Je me suis endurci contre la violence. Rien de ce que vous pourrez me dire ne sera pire que ce que j'ai déjà connu.

— Mr. Arnold a été poignardé, probablement avec un couteau. Il n'a pas souffert. La mort a été pratiquement instantanée.

— Pourquoi vous a-t-il fallu aussi longtemps pour l'identifier ? Kellogg avait signalé sa disparition depuis plusieurs semaines.

— On a retrouvé son corps dans les décombres d'un laboratoire incendié, loin de toute habitation, à plusieurs kilomètres de Portland. Il avait brûlé en même temps que le bâtiment, et on l'a identifié grâce au relevé de soins fourni par son dentiste.

Kate vit qu'Alvarez retenait sa respiration et ajouta, pour lui mettre un peu de baume au cœur :

— Il était mort avant que l'incendie ne se déclare.

— Si vous poursuiviez cette discussion près de la piscine ? intervint Anna Cardova en leur indiquant la table. Voulez-vous un thé glacé ? demanda-t-elle à Kate.

— Avec plaisir, merci.

Alvarez retourna à la table. Kate s'assit face à lui, sous le parasol.

— Vous soupçonnez quelqu'un ? demanda Alvarez.

— Non. La police ne sait même pas ce que Mr. Arnold était venu faire dans l'Oregon.

— Moi non plus. Gene s'était rendu à New York pour y négocier un emprunt destiné à l'une de mes entreprises. Je comptais le revoir tout de suite après.

— Donc il n'était pas prévu qu'il aille ensuite à Portland ?

— Non.

— Avez-vous déjà eu affaire au Groupe pharmaceutique Geller ?

— Non.

— Pensez-vous que Mr. Arnold avait une raison quelconque de s'intéresser à des recherches sur les primates ?

— Non. Pourquoi me demandez-vous ça ?

Kate résuma en quelques phrases l'affaire de l'Insufort. Elle vit Alvarez tressaillir en entendant le nom d'Aaron Flynn.

— Qu'y a-t-il ? demanda-t-elle.

— Il y a sept ans, un homme du nom de Paul McCann a assassiné ma femme. L'avocat qui l'a défendu s'appelait Aaron Flynn.

— Un grand rouquin ?

— Oui.

Kate parla de la photographie de Claude Bernier.

— Je pense que Mr. Arnold est peut-être venu à Portland pour rencontrer l'une des personnes qu'il avait reconnues sur cette photo. Aaron Flynn, peut-être. Comment expliquer le choc qu'il a éprouvé ce jour-là ?

— On peut seulement supposer que la vue de Flynn l'a ramené aux souvenirs de la mort de sa femme, répondit Alvarez après avoir réfléchi un instant.

— Y avait-il un lien entre le meurtre de Mrs. Arnold et celui de votre femme ?

— Oui.

Kate resta quelques secondes silencieuse avant de reprendre :

— Comment Mr. Arnold s'entendait-il avec Flynn quand ils vivaient tous les deux à Desert Grove ?

— Je ne crois pas qu'ils se voyaient beaucoup, sinon pour des raisons professionnelles, répondit Alvarez, laconique.

Il se tut un instant, avant d'ajouter en secouant la tête :

— Tout cela est incompréhensible.

— Je pourrais peut-être vous aider à mieux comprendre si j'en savais un peu plus sur ce qui s'est passé ici, il y sept ans.

Alvarez hésita. Kate ne pouvait pas savoir à quel point ces souvenirs étaient douloureux. Il porta la main à sa cicatrice, et dit :

— Si vous pensez que ça peut servir à quelque chose...

— Je n'en suis pas certaine, mais pour le moment nous n'avons pas la moindre piste.

— Voilà sept ans que je réfléchis au meurtre de ma femme, que j'essaie de reconstituer ce qui est arrivé. Je vais vous dire tout ce que je sais et tout ce que j'ai appris par d'autres, si ça peut vous aider à mettre la main sur la personne qui a tué Gene. (Il montra du doigt le bandeau qui cachait son œil droit.) Il se pourrait que ce soit la même que celle qui m'a fait ça.

QUATRIÈME PARTIE

# La mort dans le désert

# 29

## 1

Le jour se levait sur le désert. Tandis que Patty Alvarez fonçait avec Conquistador vers les défilés qui s'ouvraient à l'est entre des falaises de roche rouge, le ciel se teinta d'écarlate au-dessus de l'horizon. Puis le soleil apparut, énorme, dégageant d'épaisses ondes de gaz chauffé au rouge et des lueurs jaunes d'une telle intensité qu'on ne pouvait le regarder en face.

Patty aimait ces chevauchées matinales dans la fraîcheur de l'aube. D'ici une heure, la transpiration ruissellerait entre ses seins et sa chemise lui collerait à la peau. Il serait temps, alors, de rentrer.

Conquistador était un alezan à la robe feu, à la queue et à la crinière noires, qui avait jadis remporté des trophées sur les champs de courses. Martin Alvarez l'avait offert à sa femme pour son trente-deuxième anniversaire, et Patty en avait fait son favori. Tandis qu'ils galopaient dans l'étroite gorge, elle sentait bouger entre ses jambes l'animal tout en muscles, comme l'avait fait Martin, ce matin-là, avant qu'elle ne quitte l'hacienda. Il y avait deux étalons dans sa vie. Patty sourit à cette pensée.

Le meilleur moyen d'échapper à la chaleur était de se faufiler à toute vitesse entre les monuments de pierre qui se dressaient devant elle. Une ombre fraîche régnait au fond de ces gorges formées par de hautes falaises qui découpaient au-dessus de sa tête une mince bande de ciel. Comme Conquistador connaissait par cœur l'itinéraire de leur course quotidienne, Patty pouvait profiter du paysage. Elle voyait dans le désert, avec ses multiples beautés, l'œuvre de Dieu, et ne se lassait jamais de le contempler. Il passait du jaune au rouge selon l'heure et la lumière, et il lui semblait apercevoir dans la roche des visages d'Indiens et des corps musclés de guerriers en armes.

Le défilé débouchait sur une étendue plate, entre des rochers éboulés dont le plus petit était assez gros pour cacher un homme. Conquistador longeait une barre rocheuse dressée sur sa droite quand deux hommes surgirent sur sa gauche. Ils portaient des cagoules de skieurs, des jeans, et des vestes boutonnées jusqu'au cou — une tenue inhabituelle dans ces contrées où la chaleur dépassait les quarante-cinq degrés en cours de journée. Tandis que le premier levait la main vers Patty, le second pointait le canon d'un fusil sur la tête de son cheval.

Patty comprit instantanément ce qui arrivait. Martin était riche, très riche, et il l'aimait plus que tout au monde. C'était de notoriété publique, et Patty était certaine que ces hommes le savaient aussi. Ils comptaient sur l'amour de Martin pour l'obliger à payer une énorme rançon. Et une fois qu'il aurait payé, elle mourrait, bien sûr.

Elle se pencha en avant, couchée sur l'encolure de Conquistador, et lui enfonça ses talons dans les flancs. L'alezan bondit en avant, ses sabots s'enfoncèrent dans la terre sèche, la poussière vola, les deux hommes se jetèrent sur le côté. Patty vit tourbillonner l'ombre et la lumière du canyon, et au-delà, la liberté. Puis un coup de feu fracassa le silence du désert.

# 2

Laurel County, dans l'Arizona, comptait soixante-dix mille habitants, mais tous savaient lequel d'entre eux était le plus riche. Martin Alvarez était une force de la nature, avec une figure plate couleur de cuir tanné et séché au soleil. Il avait les cheveux tirés en arrière en queue de cheval, les oreilles percées de diamants, et portait des vestes de peau et des bottes de cow-boy cousues main. Après avoir débuté en vendant des voitures d'occasion au bord d'une route, il contrôlait désormais le marché de l'automobile de l'Arizona, possédait une chaîne de magasins présente dans tout l'État et une fortune considérable en biens immobiliers. Mais de tous ces biens, celui dont il était le plus fier était sa femme, la rousse aux yeux verts, ex-reine de beauté de Laurel County.

Patty était de quinze ans plus jeune que Martin. Elle avait eu très peur quand l'homme le plus puissant de Laurel County s'était mis à la courtiser, puis elle avait compris ce qu'elle pouvait gagner à devenir Mrs. Martin Alvarez : le prestige, et la sécurité. Elle ne serait plus seulement un nom griffonné sur le mur du dortoir des garçons du lycée, mais l'une des personnalités les plus en vue de la ville et de l'État. Elle avait donc répondu oui le jour où il lui avait demandé sa main, et avait été agréablement surprise de s'apercevoir qu'elle aimait, finalement, cet homme qui était fou d'elle.

Le Martin Alvarez assis derrière la grande table en chêne dans le bureau de l'hacienda était un homme au bord de l'explosion. Mais faute de savoir qui frapper, il lui fallait contenir la violence qui l'habitait. Assis face à lui, se trouvaient l'agent du FBI Thomas Chandler, le détective Norman Chisholm, du bureau du shérif de Laurel County, et Ramon Quiroz, le district attorney. Et derrière eux, d'autres policiers. Deux techniciens du FBI occupaient le téléphone.

— Je sais que vous avez déjà expliqué à Mr. Quiroz et à quelques autres ce qui s'était passé aujourd'hui, mais je voudrais l'entendre de votre bouche, si ce n'est pas trop vous demander, dit Chandler.

Martin semblait à bout de nerfs. Il était fatigué de s'expliquer, il voulait agir, mais il se retint, et récapitula pour l'agent du FBI les événements de la journée.

— Patty monte à cheval tous les matins. Nous y allons parfois ensemble mais, comme j'avais une réunion à sept heures, elle est partie seule. Elle suit toujours le même circuit et elle revient entre huit et neuf heures. À dix heures, comme elle n'était toujours pas là, j'ai commencé à m'inquiéter. J'ai pris l'un de mes hommes avec moi, et on est partis à sa recherche.

Martin se tut. Chandler vit qu'il faisait un effort pour lutter contre son angoisse et sa colère.

— On a trouvé Conquistador à l'entrée du canyon, à six kilomètres d'ici, à peu près.

— C'est son cheval ?

— C'était. Il est mort, répondit Martin d'un ton amer.

— Et votre femme avait disparu ?

Martin hocha la tête.

— Oui. Mais il y avait du sang sur les rochers à l'endroit où Conquistador était tombé.

— J'y ai envoyé mes techniciens, dit Chandler. Ils vont analyser le sang pour savoir si c'est celui du cheval.

Il ne mentionna pas l'autre possibilité, pourtant évidente.

— Qu'avez-vous fait, après avoir trouvé Conquistador ?

— J'ai appelé Ramon sur mon portable. Et j'ai attendu, près du cheval.

— Parlez-moi de l'appel que vous avez reçu.

— En arrivant, Norm m'a tout de suite dit de rentrer

chez moi. Il pensait qu'il pouvait s'agir d'un enlèvement, et que ceux qui avaient fait le coup risquaient d'appeler en mon absence. C'est ce qu'ils ont fait, il y a environ deux heures. Ils m'ont dit de ne pas mêler la police à cette affaire, mais Ramon et Norm ont tenu à ce que je vous appelle.

— Vous avez très bien fait.

— Pas s'ils tuent Patty, dit Martin avec un regard appuyé à l'adresse de Chandler.

— Ces gens veulent de l'argent, monsieur Alvarez. De l'argent, et c'est tout. Ils n'en auront pas s'ils tuent votre femme.

Chandler attendit un instant, espérant que Martin se détende un peu. En vain.

— S'il vous plaît, répétez-moi, mot pour mot, ce qu'on vous a dit au téléphone.

— C'était un homme, mais il parlait en déformant sa voix. Il a dit : « On a ta femme. Si tu veux la revoir vivante, ça va te coûter un million de dollars. En billets neufs, de cent dollars maximum. » J'ai répondu qu'il me fallait une journée pour rassembler cette somme. Il a dit qu'il rappellerait pour me donner d'autres instructions. Je lui ai demandé de me passer Patty. Il a raccroché. C'est tout. Ça a duré très peu de temps.

— Bien, dit l'agent du FBI.

— Je veux la vérité, Chandler, reprit Alvarez d'un ton ferme. Toute la vérité. Est-ce que ma femme a des chances d'en sortir vivante ?

Chandler avait l'air sombre. Il secoua la tête.

— Je ne sais pas quelles sont ses chances. Trop de facteurs entrent en jeu. Je ne vais pas faire des paris ou vous raconter des histoires. La vérité, honnêtement, c'est que je n'en sais rien. Je peux seulement vous promettre que nous allons faire tout ce qui sera en notre pouvoir pour vous la ramener.

# 3

Les kidnappeurs ordonnèrent à Martin de déposer la rançon sous un tronc d'arbre qui enjambait une rivière du nom de Rattlesnake Creek, à plusieurs heures de route de Desert Grove. Le banquier de Martin avait préparé la somme, mais, à la demande de Chandler, Martin annonça aux kidnappeurs que la banque réclamait un délai supplémentaire de deux heures. Il se rendit lui-même à la banque où l'attendait un gros sac de toile bourré de billets tandis que Chandler, profitant de l'obscurité, infiltrait une équipe d'hommes armés jusqu'aux dents dans le bois proche de la rivière.

Thomas Chandler avait passé son enfance à Philadelphie, fait ses études universitaires à Boston, et appris son métier à Quantico, Virginie. Rien, dans son enfance, ses études ou sa formation d'agent du FBI ne l'avait préparé à attendre pendant des heures dans le froid et l'humidité de la forêt, à plat ventre sur un sol hérissé de cailloux. Chandler était incapable de rester très longtemps sans bouger. Au bout d'un certain temps, il se mit à changer de position toutes les trois minutes en faisant le moins de bruit possible.

À parcourir du regard les abords du cours d'eau, il oublia brièvement sa position inconfortable. La rivière serpentait entre les arbres, et une eau profonde et limpide bouillonnait aux endroits où des rochers la déviaient de sa course. Avec ses jumelles à vision nocturne, Chandler eut l'impression de regarder un paysage de jeu vidéo.

Alors qu'il remontait son col pour se protéger du froid, un bruit le fit tressaillir et se figer sur place. Il jeta un coup d'œil à sa montre. Dix heures. Le moment était arrivé. Alvarez devait être là. Chandler entendit une branche craquer et vit le faisceau d'une torche électrique sur le chemin menant à la rivière. Il braqua ses jumelles sur l'arbre abattu par la foudre entre les deux berges. Martin Alvarez apparut quelques secondes plus tard, portant un gros sac de toile sur ses larges épaules. Chandler le regarda poser le sac sous le tronc d'arbre. Alvarez se redressa, jeta un bref regard autour de lui et repartit par où il était arrivé.

Dès qu'Alvarez eut disparu, Chandler régla ses jumelles pour surveiller le sac de toile, mais il ne se passait plus rien. Le sac reposait sous le tronc d'arbre, la rivière courait entre ses berges, et l'agent du FBI sentait peser sur lui le silence et l'immobilité de la forêt. Il ne parvenait pas à concentrer son attention sur le sac. Il savait d'ailleurs que des tireurs d'élite planqués dans les fourrés et des membres du commando étaient à l'affût. Il changea une nouvelle fois de position pour lutter contre l'ankylose, ferma les yeux. Comme il commençait à dodeliner de la tête, la peur de s'assoupir le fit sursauter. Il se réprimanda intérieurement, se gifla le visage pour se réveiller, et reprit ses jumelles au moment où un homme entièrement vêtu de noir se hissait sur la berge pour attraper le sac.

Chandler dégaina son revolver.

— FBI ! Les mains en l'air !

Des tirs d'armes automatiques éclatèrent sous les arbres de l'autre côté de la rivière. Chandler se jeta à plat ventre. L'homme qui tenait le sac repartit vers l'eau, couvert par la rafale. Chandler entendit les agents qui tiraient à leur tour. Se relevant d'un bond, il se précipita dans l'eau glacée. L'homme ressortit de la rivière et partit en courant vers la forêt, Chandler sur ses talons. Les fourrés, particulièrement denses, gênaient sa course. Il se prit le pied dans une racine et trébucha tandis qu'une nouvelle rafale d'armes automatiques arrosait les branches au-dessus de sa tête, le recouvrant d'une pluie de feuilles déchiquetées.

Dès que le tir cessa, Chandler se remit debout. Il entendit un souffle précipité et un bruit de pas écrasant les branches mortes. Puis un coup de feu éclata, suivi par un grognement étouffé, et la voix de l'un des tireurs d'élite cria :

— Il est touché !

Chandler, qui fonçait tête baissée, déboucha dans une clairière et faillit se télescoper avec un gros type à la tête encagoulée, dont la jambe saignait abondamment. L'homme voulut prendre appui sur sa jambe blessée et trébucha. Chandler se jeta sur lui, le renversa et l'immobilisa très vite d'une clé à la gorge. Plusieurs agents arrivèrent pour lui prêter main-forte.

— Où est l'autre ? demanda Chandler en reprenant sa respiration.

— Ils le poursuivent, répondit l'un des hommes.

Chandler se rappela le sac. Il le chercha du regard, puis demanda qu'on lui passe une torche pour inspecter le périmètre dans lequel il venait de rouler à terre avec l'homme blessé. Puis il revint vers ce dernier :

— Où est l'argent de la rançon ?

Un agent s'approcha à son tour et tira sur la cagoule. L'homme mesurait dans les deux mètres. Il avait le teint buriné de quelqu'un qui travaille au grand air et ses cheveux roux étaient collés sur son front.

— Où est Patty Alvarez ? demanda Chandler.

L'homme semblait à bout de forces, mais les défiait du regard.

— Je veux un avocat. Je dirai rien tant que j'aurai pas vu un avocat.

Chandler s'agenouilla à côté de lui, le saisit brutalement au menton pour le regarder droit dans les yeux et dit à voix basse :

— Si Patty Alvarez est morte, tu risques ta tête. Si tu te montres coopératif, on pourra s'arranger. Continue à réclamer un avocat, et je rigolerai bien quand on te mettra les électrodes !

Il lui lâcha le menton et l'homme détourna les yeux. Deux agents, hors d'haleine, arrivèrent en courant dans la clairière. Comme ils commençaient à parler, Chandler les fit taire d'un geste pour les entraîner à quelque distance du prisonnier.

— Il y a une piste à cinq cents mètres en amont, dit l'un. On l'a suivie sur un kilomètre. Elle rejoint une route forestière qui ne figurait pas sur nos cartes. Il y avait des traces de pneus toutes fraîches.

Chandler laissa échapper un juron. Le complice du type qu'ils venaient d'arrêter avait probablement réussi à récupérer le sac pendant les quelques minutes où on l'avait perdu de vue. Écartant les agents, il retourna près du prisonnier.

— Ton copain a filé avec l'argent. Ça veut dire que tu seras seul à répondre de toutes les accusations, et je te promets de ne pas en oublier une seule. Tu as une minute pour te décider.

## 4

Martin Alvarez concentra toute son attention sur le témoignage de Lester Dobbs, qui avait conclu un accord peu après son arrestation du côté de Rattlesnake Creek, puis conduit les agents du FBI jusqu'à l'endroit où le corps de Patty Alvarez reposait sous quelques centimètres de terre. Mais Paul McCann, l'homme qu'on accusait du meurtre de Patty, avait un autre sujet d'intérêt.

Melissa Arnold était la greffière du tribunal de Laurel County pendant le procès. À chaque audience, elle s'asseyait face à la cour avec sa machine à rouleau pour retranscrire, mot pour mot et avec une époustouflante habileté, le contenu des débats. Melissa Arnold n'avait pas d'époustouflant que son talent de sténographe. Elle possédait de longs cheveux blonds qui lui tombaient sur les épaules, des yeux bleus et des lèvres pulpeuses. Et, de l'avis général, les plus jolies jambes du monde. Le reste de son corps était à l'avenant. À tel point que Paul McCann ne pouvait en détacher son regard, alors même que Lester Dobbs faisait devant le tribunal une déposition qui avait de bonnes chances de l'envoyer tout droit à la chaise électrique.

Paul McCann ne résistait pas aux femmes, et il n'était pas étonnant que la femme la plus époustouflante de la salle captive toute son attention. Les femmes, de leur côté, ne résistaient pas à Paul, ce grand costaud porté sur les tenues voyantes et les bijoux tape-à-l'œil. Il avait les cheveux longs, une épaisse moustache qu'il peignait le moins possible, et il saisissait toutes les occasions d'exhiber la toison noire et bouclée qui lui recouvrait la poitrine. Les hommes pensaient généralement qu'il était vulgaire, mais les femmes, une certaine catégorie de femmes, le trouvaient irrésistible et il ne faisait rien pour repousser leurs avances.

— Monsieur Dobbs, que faites-vous comme métier ? demanda Ramon Quiroz, le district attorney de Laurel County, à son témoin vedette.

Ramon portait un complet marron de mauvaise coupe. Il était petit, gros, et décontracté. C'était aussi un procureur implacable.

La question du métier se révéla des plus embarrassantes pour Lester Dobbs, qui regarda Ramon comme si celui-ci lui demandait d'expliquer la mécanique quantique. Dobbs se tortilla sur son siège de témoin, mal à l'aise dans le mauvais complet bleu que Quiroz avait acheté pour lui.

— Je ne travaille pas en ce moment, répondit-il après un long silence.

— C'est vrai, monsieur Dobbs, reprit Ramon avec une patience digne d'éloge. Mais vous travailliez avant qu'on vous arrête, n'est-ce pas ?

— Bien sûr.

— Bien. Si vous expliquiez au jury, donc, ce que vous faisiez ?

— Je travaillais dans le bâtiment. Pour Mr. McCann, expliqua Dobbs en désignant de la tête le client d'Aaron Flynn.

En entendant son nom, le prévenu s'arracha de mauvaise grâce à la contemplation des seins de Melissa Arnold pour se tourner vers son principal accusateur.

— Dans quelle sorte de bâtiment, monsieur Dobbs ?

— Sunnyvale Farm.

— C'est-à-dire ?

— C'était le nom d'une opération immobilière. On construisait quarante-trois maisons, on devait les construire en tout cas, avant que les fonds viennent à manquer.

— Comment avez-vous appris que Mr. McCann avait des difficultés financières ?

— Il me l'a dit. C'est pour ça qu'on a fait le coup. Pour avoir de l'argent, de quoi payer ses créanciers et finir l'opération.

— Objection ! lança Aaron Flynn en se levant.

— Monsieur Dobbs, dit le juge Schrieber, écoutez attentivement chaque question, et répondez à ce qu'on vous demande.

Puis, s'adressant aux jurés :

— Mesdames et messieurs les jurés, veuillez ne pas tenir compte de ce que vient de dire Mr. Dobbs, mais seulement du fait que Mr. McCann lui a appris que l'opération immobilière Sunnyvale Farm était compromise en raison de ses difficultés financières.

— Monsieur Dobbs, vous avez déjà fait de la prison, n'est-ce pas ? reprit Ramon Quiroz.

— Oui, monsieur. Plusieurs fois.

— Mr. McCann le savait-il ?

— Oh, oui ! Même que c'est pour ça qu'il a pensé à moi pour lui donner un coup de main. Il m'a dit qu'il avait besoin d'une personne d'expérience — si vous voyez ce que je veux dire.

Flynn objecta à nouveau : la réponse débordait du cadre de la question. Le juge sermonna à nouveau Dobbs. Celui-ci semblait manquer de la finesse nécessaire pour se rendre compte du tort qu'il se faisait à lui-même. Mais si les jurés pensaient cela, ils risquaient d'en conclure que Dobbs n'était pas assez malin pour forger un faux témoignage.

— Monsieur Dobbs, expliquez donc au jury comment vous avez été amené à participer à l'enlèvement de Patty Alvarez.

— D'accord. Si je me rappelle bien, c'était un soir du mois d'avril, commença Dobbs en se tournant vers les jurés. J'étais assis au comptoir du Red Rooster, bien peinard, à boire ma bière. Mr. McCann est arrivé. Il m'a dit qu'il voulait m'en payer une et il m'a invité à m'asseoir avec lui.

— Vous n'aviez pas l'habitude de prendre un verre ensemble ?

— Non, monsieur, pas du tout. Pour tout dire, c'était la première fois que je parlais avec Mr. McCann, en dehors du travail. Ou alors, c'était toujours pour des problèmes sur le chantier, des trucs comme ça.

— De quoi avez-vous parlé ce soir-là ? demanda Ramon.

— De pas grand-chose, au début. De sport, du temps...

— Et vous en êtes finalement venus à cette opération de Sunnyvale Farm ?

Dobbs lança un coup d'œil à McCann. Il semblait gêné de témoigner pour l'accusation.

— Mr. McCann m'a dit que Sunnyvale se ferait peut-être jamais. Il y avait des dettes, un emprunt à la banque. S'il pouvait pas payer, l'opération était fichue. C'est le mot qu'il a employé : « fichue ».

— Qu'avez-vous répondu ?

— Ma foi, je me suis demandé si j'allais pas perdre mon boulot, vu que ça payait bien. Mr. McCann a dit qu'on perdrait tous notre boulot s'il pouvait pas rembourser l'emprunt. Puis il m'a fait parler de la prison. Il voulait savoir dans lesquelles j'avais été, et si c'était dur à supporter. Ça m'a pris au dépourvu, parce qu'il passait d'un sujet de conversation à un autre, comme ça, sans prévenir.

— Vous lui avez parlé de la prison, et des motifs pour lesquels on vous y avait envoyé ?

— Oui, monsieur. Ça avait vraiment l'air de l'intéresser. Surtout quand je lui ai dit qu'on m'avait condamné pour vol et agression à main armée.

— Précisez, s'il vous plaît, pour l'information des jurés. Vous parlez de deux condamnations distinctes ?

— Oui, monsieur.

— Et vous avez aussi été condamné à deux reprises pour des agressions, mais sans peine de prison ?

— Oui. On m'a accordé la liberté surveillée.

— Bien. Et que s'est-il passé, après que vous avez raconté tout cela à Mr. McCann ?

— Rien. On a bu encore quelques bières, et on a parlé d'un combat de boxe. Mike Tyson. Puis il a regardé sa montre et il a dit qu'il devait partir. Et il est parti.

— Ainsi, le prévenu n'a pas du tout fait mention de Mrs. Alvarez ?

— Pas cette fois-là.

— Quand, alors ?

— Deux ou trois jours plus tard. Au moment où j'allais récupérer ma voiture après le boulot, il m'a appelé. Il m'a demandé si je voulais me faire un peu de fric en plus de mon salaire. J'ai répondu : « Bien sûr. » Il m'a proposé de le retrouver à dix heures au parking du Red Rooster. J'ai cru que j'avais mal entendu, et je lui ai demandé s'il avait bien dit au parking. Il a dit que c'était pour une affaire personnelle et qu'il voulait pas qu'on nous voie discuter ensemble.

— Que s'est-il passé sur le parking du Red Rooster ?

— Mr. McCann est arrivé et m'a dit de monter dans sa voiture. C'était pas la voiture de sport rouge qu'il a d'habitude. C'était une vieille Ford noire. Bref, je suis monté et il m'a emmené en plein désert et il m'a demandé ce que je ferais pour cinquante mille dollars.

Plusieurs jurés échangèrent des regards tandis qu'un murmure s'élevait au fond de la salle.

— Qu'avez-vous répondu ?

— J'ai cru qu'il plaisantait, alors j'ai répondu, histoire de rigoler, que je ferais à peu près n'importe quoi. Et puis, au cas où ça serait pas une blague, je lui ai dit que je tuerais jamais quelqu'un. Alors il m'a demandé si je serais prêt à faire quelque chose de grave, mais pas un meurtre, et je lui ai demandé ce qu'il voulait dire.

Dobbs s'interrompit pour boire une gorgée d'eau avant de reprendre, toujours à l'adresse des jurés :

— Mr. McCann m'a dit que son entreprise avait de gros problèmes, mais qu'il connaissait un moyen infaillible pour tout arranger. Il m'a demandé si je savais qui était Martin Alvarez. J'ai dit : « Bien sûr. Tout le monde sait qui c'est, à Desert Grove. » Mr. McCann m'a dit que Mrs. Alvarez — Patty, il l'appelait — était ce que Mr. Alvarez avait de plus précieux au monde et qu'il donnerait n'importe quoi pour qu'on lui fasse pas de mal, comme par exemple un gros paquet d'argent qui permettrait de renflouer l'opération Sunnyvale. J'ai demandé de quelle somme on parlait au juste et Mr. McCann m'a dit que Martin Alvarez pouvait lâcher un million de dollars sans faire ouf.

— Et qu'avez-vous répondu au prévenu ?

— J'ai répondu que si c'était ça, je voulais plus de cinquante mille pour lui donner un coup de main.

## 5

Desert Grove étouffait sous une chaleur torride et l'antique climatiseur brassait sans grand résultat l'atmosphère confinée de la salle d'audience. Le juge annonça la suspension de séance de la matinée et les observateurs sortirent presque tous pour prendre un rafraîchissement ou s'asperger le visage aux toilettes, mais Martin Alvarez ne bougea pas. Il fut bientôt seul au premier rang à regarder fixement Dobbs, puis Paul McCann. Ramon Quiroz le vit. Se penchant par-dessus la barrière qui séparait le juge et les avocats du public, il murmura quelques mots à l'oreille d'Alvarez. Quand Quiroz se fut tu, Alvarez se leva et quitta la salle.

À la reprise de l'audience, Dobbs déclara que McCann savait que Patty Alvarez adorait faire de longues promenades à cheval dans le désert et y allait toujours le matin de bonne heure pour éviter la chaleur. McCann, dit-il, avait décidé de lui tendre une embuscade loin de l'hacienda. Il voulait qu'on la ligote, qu'on lui mette un bandeau sur les yeux et qu'on la transporte dans une camionnette jusqu'à une maison abandonnée du comté voisin où on la garderait dans la cave. Dobbs serait chargé de cette garde pendant que McCann négocierait la rançon. Mais rien ne s'était déroulé comme prévu.

— Mr. McCann est venu me chercher de bonne heure avec la camionnette. On est allés jusqu'à un endroit où Mrs. Alvarez passait toujours, à la sortie d'un canyon, et on a garé la camionnette derrière de gros rochers pour que Mrs. Alvarez la voie pas.

— Et ensuite ?

— On a attendu. Puis Mr. McCann a dit qu'elle arrivait. Il avait des jumelles, mais de toute façon, je voyais le nuage de poussière, moi aussi. Alors on a mis nos cagoules et on a pris les fusils...

— Qui avait apporté ces fusils ?

— Mr. McCann.

— Continuez.

— On avait prévu que Mr. McCann sortirait de derrière le rocher en levant les bras pour arrêter le cheval. Moi je devais attraper Mrs. Alvarez et la ligoter. Sauf que ça a pas marché. Elle a ralenti en voyant Mr. McCann, puis elle a eu peur et elle a éperonné le cheval pour essayer de passer. Alors Mr. McCann...

— Qu'a fait Mr. McCann, monsieur Dobbs ?

— Il a tiré sur le cheval. BANG ! Comme au cinéma. Le cheval s'est cabré en fouettant l'air avec ses pattes avant. C'était comme un film au ralenti, le cheval cabré, et le sang qui coulait. Il est resté en l'air un moment, puis il a reculé, et il est retombé en arrière, sur les rochers, et sur Mrs. Alvarez.

» Moi je restais là à regarder, j'en croyais pas mes yeux ni mes oreilles. Le coup de feu avait fait un boucan terrible, comme un coup de tonnerre qui vous éclate juste au-dessus de la tête. Puis il y a eu un bruit sourd quand la tête de Mrs. Alvarez a cogné sur le rocher, et encore un autre quand le cheval lui est tombé dessus. En entendant ça, j'ai compris qu'on était dans de sales draps. J'ai pensé tout de suite qu'elle était morte, et je me trompais pas.

— Qu'a fait Mr. McCann, après avoir abattu le cheval ?

— Il était comme paralysé. Moi aussi, d'ailleurs, mais je me suis secoué. Je lui ai demandé pourquoi il avait fait ça, mais il avait l'air sonné et il disait plus rien. Je crois pas qu'il avait prévu de tuer le cheval. Je crois qu'il a tiré sans réfléchir, dans la panique.

— Que s'est-il passé ensuite ?

— Je me suis précipité vers Mrs. Alvarez. C'était affreux à voir. Elle avait la tête écrasée entre le rocher et le cheval. Mr. McCann s'est approché. Il tenait à peine sur ses jambes. Il a essayé de parler pour me demander si elle était morte, mais il a pas pu dire le mot.

— Quel mot ?

— Morte. Il a pas pu le dire. Alors je l'ai dit pour lui. Alors il s'est assis par terre et il s'est mis à parler tout seul.

— Que disait-il ?

— Il disait : « Oh, mon Dieu, oh, mon Dieu ! » Il a répété ça plusieurs fois, et puis : « Qu'est-ce qu'on va faire maintenant ? » Je lui ai dit qu'il fallait qu'on se casse — euh, qu'on s'en aille.

— Il était d'accord ?

— Non. Il a mis les mains sur ses oreilles et il m'a dit de la fermer et de le laisser réfléchir. Moi j'ai dit : « Très bien », mais j'étais prêt à prendre la camionnette s'il était resté comme ça. Mais au moment où j'allais partir, il a fait un truc qui m'a étonné.

— Quoi ?

— Il a pris son portable et il a appelé quelqu'un.

— Monsieur Dobbs, vous pensiez alors être combien à tenter cet enlèvement ?

— Deux. Lui et moi.

— Et vous avez découvert, à ce moment-là, l'existence d'une troisième personne ?

— Oui, monsieur, mais je ne sais toujours pas qui c'était, vu que j'ai seulement entendu ce que disait Mr. McCann et qu'il a pas prononcé de nom.

— Veuillez relater pour le jury ce que vous avez entendu.

— Ça a pas duré longtemps. Il a commencé par dire que tout avait... (Dobbs se tut et regarda le juge.) Euh... je peux dire le mot, Votre Honneur ?

— C'est l'exactitude qui compte avant tout, monsieur Dobbs, répondit le juge Schrieber. Essayez de répéter les mots que, selon vous, a prononcés le prévenu.

— D'accord, dit Dobbs en se tournant vers les jurés. Il a dit que tout avait merdé et qu'il avait été obligé d'abattre le cheval parce que Mrs. Alvarez voulait se sauver. Puis il a écouté pendant un moment. Il avait enlevé sa cagoule, et je l'ai vu qui devenait rouge comme une tomate. Puis il a demandé ce qu'on devait faire. Il a hoché plusieurs fois la tête, et il a raccroché. Je lui ai demandé à qui il avait parlé, mais il m'a répondu que ça me regardait pas. Je lui ai dit que justement ça me regardait, vu que j'étais complice de tout ça, y compris de la mort de Mrs. Alvarez. Alors il m'a expliqué ce qu'on allait faire.

— C'est-à-dire ?

— On ferait comme si elle était pas morte. On enterrerait le corps et on demanderait la rançon. Parce que c'était le seul moyen d'avoir de l'argent.

— Qu'avez-vous répondu à cela ?

Dobbs haussa les épaules.

— J'ai dit : « D'accord. » Je m'étais mis sur ce coup pour le fric, et Mr. Alvarez pouvait pas savoir que sa femme était morte. Qu'est-ce que ça changeait ?

# 6

On leva l'audience à cinq heures, après la déposition de Lester Dobbs. Aaron Flynn dit quelques mots à son client et rassembla ses papiers tandis que les gardes ramenaient Dobbs à sa cellule. À sa sortie de la fac de droit, Flynn n'avait reçu aucune proposition des entreprises ou des administrations de Phoenix ou de Tucson. Comme il lui fallait absolument travailler, il avait posé sa candidature au bureau du district attorney de Laurel County à l'occasion du départ d'un procureur adjoint. Deux ans plus tard, il le quittait pour ouvrir un cabinet à son compte. Le cabinet avait une vitrine sur la rue et l'immeuble ne payait pas de mine, mais il se trouvait à quelques pas du tribunal.

McCann voulait construire un ensemble d'habitations sur des terrains inoccupés aux confins de Laurel County, et il avait donné à son projet le nom de Sunnyvale Farm. Il engagea Aaron Flynn comme conseiller juridique. Aaron voyait en McCann une occasion de gagner de l'argent facilement, mais il ne tarda pas à s'apercevoir que les problèmes de son client lui prenaient tout son temps. Il y eut d'abord des difficultés avec la main-d'œuvre, puis de délicates tractations avec les autorités du comté pour l'obtention des permis de construire. Flynn cherchait un moyen de se sortir de ce guêpier quand il apprit que Martin Alvarez était intéressé par les terrains sur lesquels McCann commençait à construire. Quelques mois plus tard, McCann se retrouvait au bord de la faillite, persuadé qu'Alvarez était responsable de ses difficultés. Quand le FBI conclut un accord avec Lester Dobbs en échange de son témoignage, personne ne fut surpris de l'entendre désigner Paul McCann comme l'homme qui l'avait engagé pour enlever l'épouse de Martin Alvarez.

Au moment où Flynn s'apprêtait à quitter la salle d'audience, il vit s'approcher Joan McCann, l'épouse de Paul, une créature anorexique au teint pâle et aux cheveux noir de jais. Flynn soupçonnait McCann d'être responsable de l'anxiété permanente de la jeune femme et de son délabrement physique. Elle avait demandé deux fois le divorce, y renonçant chaque fois après que Paul avait promis de lui être fidèle et de ne plus jamais la battre. Joan travaillait comme secrétaire au cabinet de Gene Arnold, et payait de son salaire et de ses économies les honoraires d'Aaron Flynn.

— Monsieur Flynn, demanda-t-elle d'une voix tremblante, puis-je vous parler un instant ?

— Bien sûr, Joan.

— Qu'avez-vous pensé de la déposition de Dobbs ?

— Difficile à dire, répondit Flynn, prudemment.

L'expérience lui avait appris qu'avec Joan la franchise n'était pas conseillée. Elle était fragile comme un œuf de Fabergé. Depuis l'arrestation de son mari, elle se rongeait les ongles jusqu'au sang et un tic nerveux agitait le coin de son œil gauche.

— Vous ne croyez pas ce qu'il dit, n'est-ce pas ?

Flynn lui posa la main sur l'épaule.

— Paul jure qu'il est innocent, Joan. Je suis son avocat.

Cette réponse eut l'air de la calmer. Si elle se rendit compte qu'elle laissait la vraie question de côté, elle n'insista pas.

— Je vais être citée comme témoin, n'est-ce pas ? demanda-t-elle pour la énième fois.

— Bien sûr.

— Il était à la pêche. Je l'ai vu partir avant le lever du jour. Il avait tout son attirail de pêcheur dans la camionnette.

— Voilà qui ne peut qu'aider Paul, dit Flynn d'une

voix apaisante. Et les enquêteurs de la police scientifique n'ont rien découvert dans la camionnette qui prouve que Mrs. Alvarez s'y trouvait.

On n'avait pas retrouvé non plus l'argent de la rançon. Et les traces de pneus sur la route forestière étaient celles d'une voiture volée abandonnée quelques jours plus tard dans un autre comté.

— J'ai peur, monsieur Flynn. Je ne sais pas ce que je deviendrais si on mettait Paul en prison. (Elle détourna le regard.) Il m'a frappée, et il m'a trompée. Vous le savez.

— Je le sais, Joan.

— Mais il peut être tellement gentil, aussi !

À la façon dont elle le disait, Flynn eut l'impression qu'elle cherchait à s'en convaincre elle-même autant que lui.

— Le soir où il m'a demandée en mariage, il m'a emmenée en voiture à Bishop Point. Il n'y avait que nous. C'était une nuit de pleine lune et on y voyait comme en plein jour. Il m'a dit qu'il ne me quitterait jamais. Qu'il voudrait rester là, près de moi, pour toujours. Je crois que si on avait pu y rester, il ne nous serait rien arrivé de mal.

Un sanglot la secoua tout entière. Flynn l'entoura de ses bras.

— Allons, allons, dit-il, avant de la lâcher.

Il lui tendit un mouchoir pour sécher ses larmes. En le lui rendant, elle s'efforça de sourire, mais ses lèvres se mirent à trembler et elle étouffa un autre sanglot. Flynn la prit par l'épaule.

— Tenez bon, Joan. Il n'y en a plus que pour un jour ou deux.

— Je vais essayer, dit-elle.

Puis elle sourit d'un air crâne et s'éloigna, au grand soulagement d'Aaron Flynn.

Quand Flynn arriva à son cabinet, il était cinq

heures et demie de l'après-midi et la secrétaire était partie. Il sortait ses papiers de son attaché-case quand des coups discrets frappés à la porte le firent sursauter. C'était Melissa Arnold.

— Je vous ai fait peur, pardon, monsieur Flynn ! dit Melissa d'un air moqueur.

Elle se tut quelques secondes, appuyée de la hanche au chambranle de la porte, avant d'ajouter :

— Je me disais que vous voudriez certainement parler de la transcription du témoignage de Lester Dobbs...

— En effet, madame Arnold, répondit Flynn, un rien nerveux. (Il avait beaucoup de mal à garder sa contenance lorsqu'il était seul avec l'épouse de Gene Arnold.) Entrez donc, et fermez la porte.

— Ces transcriptions journalières me donnent bien de la peine, dit Melissa en traversant la pièce. Je finis très tard, chaque soir, et je me sens très seule.

— On doit pouvoir y remédier..., dit Flynn.

Melissa, déjà, se pressait contre lui. Elle le fit taire en appliquant ses lèvres sur les siennes. Les mains de Flynn se refermèrent sur sa jupe et la retroussèrent jusqu'à ce qu'elles trouvent la culotte de soie. L'instant d'après, ils roulaient sur le canapé et s'arrachaient mutuellement leurs vêtements.

## 7

Dans ses conclusions, Aaron Flynn insista sur l'accord conclu entre Dobbs et le district attorney. Cet homme était déjà virtuellement libre, dit-il aux jurés. Il n'était même plus en prison dans l'attente d'un jugement pour tentative d'enlèvement, seule charge retenue contre lui. Mais, même si les jurés savaient que Dobbs avait de bonnes raisons de mentir, il paraissait sincère, tandis que Paul McCann n'avait aucun alibi sérieux à l'heure de l'enlèvement. Après deux heures de délibérations, le jury revint avec un verdict condamnant Paul McCann pour toutes les charges retenues contre lui, y compris le meurtre.

McCann le prit fort mal. Il craqua. Hurla, fondit en larmes. Jura une nouvelle fois qu'il était innocent et que Dobbs avait menti. Flynn promit de faire appel du jugement et d'aller jusqu'à la Cour suprême des États-Unis s'il le fallait. L'appel serait déposé dès que Melissa Arnold, la greffière, aurait achevé la transcription des débats.

Mais cela ne devait jamais se produire. Une semaine après la clôture du procès de Paul McCann, Melissa Arnold disparaissait.

On frappait à la porte de la chambre de Martin Alvarez. Il se dressa sur son séant, hagard, et regarda le réveil posé sur sa table de chevet. Il était deux heures et demie du matin.

— Señor Alvarez ! appela une voix masculine.

Alvarez reconnut la voix de l'un de ses gardes.

— Entre !

Un jeune type taillé comme une armoire à glace apparut sur le seuil de la chambre.

— Qu'y a-t-il ?

— Le señor Arnold est ici.

— Que veut-il ?

— Il a refusé de me le dire, mais il est dans tous ses états.

— Bon. Fais-le entrer dans mon bureau, et propose-lui quelque chose à boire. Je descends tout de suite.

Le lendemain de son arrestation, Lester Dobbs avait conduit les policiers à la tombe de Patty Alvarez dans le désert. Martin se trouvait chez lui quand on lui avait annoncé que Patty était bien morte. Il était allé identifier le corps, puis était rentré chez lui et n'en était plus ressorti que pour l'enterrement de Patty, et le procès de Paul McCann. Plusieurs amis étaient venus lui présenter leurs condoléances et proposer leur soutien, mais il les avait éconduits. Avec Gene Arnold, ce n'était pas la même chose. Arnold était pour lui plus qu'un avocat. Gene avait travaillé gratuitement ou presque pour Martin à l'époque où celui-ci n'était encore rien du tout. Il avait toujours été à ses côtés dans les moments difficiles.

Alvarez s'habilla en toute hâte. En entrant dans le bureau, il découvrit son ami en train d'aller et venir, les cheveux en bataille et les joues baignées de larmes.

— Elle a disparu ! dit Gene.

— Qui a disparu ?

— Melissa ! gémit l'avocat.

Gene Arnold était de taille moyenne, avec un crâne chauve et un début d'embonpoint qui lui donnait un ventre rebondi. C'était, pour tout dire, le contraire d'un bel homme, et son mariage avec Melissa en avait étonné plus d'un. Il avait fait la connaissance de la jeune femme au cours d'un procès à Los Angeles, où elle travaillait déjà comme greffière. À en croire Gene, elle venait de divorcer d'un homme qui l'avait rendue très malheureuse. Ébloui par sa beauté, il lui avait proposé le mariage dès le premier rendez-vous. La cérémonie avait eu lieu dans une chapelle de Las Vegas, où ils avaient passé leur lune de miel au célèbre Caesars Palace.

Gene était à peine de retour à Desert Grove avec sa jeune femme que les rumeurs commencèrent à circuler. Melissa, disait-on, avait épousé Gene pour son argent. Martin et Patty Alvarez rencontraient de nombreux couples, et Patty ne croyait pas que Melissa ait jamais été amoureuse de son mari — c'était un homme qui lui offrait le confort et la sécurité et ne la trahirait jamais.

Alvarez versa un grand verre de scotch à son ami et l'obligea à le boire. Quand Gene eut retrouvé assez de calme pour s'exprimer de façon cohérente, il fit à Martin le récit de la journée :

— Ce matin, Melissa est partie à son travail. Je suis allé à mon cabinet. Vers neuf heures et demie, Marge m'a appelé du tribunal et m'a demandé si Melissa était malade.

Gene se tut, leva vers Martin un visage ravagé par le désespoir.

— Elle n'est jamais arrivée à son bureau, Martin !

La première pensée de Martin fut que Melissa avait fui Gene et l'ennui de la vie à Desert Grove. Il savait que Melissa s'était très vite lassée de la ville et de son mari. Il n'oubliait pas qu'elle s'était offerte à lui à l'occasion d'un barbecue du 4 Juillet. Martin l'avait éconduite en douceur et n'avait rien dit à personne, mais il l'observait depuis avec plus d'attention et ses nombreux flirts ne lui avaient pas échappé.

— Marge m'a dit que personne, au tribunal, n'avait vu Melissa. J'ai appelé à la maison, pensant qu'elle ne s'était pas sentie bien et y était retournée. Comme je n'obtenais pas de réponse, j'y suis allé, au cas où elle serait malade, ou endormie, ou...

— Et elle n'y était pas ?

Gene secoua la tête. Il avait encore du mal à parler.

— Mais tous ses vêtements étaient là, et toutes les valises. Et pas un mot, pas une explication. Elle n'est pas partie de son plein gré, Martin !

Martin Alvarez sentit la crainte lui nouer l'estomac.

— Tu as prévenu le shérif ?

— Non. Que voulais-tu que je lui dise ? Ce n'était

jamais qu'une absence de quelques heures. J'étais affreusement inquiet, j'ai appelé l'hôpital et on m'a répondu qu'elle n'y était pas. Je continuais à me dire qu'elle allait appeler, m'expliquer ce qui s'était passé. Le shérif ne pouvait rien faire, de toute façon, tant qu'il n'avait pas la preuve qu'il était arrivé quelque chose.

— Et maintenant ? Tu as du nouveau ? demanda Martin dont l'inquiétude grandissait.

— J'ai... j'ai reçu un appel. (Gene se tut, fit un effort pour respirer.) La voix était déformée au téléphone. Et si basse que je n'ai d'abord rien compris.

Gene se remit à pleurer. Puis il parvint à articuler :

— Ils l'ont enlevée, Martin ! Ce sont les mêmes que ceux qui ont enlevé Patty !

Martin sentit monter la nausée.

— Les mêmes gens, reprit Gene en sanglotant. C'est ce type qui me l'a dit. Et qu'ils la tueraient si je prévenais la police. Que faut-il faire ? Je l'aime, moi ! Je veux la sauver !

Gene se tut. Il attendait une réponse. Mais Martin ne parvenait pas à mettre de l'ordre dans ses idées.

— Ils t'ont laissé parler à Melissa ?

— Non. Je le leur ai demandé, mais ils ont refusé.

— Que veulent-ils ?

— Soixante-quinze mille dollars, sinon ils la tueront.

— Tu peux te procurer une telle somme ?

— Difficilement. Mais c'est possible. J'ai un compte d'épargne-retraite. L'argent, je m'en fiche. C'est Melissa qui compte. S'ils la tuent...

— Qu'es-tu censé faire ?

— Les kidnappeurs doivent me rappeler chez moi vers cinq heures du matin. Ils disent qu'ils me surveillent et que si j'appelle la police ou si j'enregistre mes communications, ils le sauront.

— Qu'attends-tu de moi, Gene ?

Arnold leva les yeux pour fixer le visage d'Alvarez. C'était un bloc de pierre.

— Je ne peux pas prendre le risque de prévenir la police ou le FBI. Tu sais bien ce que ça a donné, pour toi.

Martin acquiesça d'un hochement de tête. Gene se pencha en avant, les mains jointes, suppliant :

— Pourrais-tu leur apporter l'argent, Martin ? (Il baissa les yeux.) Je... je ne suis pas courageux. Regarde-moi. Comment voudrais-tu que je la sauve ? Mais toi, tu es fort. Tu es capable de te battre, s'il le faut...

Il n'alla pas plus loin. Son désespoir était pathétique.

— C'est idiot, Gene. Je ne suis pas Rambo, et ces types-là ne sont pas prêts à se battre au sens où tu l'entends. On n'est pas dans un de ces films de karaté où le méchant jette son arme et affronte le héros à mains nues. Ils auront des fusils ou des revolvers pour me tirer dans le dos si ça les arrange. Ils ne se sont pas gênés pour tirer sur les agents du FBI.

— Excuse-moi. Tu as raison, dit Gene, complètement abattu. Je me demande à quoi je pensais. Mais s'il y a une chance pour qu'ils me rendent Melissa vivante en échange de la rançon, je ne dois pas la laisser passer.

Alvarez consulta sa montre. Il était un peu plus de trois heures. Il réfléchissait à toute vitesse. Il lui semblait peu probable que Melissa Arnold soit encore en vie, mais il n'allait pas pour autant abandonner son ami seul face à ces assassins. C'étaient les mêmes qui avaient tué Patty, et c'était une occasion de la venger.

— Je vais te raccompagner chez toi, dit Alvarez, calmement, sans se départir de sa mine impassible. Et je resterai avec toi. On va voir ce qu'ils ont à dire. Ensuite, on décidera de ce qu'on fait.

# 8

Quand le téléphone sonna, l'argent était déjà prêt dans un sac de sport et Martin avait pris sa décision. Gene s'était précipité pour décrocher à la deuxième sonnerie. Martin l'entendit dire : « Je comprends, » et « Oui », puis : « Est-ce que ma femme... » et comprit en voyant ses traits se crisper qu'on avait raccroché sans le laisser parler à Melissa ou lui assurer qu'elle allait bien.

— Gene ? demanda Martin, doucement.

Arnold regardait fixement l'appareil.

— Qu'est-ce qu'ils t'ont dit ?

— Un chemin qui longe l'autoroute. (Il semblait hébété.) Près du pont qui enjambe le McPherson, là où il y a une aire de pique-nique.

— Je connais.

Le fleuve McPherson coulait à une vingtaine de kilomètres de Desert Grove, au fond d'une étroite vallée. On y avait aménagé un petit parc avec une aire de pique-nique d'où l'on partait pour descendre le fleuve en canoë. L'été précédent, Martin et Patty y étaient venus avec Gene et Melissa.

— Ce soir, dès que la nuit sera tombée, je dois suivre cette piste sur un kilomètre jusqu'à l'endroit où elle forme une courbe au pied de la falaise. Y déposer l'argent et rentrer chez moi.

— Et puis ?

— C'est tout ce qu'on m'a dit.

Bizarre. La piste allant de la route à l'aire de pique-nique était la seule voie d'accès. Mais, de nuit, l'endroit était très isolé et le kidnappeur serait assuré de repérer quiconque s'aviserait de suivre Gene.

— C'est moi qui vais leur apporter l'argent, annonça Martin.

Gene parut surpris.

— Laisse tomber. Je n'aurais jamais dû te demander ça, je n'avais plus ma tête à moi quand je l'ai dit.

— Il faut que quelqu'un reste ici pour le cas où Melissa reviendrait. Ce sera toi.

— Non. Je ne peux pas te demander une chose pareille.

— Tu es mon ami, Gene. Et je ne te demande pas la permission.

Gene voulut insister, mais la détermination qui se lisait sur le visage de Martin l'arrêta.

— Merci, murmura-t-il. Je n'oublierai jamais.

Il faisait très froid ce soir-là dans le désert, et Martin portait un grand coupe-vent par-dessus son jean. Le sac d'argent lui battait les mollets tandis qu'il descendait vers le fleuve. Il avait à la ceinture un .45 automatique et un couteau de chasse qui pendait comme une épée. Son plan était des plus simples : il se jetterait sur la personne qui viendrait prendre l'argent et la torturerait pour lui faire avouer le lieu où se trouvait Melissa Arnold et les noms de tous ceux qui se tenaient derrière cet enlèvement.

De jour, l'endroit était magnifique : hautes falaises de roche rouge, végétation soigneusement entretenue le long du fleuve, et toujours le bruit doux et continu de l'eau courant entre les berges. De nuit, quand on savait qu'un assassin se planquait peut-être dans un coin d'ombre, c'était nettement moins accueillant.

Comme il n'y avait aucun éclairage, hormis celui qui tombait des étoiles et d'une lune à demi pleine, Martin avançait à pas lents. Après quelques centaines de mètres, la falaise formait un promontoire au-dessus d'un méandre du fleuve. Non loin de là commençaient les premiers rapides. La piste devenait un étroit sentier. Martin le suivit pour contourner l'avancée de la falaise et regarda autour de lui. Il n'y avait que des fourrés et la haute paroi rocheuse. Si quelqu'un se cachait derrière l'un des nombreux rochers éboulés, il ne pouvait pas le voir. Il posa le sac, rebroussa chemin le long du sentier et se cacha dans l'ombre.

Trois quarts d'heure s'écoulèrent sans qu'il se passe rien. Puis Martin entendit un faible bruit de pas. À cet instant, des nuages voilaient la lune et il vit à peine la silhouette penchée au-dessus du sac. Appuyé à la paroi rocheuse, il voulut se déplacer pour mieux voir et fit tomber un caillou. Le caillou, dans le silence, fit autant de bruit qu'un rayon chargé de bouteilles s'écroulant dans l'allée d'un supermarché. L'homme qui se tenait près du sac se retourna et Martin prit son revolver. Au moment où il pointait le .45 il entendit claquer un coup de feu et sentit une douleur fulgurante à l'épaule. Il parcourut quelques pas en chancelant, et s'écroula. Sa tête heurta le sol. Luttant pour ne pas perdre connaissance, il tira une balle pour dissuader le kidnappeur de venir l'achever.

Deux autres coups de feu claquèrent et Martin s'éloigna en rampant pour se mettre à couvert. Quelque chose tomba dans l'eau. Martin jeta un coup d'œil par-dessus le rocher qui l'abritait. Il aperçut deux faibles lueurs éclairant un petit radeau pneumatique que le courant emportait rapidement. Il se redressa pour tirer à nouveau, mais le radeau était déjà hors de sa vue, derrière la falaise. Il avait l'épaule en feu, envie de vomir et les jambes flageolantes. Et, pour l'enfoncer dans le désespoir, l'idée que sa maladresse avait peut-être coûté la vie à Melissa.

Martin repartit par où il était arrivé. La piste lui parut incroyablement longue, et la pente raide. Il lui fallut une éternité pour atteindre sa voiture. Luttant toujours contre l'évanouissement, il parvint à conduire jusqu'à la maison de Gene Arnold et, arrivé devant le portail du jardin, s'affala sur le Klaxon. Gene arriva tout de suite, blémit en voyant le sang qui s'échappait de la blessure de son ami tandis qu'il le tirait hors de la voiture. Il mit le bras valide de Martin autour de ses épaules et le soutint pour traverser le jardin. Une fois à l'intérieur, il appela l'hôpital. Puis le shérif.

# 9

— Vous pouvez parler, Martin ? demanda Norm Chisholm, le détective du bureau du shérif de Laurel County, en entrant dans la chambre d'hôpital.

— Asseyez-vous. Je vous attendais. Des nouvelles de Melissa ?

Norm secoua la tête.

— Comment va Gene ?

— Mal. Vous vous y êtes pris comme des manches, tous les deux.

— Je m'en veux assez comme ça, n'en rajoutez pas. Gene ne voulait pas que je prévienne la police. Il avait trop peur que les kidnappeurs tuent Melissa. (Une ombre glissa sur les traits de Martin.) La façon dont le FBI avait géré l'enlèvement de Patty le hantait.

Chisholm n'avait rien à répondre à cette dernière remarque. Il demanda donc à Martin de lui raconter ce qui s'était passé au bord de la rivière. Quand Alvarez eut achevé son récit, il lui donna les dernières informations :

— On a envoyé sur les lieux une équipe de la police scientifique. On sait à quel endroit le kidnappeur a quitté la rivière, mais on n'a rien trouvé qui permette de l'identifier.

— Rien ?

Norm secoua la tête.

— Martin, parlez-moi du couple ?
— Melissa et Gene ?
— Oui.
— Gene est en adoration devant elle.
— Et Melissa ? Elle a l'air heureuse ?
— Desert Grove, ce n'est pas la grande ville. Et il y a la différence d'âge, répondit Martin après un silence. Pourquoi cette question ?
— Gene n'a jamais fait allusion à des problèmes conjugaux ?
— Non. Où voulez-vous en venir ?
Le détective haussa les épaules.
— Nulle part, sans doute. Je me pose des questions, c'est tout.
Après le départ de Norm, Martin appela Gene Arnold, qui semblait inconsolable. Les analgésiques que le médecin avait donnés à Martin lui brouillaient les idées, mais pas assez pour effacer le sentiment de culpabilité qu'il éprouvait à l'égard de son ami.

## 10

Norm Chisholm semblait très excité, deux jours plus tard, en entrant dans le bureau de Ramon Quiroz. Le détective s'assit face au district attorney et lui tendit un papier signé par Aaron Flynn.
— Je voudrais un mandat pour une perquisition du domicile de Gene Arnold, de son bungalow près de Meander River, de sa voiture et de la voiture de Melissa Arnold. Vous pouvez vous appuyer sur cette déclaration écrite d'Aaron Flynn.
— Que s'est-il passé ? demanda Quiroz, étonné.
— Comme vous le savez, les greffiers, à l'audience, utilisent un appareil — une sorte de machine à écrire

en caractères sténographiques — pour noter l'intégralité des débats.

Quiroz acquiesça d'un hochement de tête.

— Il y a, dans cet appareil, une disquette informatique. Quand un avocat, ensuite, a besoin des minutes des débats, le greffier — ou la greffière — met cette disquette dans son ordinateur et utilise un logiciel qui traduit la sténographie en anglais. Flynn a besoin de préparer l'appel de Paul McCann. Il a demandé au juge Schrieber qui allait sortir ces minutes du procès en l'absence de Melissa Arnold. Deux autres avocats, qui avaient Melissa comme greffière à leurs procès, sont dans la même situation. Le juge a dit à Flynn qu'il avait chargé une autre greffière de préparer ces minutes, mais qu'elle ne pouvait pas le faire parce qu'on ne trouvait pas les disquettes de Melissa Arnold. On les a cherchées dans son bureau au tribunal et on a appelé Gene. Il dit qu'elles ne sont pas chez lui. Le juge pense qu'elles pourraient se trouver dans la voiture de Melissa, mais la voiture a disparu. Ce sont pourtant des pièces essentielles — n'est-ce pas ?

— Évidemment. Quand on fait appel d'un jugement, la cour d'appel examine les minutes du procès pour voir si le juge n'a pas fait, dans la conduite des audiences, une erreur de procédure susceptible d'influencer le verdict. Sans ces minutes, il n'y a plus d'appel possible.

— Bien. Je veux un mandat de perquisition pour la maison de Gene et pour ce petit bungalow au bord de la rivière. C'est légalement possible puisque ces disquettes sont la propriété de la justice.

— Pourquoi ne demandez-vous pas à Gene de vous laisser y jeter un coup d'œil ?

— Je ne veux pas l'alerter. Gene est un suspect, désormais.

— Vous plaisantez ?

— Il n'y a rien de concret pour le moment. Mais leurs voisins disent que Gene et Melissa ont eu ces temps derniers des disputes assez violentes. Elle songeait peut-être à le quitter.

— Vous croyez qu'il aurait pu la tuer et maquiller le meurtre en enlèvement ? demanda Quiroz, incrédule. Mais Martin était présent quand il a parlé avec les kidnappeurs au téléphone !

— Il était présent, mais il n'a pas entendu ce qui se disait à l'autre bout du fil. Gene a pu se faire appeler par quelqu'un, puis filer à la rivière et repartir sur un radeau.

Quiroz secoua la tête.

— Et si Martin était tout de suite retourné chez Gene au lieu d'attendre ? Il ne l'aurait pas trouvé chez lui. Et Gene aurait été démasqué.

— Non. Il aurait dit à Martin que les kidnappeurs l'avaient appelé pour lui dire où était Melissa, qu'il s'y était rendu et ne l'avait pas trouvée...

— Vous pensez donc que Gene a participé à l'enlèvement de Patty Alvarez ?

Chisholm réfléchit un instant avant de répondre :

— Non. C'est Paul McCann qui a fait le coup, et lui seul. Mais Dobbs a fait croire à tout le monde qu'il y avait un troisième larron dans ce coup-là, et c'est peut-être ce qui a donné à Gene l'idée de simuler un enlèvement.

— Pour moi, ça ne tient pas debout. Je connais Gene. Il ne pourrait pas tuer quelqu'un, et il adorait Melissa.

— Ramon, vous faites ce métier depuis assez longtemps pour savoir que n'importe qui, dans certaines circonstances, est capable de tuer. Je ne dis pas que Gene est coupable, mais il est suspect. C'est peut-être une fausse piste, mais je ne le parierais pas.

## 11

Deux jours plus tard, à neuf heures du soir, la sonnerie du téléphone retentit chez Martin Alvarez. C'était Gene. Il semblait au bord de la crise de nerfs.

— Je suis en prison ! Ils disent que j'ai tué Melissa !

— Essaie de te calmer, Gene. Tu es seul, ou il y a quelqu'un qui t'entend ?

— Ramon, Norm Chisholm. Je les connais, ces types. Je ne peux pas croire ça d'eux !

— Je viens tout de suite. Tâche de tenir le coup, et surtout ne dis rien. S'ils veulent te faire parler, rappelle-leur tes droits. Tu comprends ?

— Oui. Merci, Martin.

— Passe-moi Ramon.

Le district attorney prit le téléphone.

— Bon sang, Ramon, qu'est-ce qui vous prend ?

— Ce n'est pas de gaieté de cœur que je fais ça, Martin. Mais il y a des preuves.

— Des preuves que Gene a tué sa femme ?

— Oui.

— C'est de la connerie pure ! Gene ne ferait pas de mal à une mouche. Vous vous plantez !

— On a fouillé le bungalow de Gene à Meander River. Les vêtements que portait Melissa le jour de sa disparition étaient en boule dans un tiroir. Et pleins de sang. On n'a pas encore les résultats du test d'ADN, mais le laboratoire a déterminé le groupe sanguin. C'est le même que celui de Melissa. On a aussi trouvé sa voiture derrière le bungalow.

— C'est un coup monté. Gene n'est pas idiot. S'il l'avait tuée, il n'aurait pas laissé traîner des preuves aussi grossières.

— On ne va pas discuter de ça maintenant, Martin. Je suis le district attorney élu par les gens de ce comté et je fais mon boulot.

Martin retint sa langue. Ramon avait raison. Il risquait d'appeler Quiroz à la rescousse si on insistait.

— Je peux venir voir Gene ?

— Oui, mais vous serez cité comme témoin s'il vous parle de l'affaire.

— Je m'en souviendrai. Vous avez l'intention de le cuisiner ?

— Non. Pour le moment, Gene est dans un tel état qu'un juge rejetterait toutes ses déclarations. Si c'est lui qui a tué Melissa, je le coincerai tôt ou tard. Mais je veux respecter ses droits.

On avait mis Gene dans une cellule individuelle, à l'écart des autres détenus. Le shérif avait fait placer devant sa porte un gardien qui le surveillait en permanence pour prévenir toute tentative de suicide. L'avocat, allongé sur un sommier métallique, regardait fixement le plafond. Le gardien ouvrit la porte, Martin entra et s'assit au bord du sommier.

— Je ne l'ai pas tuée.

Martin posa la main sur l'épaule de son ami.

— Je le sais, Gene.

— Elle était tout pour moi... (Ses yeux s'emplirent de larmes.) Ma vie... Bon Dieu, Martin !

Secoué de sanglots, il se recroquevilla en position fœtale et se retourna contre le mur.

— Elle s'apprêtait... à me quitter. Elle disait qu'elle s'ennuyait, que je l'ennuyais. Moi je lui disais que j'étais prêt à aller n'importe où pour ne pas la perdre.

— Allons, Gene.

La grande main de Martin se referma, rassurante, sur l'épaule de son ami. La respiration de Gene retrouva peu à peu un rythme normal et il s'essuya les yeux, mais il ne voulait toujours pas regarder Martin.

— Qu'ils fassent de moi ce qu'ils voudront, je m'en fiche !

— Tu as tort. Tu ne l'as pas tuée. Si tu refuses de te battre, son assassin s'en tirera sans être inquiété.

— Qu'est-ce que ça peut faire ? On m'a montré ses vêtements. Ils étaient pleins de sang. Elle est morte ! Même si on trouve celui qui l'a tuée, ça ne me la rendra pas !

— Écoute-moi bien, Gene. Personne ne sait mieux que moi ce que tu ressens. Personne. Mais tu n'as pas le droit de te laisser aller. Tu dois te battre.

Gene ne répondit pas.

— Tu as une idée de ce qui s'est passé au bungalow ? Tu sais comment ses vêtements et sa voiture y sont arrivés ?

Gene secoua la tête en signe de dénégation.

— Le bungalow est à presque deux heures d'ici, poursuivit Martin. Un étranger n'y serait pas allé, il fallait en connaître l'existence.

Gene réagit à cette remarque :

— Il... il y avait quelqu'un d'autre. Elle avait un amant.

— Tu sais qui ?

— Elle n'a pas voulu me le dire. (Gene s'assit, la tête appuyée au mur en ciment, les yeux fermés.) Elle était capable de cruauté, Martin. C'est un aspect de son caractère que tu ne connaissais pas.

Gene courba la tête, se tut quelques secondes avant de continuer :

— Je ne suis pas très brillant, au lit. Elle était si jeune, si pleine de vie. Elle se moquait de moi. Elle me parlait de son amant, elle me disait que celui-là était un homme, un vrai, qui savait la...

— Les gens disent parfois des choses qu'ils ne pensent pas, protesta Martin. Des bêtises...

Gene ouvrit les yeux et le regarda bien en face.

— Je ne crois pas qu'elle m'ait jamais aimé. Je crois qu'elle voulait fuir quelque chose et s'est servie de moi pour ça. Puis elle m'a regardé pour de bon, et elle s'est rendue compte de son erreur.

— Cesse de te déprécier. Après ce que tu viens de vivre, tu ne sais plus où tu en es. Je vous ai vus ensemble, Melissa et toi. Elle tenait à toi, mentit Martin. Elle n'aurait pas pu faire semblant.

Gene se détourna. Il était pour Martin l'image même du désespoir.

Martin rentra chez lui à minuit après sa visite à la prison. Sa blessure le faisait souffrir, mais son cœur plus encore, et les pensées qui se bousculaient dans son esprit ne lui laissaient pas de repos. Après une vingtaine de minutes passées à se tourner et se retourner dans son lit, il renonça à trouver le sommeil.

La nuit était chaude, mais Martin savait qu'un vent frais soufflait toujours sur la véranda. Il se servit un grand verre de scotch et alla s'asseoir au bord de la piscine. De rares nuages couraient dans le ciel parmi des myriades d'étoiles étincelantes. S'il n'avait jamais connu Patty, il aurait savouré cet instant, mais Patty était morte, Gene Arnold sous les verrous à la prison de Laurel County, et quelqu'un, dans l'ombre, riait de leur malheur. Mais qui ?

Lester Dobbs avait déclaré lors de son témoignage que Paul McCann avait téléphoné à quelqu'un après avoir assassiné Patty. Qui avait-il appelé ? Martin se releva d'un bond. McCann avait-il réellement donné ce coup de téléphone ? Tout le monde avait cru, après ce témoignage, à l'implication d'une troisième personne dans la tentative d'enlèvement de Patty.

Alvarez but une gorgée de scotch et laissa courir ses pensées. Et si ce troisième homme n'était qu'une invention de Lester Dobbs ? Celui-ci était sorti de prison depuis peu, quand Melissa avait été enlevée. Qui pouvait dire avec certitude où il se trouvait alors ? Dobbs avait quelqu'un avec lui, indiscutablement, au moment du meurtre de Patty, mais il se pouvait qu'ils n'aient agi qu'à deux — et non à trois — depuis le début.

Il était temps d'en parler avec Lester Dobbs.

Dobbs vivait sur une aire réservée aux caravanes, aux confins de la ville ; un privilège acquis dans le cadre de son arrangement avec la justice. La sienne se trouvait tout au bout de la dernière rangée ; au-delà, c'était le désert. Martin s'approcha de la porte. Quelque part dans les collines, un coyote lança son cri. Ce bruit le troubla. Il reprit ses esprits avant de frapper à la porte métallique.

Pas de réponse. Martin tendit l'oreille, guettant un bruit à l'intérieur. Un vent violent secouait la carrosserie.

— Dobbs ! Ouvrez !

Le cri du coyote retentit à nouveau et un gémissement sinistre lui répondit. Les coyotes chassaient. Comme lui.

Martin prit son revolver et poussa la porte. Il resta quelques secondes immobile, l'oreille tendue. Puis il entra, priant le ciel que Dobbs ne soit pas en train de l'attendre dans l'obscurité. Un pas. Un autre. Rien. Martin tâtonna à la recherche d'un interrupteur, et le trouva. La lumière inonda l'étroit habitacle. Martin se retourna lentement et vit un évier plein de casseroles et d'assiettes sales, et un comptoir couvert de cannettes de bière vides. Les vêtements de Dobbs jonchaient le sol jusqu'à son lit. C'est alors que Martin aperçut une forme humaine sous les couvertures, puis ses cheveux et sa nuque.

— Lester ! appela-t-il.

Mais il savait déjà que Dobbs ne lui répondrait pas.

Martin tira sur la couverture verte et sur les draps, puis recula d'un pas pour regarder. Une plaie profonde béait à la gorge de Dobbs, sur toute la largeur. Les draps étaient raides de sang coagulé. Si Dobbs avait su quelque chose sur l'identité de ceux qui avaient tenté d'enlever Melissa, il l'avait emporté dans la mort.

— Il est mort depuis quarante-huit heures, dit Norm Chisholm à Martin.

Ils étaient assis dans une voiture de la police. Il était sept heures du matin. Alvarez serrait entre ses mains un gobelet de café fumant. Le café avait un goût acide, mais l'aidait à garder les yeux ouverts.

— On a trouvé quelque chose permettant d'établir un lien avec Melissa dans la caravane ?

— Rien jusqu'ici, et les types de la police scientifique ont tout examiné centimètre par centimètre. Mais je ne m'attendais pas à ce qu'on trouve quoi que ce soit. On a interrogé Dobbs tout de suite après que Gene a signalé la disparition. Il avait un alibi.

— Pourquoi l'a-t-on tué, alors ? demanda Martin. C'est incompréhensible.

— Dobbs devait savoir des choses compromettantes pour les auteurs de l'enlèvement. Il a peut-être menti dans sa déposition en disant qu'il ne savait pas qui McCann avait appelé après avoir tué Patty.

— Gene va pouvoir sortir de prison, après ça ?

— J'ai bien peur que non. Dobbs a été assassiné la veille de l'arrestation de Gene. Gene était seul, ce soir-là. Et il n'a pas d'alibi.

# 12

Une semaine après le meurtre de Dobbs, l'épouse de Paul McCann vint attendre Aaron Flynn à la porte de la salle d'audience du juge Schrieber.

— Vous allez le faire sortir ? demanda Joan en tripotant nerveusement le fermoir de son sac à main.

Ses yeux bleus étaient plus enfoncés que jamais dans leurs orbites cernées de noir.

— Je l'espère, Joan, mais on n'est jamais sûr de rien dans ce métier, répondit Flynn.

Il lui donna une petite tape sur l'épaule et ajouta en souriant :

— Nous le saurons bientôt.

Joan s'apprêtait à dire quelque chose, mais se retint en voyant Martin Alvarez s'approcher de l'avocat de son mari.

— Ramon m'a dit ce que vous essayez de faire, Flynn.

— J'essaie de faire mon métier, Martin. Quels que soient mes sentiments personnels.

— Vous connaissez les miens, rétorqua Martin, glacial. Votre client est plus en sécurité dans sa cellule, plus en sécurité dans le couloir de la mort, que s'il sort libre de ce tribunal.

— Martin, ce ne sont pas des façons..., commença Flynn, d'une voix conciliante.

— McCann a tué ma femme. Si la justice des hommes ne le punit pas, je n'attendrai pas celle de Dieu. Vous pouvez le lui dire.

— Vous demandez un nouveau procès, monsieur Flynn ? dit le juge Schrieber.

Il avait lu la requête de Flynn et la note juridique qui l'accompagnait, et semblait très embêté.

— Oui, Votre Honneur. Ma note récapitule les décisions qui font jurisprudence dans ces sortes d'affaires. Elle établit que vous devez ordonner un nouveau procès s'il est impossible d'interjeter appel en raison de la disparition des minutes du premier procès, étant donné que ces documents n'ont pas été jetés ou détruits par la faute du prévenu, que tout a été fait pour y trouver un substitut, et que le prévenu a prouvé en toute légitimité que le procès était entaché d'erreur ou d'injustice de par cette disparition.

» J'ai dressé une liste d'erreurs potentielles susceptibles de servir de fondement à une procédure d'appel. Rien ne peut tenir lieu de substitut aux minutes du procès de Mr. McCann. La police a fait tous les efforts possibles pour les retrouver et leur disparition n'est en rien imputable à une faute commise par Mr. McCann.

— Que pensez-vous des arguments de Mr. Flynn, monsieur Quiroz ? demanda le juge.

Ramon se leva lentement, comme pour retarder l'inévitable.

— Je pense que Mr. Flynn a soulevé certains points qui pourraient conduire à une annulation, même si je n'y crois guère.

— Mais ce n'est pas une certitude, n'est-ce pas ? insista le juge Schrieber. Il n'a pas à prouver qu'il gagnerait. C'est ce que vous soutenez ?

— Non. Je reconnais que Mr. McCann a démontré de façon probante la possibilité d'erreur dans le procès. Mais je ne le suivrai pas au-delà. Par exemple, la police a cherché ce document, mais elle n'a pas encore mis fin à ses recherches. Je crois que la cour devrait lui accorder un délai.

— Où voulez-vous qu'on cherche encore, Votre Honneur ? demanda Flynn. On a fouillé les deux résidences de Mr. Arnold, la voiture de Mrs. Arnold, son bureau à lui, son bureau à elle. Cet appel demande à être rapidement diligenté. Nous ne pouvons attendre éternellement dans l'espoir qu'on retrouve ces minutes dans je ne sais combien d'années !

— Monsieur Quiroz, demanda le juge, hormis votre conviction que les pièces égarées devraient être bientôt retrouvées, avez-vous un autre argument à faire valoir ?

Ramon secoua la tête.

— Non, Votre Honneur. Aucun. J'ai le sentiment qu'il est trop tôt pour renoncer, c'est tout.

— Y a-t-il un substitut possible à ces minutes ?

— Non, Votre Honneur. Aucun, à ma connaissance. Il semble que les notes et les disquettes de sauvegarde que Mrs. Arnold avait en sa possession étaient avec elle lorsqu'elle a été enlevée, et il n'en existe pas de copies.

— S'il en est ainsi, et si vous n'avez aucun espoir de retrouver les originaux, et que le prévenu a établi en toute légitimité la possibilité d'une annulation du jugement, que me reste-t-il à faire sinon accepter cette requête pour la tenue d'un nouveau procès ?

— Nous soutiendrons que Mr. McCann est fautif en tout état de cause. Comment peut-on savoir s'il n'était pas impliqué dans l'enlèvement de Mrs. Arnold ?

— Votre Honneur, intervint Flynn, voilà un argument qui ne tient pas debout. Mr. Quiroz lui-même a rédigé le mandat d'amener qui a conduit à l'arrestation de Mr. Arnold pour le meurtre de son épouse. Personne n'a songé une seconde que Mr. McCann, qui était en prison au moment des faits incriminés, pouvait être mêlé de quelque manière que ce soit à ce deuxième enlèvement.

Le juge se tourna vers le district attorney.

— Monsieur Quiroz ?

Ramon Quiroz savait s'avouer battu. Il se contenta de hocher la tête.

— Monsieur Flynn, reprit le juge. Si je pouvais trouver un motif légal pour rejeter votre requête, je le ferais. Mais il n'y en a pas, et je dois me conformer à la loi, même quand je n'en ai pas envie. (Un silence.) Je vais donc ordonner un nouveau procès pour Mr. McCann.

— Votre Honneur, j'ai une autre requête à vous soumettre, dit Flynn, très vite. Je demande une ordonnance de non-lieu en faveur de Mr. McCann. Si ce procès avait lieu de nouveau, il se conclurait tout de suite par un acquittement. Mr. McCann a toujours protesté de sa totale innocence et nous avons soutenu que Lester Dobbs l'avait accusé afin d'échapper à un juste châtiment pour le meurtre de Mrs. Alvarez. En dehors du témoignage de Lester Dobbs, rien ne permet d'établir un lien entre Mr. McCann et la tentative d'enlèvement de Patty Alvarez.

— Monsieur Quiroz, y a-t-il un compte rendu officiel du témoignage de Mr. Dobbs ? demanda le juge Schreiber.

— Non, monsieur.

— Mr. Dobbs a-t-il témoigné devant le grand jury ?

— Oui, mais il n'y a aucun procès-verbal.

— Même s'il y en avait un, intervint Flynn, il ne serait pas recevable contre Mr. McCann puisque je n'ai pas eu l'occasion de procéder à un contre-interrogatoire.

— Je crois que Mr. Flynn a raison, dit le juge. Monsieur Quiroz, existe-t-il une possibilité légale de présenter le témoignage de Lester Dobbs dans un second procès ?

— Non, je n'en vois pas pour le moment.

Le juge Schrieber resta un instant absorbé dans ses pensées. Il tambourinait sur la table avec son stylo. Quand il se décida à parler, il avait l'air très contrarié.

— Monsieur Flynn, je ne vais pas prononcer aujourd'hui un non-lieu en faveur de votre client. Il se peut encore qu'on découvre de nouvelles preuves. Toutefois, je n'ai pas très envie de maintenir Mr. McCann en détention dans de telles circonstances.

Puis, se tournant vers le district attorney :

— Monsieur Quiroz, je vais vous laisser une semaine pour me convaincre que le maintien en détention de Mr. McCann est juridiquement fondé. Si vous n'y parvenez pas, je serai obligé de le remettre en liberté.

En revenant au bureau du district attorney, Ramon Quiroz trouva un Martin Alvarez hors de lui.

— Vous n'allez pas laisser faire ça ?

— Je n'y peux rien, Martin. Si nous ne trouvons pas de nouvelles preuves, McCann sera libéré.

— C'est insensé !

— C'est la loi.

— Je ne peux pas croire que vous soyez sans recours face à une telle décision.

— Je la redoutais, Martin, dès l'instant où j'ai appris que les disquettes de Melissa avaient disparu. Il m'est déjà arrivé une histoire comme celle-ci, avec Gene Arnold justement, et je savais que ça risquait de se reproduire. J'espérais simplement que Flynn ne serait pas assez malin pour comprendre ce qu'il avait à faire.

— Quelle histoire vous est déjà arrivée avec Gene ?

— Bob défendait un jeune garçon accusé d'un vol de voiture. On a composé le jury et l'accusation a cité plusieurs témoins. Puis le procès a été interrompu pour un week-end national de trois jours. À la reprise, le garçon avait disparu. Il avait pris la fuite, tout simplement. Le juge Milbrandt a décidé que le prévenu s'était délibérément soustrait à la justice et a demandé aux avocats de continuer le procès en son absence. Le jury l'a déclaré coupable. Comme le juge ne pouvait pas prononcer la sentence s'il n'était pas présent, il a délivré un mandat d'amener.

» Trois ans plus tard, le garçon était arrêté au Canada. On l'a renvoyé ici pour y entendre la sentence. Bob avait pris sa retraite dans l'intervalle, et c'est Gene qui a interjeté appel, mais la greffière n'a pas retrouvé ses notes d'audience. Elles se trouvaient dans un carton d'archives qu'elle avait détruites. Gene ne pouvait plus faire appel puisqu'il n'était plus possible de fournir les minutes du procès. En se référant à la jurisprudence, comme Flynn vient de le faire, il a obtenu l'annulation du premier jugement, et l'ouverture d'un nouveau procès.

Martin repartit chez lui. En chemin, il se rappela que Joan McCann était la secrétaire de Gene Arnold. Si elle avait eu connaissance de l'affaire de ce voleur de voitures, elle savait aussi qu'en cas de disparition des disquettes de Melissa, le juge serait forcé d'accepter un nouveau procès. Se pouvait-il qu'elle aime son mari au point de tuer Melissa Arnold et Lester Dobbs ? Et que la demande de rançon n'ait été qu'un rideau de fumée cachant un plan destiné à sortir McCann de prison ? Joan McCann était-elle capable de commettre un double meurtre ?

Martin essaya de se rappeler tout ce qu'il savait d'elle. Joan McCann se montrait depuis peu d'une troublante fébrilité. Martin l'avait attribuée à son inquiétude pour le sort de son mari. Se pouvait-il que ces ongles rongés au sang, cette spectaculaire perte de poids soient la manifestation physique d'une culpabilité trop lourde à porter ?

# 13

Une semaine passa. Aucune piste n'était apparue dans l'enquête sur le meurtre de Lester Dobbs, la disparition de Melissa Arnold restait un mystère, on n'avait toujours pas retrouvé ses disquettes, et Ramon Quiroz n'avait pas fourni d'argument juridique permettant de maintenir Paul McCann en prison. Le vendredi matin de bonne heure, Quiroz et Aaron Flynn pénétrèrent dans le tribunal par une porte de service pour se rendre au cabinet du juge Schrieber. Il était sept heures et les bureaux étaient déserts. Ramon avait appelé le juge, la veille, pour lui expliquer la nécessité d'agir le plus discrètement possible en raison de la menace proférée par Martin Alvarez à l'encontre de McCann.

— Bonjour, Ramon, Aaron, dit le juge Schrieber.

Il n'avait pas l'air content de signer le papier posé devant lui.

— Je prononce un non-lieu en faveur de Paul McCann, et je signe, en conséquence, cet ordre de levée d'écrou. J'ai donné des instructions à la prison pour qu'on le libère à la minute où vous vous présenterez avec ce papier, et pour qu'on vous laisse entrer et ressortir par l'arrière du bâtiment. J'ai également prévenu que quiconque ferait connaître à l'extérieur la nouvelle de cette libération serait sanctionné pour outrage à la justice. Cela devrait garantir la sécurité de votre client, au moins pour aujourd'hui.

Flynn gara sa voiture à l'arrière de la prison et frappa à la porte. Le shérif Cobb l'attendait avec McCann, qui avait revêtu les vêtements qu'il portait lors de son arrestation. Le shérif donna lecture de l'ordonnance de levée d'écrou et dit à Paul qu'il pouvait partir. Cobb semblait aussi peu réjoui que le juge Schrieber.

Dès qu'ils furent dans la voiture, le client de Flynn ferma les yeux, renversa la tête en arrière et dit :

— Alleluia ! Je suis tellement content d'être sorti de ce putain de trou à rats que, pour un peu, j'irais le chanter à l'église !

— À votre place, je chercherais une église de l'autre côté de la planète. Je doute qu'Alvarez s'en tienne à de simples menaces.

— Alvarez, je l'emmerde ! répondit Paul, rageur. Il ne me fait pas peur.

— Vous avez des projets ? demanda Flynn.

— Une bonne douche, une bonne bouffe, une bonne baise et une bonne nuit de sommeil.

— Et ensuite ?

— Je n'en sais rien. Je pense m'installer ailleurs. Ce procès m'a permis de compter mes amis à Desert Grove. Et puis, le projet Sunnyvale est mort et enterré, et le peu d'argent qu'il me restait est parti dans vos honoraires.

Flynn s'arrêta devant la maison de McCann en priant le ciel qu'Alvarez ne soit pas dans les parages avec un fusil à lunette. Joan se précipita hors de la maison. Paul n'était pas debout qu'il avait déjà ses bras autour du cou. Il se laissa embrasser, mais Flynn remarqua la tiédeur avec laquelle il accueillait ces effusions. Puis, s'approchant de la portière de Flynn, Joan posa sa main sur la sienne.

— Je n'oublierai jamais ce que vous avez fait, Monsieur Flynn. Que Dieu vous bénisse.

# 14

Il était onze heures quand Martin Alvarez reçut l'appel de Joan McCann. La voix au téléphone frisait l'hystérie :

— Je vous appelle de ma voiture. Je suis en train de suivre Paul. Il faut que vous l'arrêtiez !

— Qu'est-ce que vous racontez ? Paul est en prison !

— Le juge a prononcé un non-lieu ce matin. On l'a fait sortir de prison en douce, parce qu'on avait peur de vous. Puis... il m'a battue. Il m'a insultée...

Elle se mit à sangloter. Martin n'avait pas saisi la moitié de ce qu'elle disait, mais il avait compris que Paul McCann était en train de filer sans sa femme.

— Il a tué Patty ! Je peux le prouver !

Martin, maintenant, était tout oreilles.

— Comment le savez-vous ?

— Mr. Flynn est revenu il y a une heure. Il m'a paru très agité. Il a emmené Paul dans le bureau, mais j'ai écouté à la porte. Un homme venait de l'appeler pour lui dire qu'il avait les disquettes de Melissa. Il en voulait deux cent mille dollars. Aaron a expliqué à Paul que ce n'était pas une arnaque. Le jour où on l'a tuée, Patty portait une bague sertie d'une topaze que vous lui aviez offerte — n'est-ce pas ?

Martin tressaillit. Il se rappelait le cri de joie de Patty en découvrant ce cadeau, et le baiser qu'elle lui avait donné.

— Oui, elle portait cette bague. Les policiers m'ont demandé de ne pas l'ébruiter. Comment le saviez-vous ?

— Aaron a dit à Paul que l'homme qui l'a appelé la lui a décrite.

— Qu'a répondu Paul ?

— Il était furieux. Il a dit qu'il n'avait pas deux

cent mille dollars. Qu'à son avis ce type était un arnaqueur. Ils se sont disputés. Puis Mr. Flynn est reparti. Aussitôt, Paul a fait ses bagages. Je lui ai demandé quelles étaient ses intentions et il m'a dit de la fermer. Il... il m'a dit qu'il ne pouvait plus me supporter, et que, cette fois, il me quittait pour de bon.

Comme elle éclatait de nouveau en sanglots, Martin attendit qu'elle se calme.

— Qu'attendez-vous de moi ?

— Que vous l'arrêtiez. Avant qu'il récupère l'argent et se sauve.

— Quel argent ?

— Celui de la rançon.

— Comment savez-vous qu'il l'a ?

— Il se dirige actuellement vers le parc naturel de Laurel Canyon, là où sont les grottes. C'est là qu'il a dû le cacher. Qu'irait-il faire là-bas en pleine nuit ? Et s'il a l'argent, monsieur Alvarez, c'est parce qu'il a tué Patty !

— Pourquoi m'avez-vous appelé au lieu de prévenir la police ?

— Je ne veux pas qu'on l'arrête. Je veux le voir mort.

Le parc naturel de Laurel Canyon était un labyrinthe de gorges, de cours d'eau asséchés et de falaises, connu des amateurs d'escalade du monde entier. Des grottes s'ouvraient au pied de certaines parois. On avait aménagé un parking à l'entrée, et Martin trouva Joan McCann tout au fond, à l'endroit qu'elle lui avait indiqué. La voiture de McCann était garée au départ de la piste menant aux grottes.

— Il a un quart d'heure d'avance. Vous avez intérêt à faire vite. Il est du côté de Bishop Point, dit Joan.

C'est là qu'il m'a demandé de l'épouser, ajouta-t-elle d'un ton plein d'amertume.

Martin était un familier de l'endroit et il connaissait tous les sentiers par cœur. Il glissa son revolver sous sa ceinture et se munit d'une torche électrique avant de prendre le sentier menant à Bishop Point, un promontoire rocheux offrant une vue superbe sur le désert, et au pied duquel se trouvaient plusieurs grottes.

Il lui fallut une quinzaine de minutes pour parvenir au pied de la falaise. Il alluma quelques secondes sa torche électrique et en promena le faisceau à la base de la paroi rocheuse. Puis il se dirigea vers l'entrée de la grotte la plus proche. En partie caché derrière une saillie, il regarda à l'intérieur. Il espérait que le faisceau d'une torche lui signalerait la présence de McCann, mais son regard ne rencontra qu'une obscurité épaisse.

— Espèce de salaud ! hurla McCann en frappant Martin à la mâchoire avec la crosse de son pistolet.

Martin recula en titubant et sa torche éclaira le bras qui se levait, mais trop tard pour l'arrêter. Le poing de McCann s'abattit sur sa blessure. La douleur l'aveugla. Un coup de talon dans le genou le jeta au sol. Comme il tentait de se relever, un deuxième coup lui enfonça les côtes, et McCann lui sauta sur la tête à pieds joints. À la seconde où il croyait s'évanouir, les coups cessèrent.

McCann ramassa l'automatique que Martin, surpris par l'attaque, avait laissé choir. Martin était certain d'avoir les os du visage en morceaux. Ses côtes lui faisaient mal, mais ne semblaient pas fracturées. Il parvint péniblement à s'asseoir.

— C'est Joan qui t'a dit que j'étais ici ? demanda McCann, d'une voix tremblante de haine.

Martin resta muet. McCann le fixait d'un regard mauvais.

— Peu importe. Ce n'est pas pour cette garce que tu es ici. C'est pour l'argent. Eh bien, tu vas le voir, l'argent ! Il suffit de creuser. Ensuite, toi et moi, on disparaîtra. Debout !

Un geste de la main qui tenait le pistolet accompagna ces mots. Martin parvint à se redresser et à se tenir à peu près droit. McCann braqua le faisceau de sa torche vers le fond de la grotte et ils se mirent en marche, Martin précédant McCann. Il faisait froid, mais Martin souffrait trop pour s'en rendre compte. La grotte s'enfonçait profondément sous la falaise et comme le plafond, haut d'environ trois mètres à l'entrée, s'abaissait rapidement, ils durent bientôt avancer à demi accroupis. Au bout d'un quart d'heure environ, le plafond s'éleva brusquement et ils pénétrèrent dans une vaste salle. McCann fit arrêter Martin devant un tas de cailloux qui semblaient là depuis des siècles.

— Vas-y, creuse ! Le sac est dessous. J'ai mis presque deux heures à le planquer.

McCann posa la torche sur un tas de rochers au fond de la salle, en dirigeant le faisceau pour qu'il éclaire ceux qui dissimulaient l'argent. Martin se mit à l'œuvre, retirant un caillou après l'autre pour les jeter sur le côté. Le moindre geste le faisait souffrir, mais ce travail répétitif l'aidait à rester conscient et lui donnait le temps de réfléchir.

Au bout d'un moment, McCann alla s'asseoir contre la paroi la plus éloignée. Son pistolet restait pointé sur Martin, qui se dit que tôt ou tard il deviendrait trop lourd pour la main qui le tenait. Tout en travaillant, il repérait les plus gros cailloux et les plaçait de manière à les avoir à sa portée au moment où il en aurait besoin.

Ce moment arriva une demi-heure plus tard. Le

canon du pistolet trembla et s'abaissa légèrement vers le sol. McCann inclina la tête en arrière et ferma les yeux une seconde. Quand il les rouvrit, Martin était déjà passé à l'action. La première pierre atteignit McCann en plein front. Il poussa un hurlement, tira, mais sans viser. Martin s'abattait déjà sur lui, brandissant une pierre qui envoya la tête de McCann cogner contre la roche, l'assommant à moitié. Une seconde plus tard, Martin avait le pistolet en main.

— Regarde autour de toi, McCann, dit Martin quand il fut certain que l'autre se rendait bien compte de sa situation. C'est ici, dans cette grotte, que ton cadavre va pourrir !

» Tu devrais te réjouir. Je vais t'enterrer avec l'argent de ton crime. Tu auras l'éternité pour le dépenser en enfer !

La colère lui empourprait le visage et faisait trembler l'arme pointée sur McCann.

— Sois damné pour avoir tué Patty, dit-il.

Mais il ne pressa jamais la détente. Un coup de feu claqua derrière lui. L'écho de la déflagration se répercuta contre les parois, emplissant la grotte d'un roulement de tonnerre. Martin tomba en avant, inconscient.

CINQUIÈME PARTIE

# Jusqu'au dernier

# 30

— Je ne sais pas combien de temps il m'a fallu pour revenir à moi, dit Alvarez. Et ensuite, je l'ai regretté.

Il se tut un instant, assailli par le souvenir de ces instants d'épouvante.

— Comment êtes-vous sorti de la grotte ? demanda Kate.

— Joan McCann a appelé la police. Elle avait été agressée pendant qu'elle m'attendait.

— Qui.. ?

— On ne le sait pas. Son agresseur portait un masque. Il lui a mis le canon de son arme contre la tempe et l'a obligée à lui dire où j'étais, puis il l'a assommée. Quand elle a repris connaissance, je n'étais toujours pas là, alors elle a appelé la police. J'étais à moitié mort quand ils m'ont retrouvé, ainsi que Paul McCann.

— McCann était toujours là ?

— Oui. Mort. Il avait reçu une balle entre les deux yeux. L'argent de la rançon avait disparu.

— Aaron Flynn avait un alibi ?

— Il n'a pas été inquiété. Six mois plus tard, il quittait tranquillement la ville. Je ne savais pas où il était allé jusqu'à aujourd'hui.

— Est-ce que d'autres personnes impliquées dans cette affaire sont parties elles aussi ?

— Joan. Trois mois plus tard. Elle est venue me voir plusieurs fois à l'hôpital pendant ma convalescence. La dernière fois, elle m'a dit qu'elle ne pouvait plus rester à Desert Grove.

— Quelqu'un a-t-il un soupçon, une théorie, sur l'identité du meurtrier de Paul McCann ?

— Non. Je suis persuadé que McCann et Lester Dobbs ont tué Patty, et que c'est la même personne qui les a tués tous les deux. Finalement, tout le monde s'est plus ou moins rallié à l'hypothèse d'un coup monté par une personne venue de l'extérieur, sans lien direct avec les victimes.

— Vous y croyez, vous ?

— Absolument pas, dit Alvarez.

Sa voix avait la dureté du granite.

— Qu'est devenu Gene Arnold ?

— J'ai engagé pour sa défense le meilleur avocat de l'Arizona. Il a convaincu Ramon Quiroz qu'il n'y avait pas suffisamment de preuves pour soutenir une accusation contre lui. Il était évident pour tout le monde que les vêtements de Melissa et sa voiture avaient été intentionnellement apportés au bungalow. La police scientifique a tout passé au peigne fin sans découvrir la moindre trace d'une présence récente de Gene et Melissa. Et comme on n'a pas retrouvé le corps de Melissa, les médecins légistes n'ont pas pu intervenir pour établir un lien entre Gene et son assassinat. Ne restaient que les témoignages de leurs disputes, et Ramon ne pouvait pas poursuivre sur la base de quelques prises de bec entre époux.

— Y a-t-il eu une suite à la tentative d'assassinat dont vous-même avez été l'objet dans la grotte ?

— Aucune, à ce jour.

— Avez-vous d'autres informations susceptibles de m'aider dans cette enquête, monsieur Alvarez ?

Martin réfléchit un moment, puis secoua la tête.

— Vous comprenez, bien sûr, qu'il n'y a pas forcément un rapport entre la mort de Gene et ce qui s'est passé ici il y a sept ans ?

— Oui. Mais Aaron Flynn... C'est cette coïncidence qui me tracasse.

— La vie est pleine de coïncidences.

Kate se leva.

— Merci de m'avoir reçue.

Alvarez prit sa main et la garda quelques secondes dans la sienne. Kate lui tendit sa carte.

— N'hésitez pas à m'appeler si vous pensez à autre chose.

Martin prit la carte en hochant la tête. Son assistante venait d'apparaître dans le patio.

— Anna va vous raccompagner à votre voiture. Bonne chance.

Martin Alvarez regarda Kate Ross traverser la terrasse. L'enquêtrice ne ressemblait pas à Patty, et pourtant elle la lui rappelait. Elles avaient la même démarche décidée, et Patty avait toujours fait preuve d'une sorte de force intérieure qu'il devinait chez Kate. Alvarez ferma les yeux et se massa les tempes. Il y avait encore des moments où il lui semblait que sa femme était toujours là, qu'elle allait revenir d'un instant à l'autre de sa chevauchée matinale. C'étaient des pensées apaisantes, qui semblaient lui dire que Patty et lui seraient à nouveau réunis dans une autre vie après la mort.

À d'autres moments, le souvenir de Patty le jetait dans des accès de rage impuissante. C'était cette rage que Martin sentait monter en lui tandis qu'il traversait la maison pour rejoindre son bureau. Sitôt la porte refermée, il décrocha le téléphone. Un homme répondit en espagnol.

— Tu sais qui t'appelle ? demanda Alvarez.

— Oui.

— J'ai un travail pour toi. Prends le premier avion.

# 31

Le samedi matin, Daniel se réveilla en sursaut. Il se croyait toujours prisonnier. Puis il se rendit compte qu'il était en sécurité dans la chambre d'amis de Kate, et se laissa retomber sur son lit. Lui, d'ordinaire si matinal, avait dormi jusqu'à neuf heures. Passer la nuit dans un endroit où la lumière ne brûlait pas vingt-quatre heures sur vingt-quatre et sans que des plaintes et des hurlements ne vous réveillent toutes les cinq minutes était un plus grand luxe que dormir entre des draps de soie.

Il y avait un mot de Kate sur la table de la cuisine. Comme elle prenait un avion de très bonne heure pour l'Arizona, elle n'avait pas voulu le réveiller. Il le regretta. Il se rappelait le plaisir qu'il avait éprouvé à la voir à sa sortie de prison et elle lui manquait déjà.

Daniel relut le mot de Kate. Pour le plaisir de tenir quelque chose qu'elle avait touché et de lire les mots qu'elle avait tracés pour lui seul. Kate était très gentille, et pleine de délicatesse. Daniel n'avait pas connu beaucoup de personnes comme elle dans sa vie. De fait, elle était la seule note positive dans le désastre qu'était devenue sa vie. Alors qu'ils se connaissaient à peine, elle avait trouvé une super-avocate pour le défendre, elle payait une partie de ses frais de justice, et l'accueillait dans sa maison — lui qui était accusé de meurtre. Le soutien qu'elle lui apportait impliquait une foi absolue en son innocence. Il ne voyait pas comment, sans elle, il aurait pu surmonter une telle épreuve.

Après avoir pris son petit déjeuner, Daniel erra sans but dans la maison, alluma la télévision et zappa d'une chaîne à l'autre, tenta vainement de s'intéresser à un roman de science-fiction trouvé dans la bibliothèque. L'histoire n'était pas, et de loin, aussi surréaliste que ses propres aventures. Que lui arrivait-il ? Moins d'un mois plus tôt, il vivait un rêve qu'il n'aurait même pas osé imaginer quand il était gamin. On lui avait volé ce rêve. Daniel voulait qu'on lui rende ce qu'on lui avait pris. Sa vie.

Il se rendit compte, soudain, qu'après l'enfermement de la prison, il avait un intense besoin de sortir, de voir du monde. Il appela Joe Molinari.

— Comment va notre prisonnier ? demanda Joe qui avait toujours le mot pour rire.

— Je suis cloîtré chez Kate Ross et je deviens cinglé.

— Kate Ross. Ah ? Voilà une information croustillante ! Ça va faire jaser au cabinet !

— Il n'y a pas de quoi jaser. Je ne tiens pas à ce que les journalistes me tombent dessus, et Kate a bien voulu m'accueillir.

— Ben voyons !

— Tu as vraiment un sale esprit, Molinari.

— Je suppose que tu n'appelles pas seulement pour m'insulter ?

— Exact. Que dirais-tu d'un petit jogging ? J'ai besoin d'exercice.

— Bonne idée.

— Tu voudras bien m'emmener à mon appartement pour que je récupère ma voiture et ma tenue de sport ?

— Pas de problème. J'arrive.

Une Porsche rouge vif s'arrêta devant la maison de Kate. Joe donna un coup de Klaxon en agitant la main.

— Bon sang, Molinari, j'essaie de passer inaperçu !

— T'en fais pas, dit Joe en s'extrayant du bolide. Tu es trop moche pour attirer l'attention. On ne verra que moi.

Daniel se détendit, et prit plaisir au trajet en voiture. Il faisait frais, mais le soleil avait attiré beaucoup de monde dehors et les promeneurs — des couples, surtout — arpentaient les rues des quartiers nord-ouest de Portland.

— Fais un tour du pâté de maisons, dit Daniel quand ils furent à quelques rues de son immeuble. Je préfère être certain qu'il n'y a pas de journalistes qui planquent dans les parages.

— La célébrité te monte à la tête, mon vieux. Pour qui te prends-tu ? Pour O.J. Simpson ?

— Ma foi, j'éprouve beaucoup de sympathie pour O.J., depuis quelque temps.

Au moment où la Porsche passait devant l'immeuble de Daniel, un grand type en jean et en imperméable en sortait. Il traversa la rue pour rejoindre une camionnette noire. Daniel eut l'impression de le connaître, tout en étant persuadé qu'il ne l'avait jamais croisé dans l'immeuble. Quand ils repassèrent après avoir fait le tour du pâté de maisons, la camionnette n'était plus là.

Molinari se gara et Daniel monta chez lui. Kate n'avait pas menti en lui décrivant le chaos qui régnait dans son appartement. Les policiers n'y étaient pas allés de main-morte. Il prit sa tenue de sport et se changea dans la salle de bains, fourra quelques vêtements de rechange dans un sac et redescendit sans s'attarder pour aller chercher sa voiture dans le petit parking de l'immeuble.

Suivi par Molinari, Daniel longea le zoo et Forestry

Center pour monter jusqu'au Mémorial du Vietnam, et se gara. Les deux hommes firent quelques exercices d'étirement avant de s'élancer sur l'un des sentiers qui serpentaient à travers Washington Park. Daniel mit un moment à trouver son rythme, d'autant que, sur le premier kilomètre, le sentier montait.

— Tu as envie de me dire ce qui se passe ? demanda Molinari.

— Je ne tiens pas à te mêler à ça.

— À ce que je vois, tu n'as pas une foule de supporteurs. Je voudrais bien en faire partie.

Daniel savait qu'il n'aurait probablement pas dû parler de son affaire à Molinari, mais Joe était l'un de ses rares collègues du cabinet à l'avoir soutenu. Et il était intelligent. Peut-être verrait-il quelque chose qui lui avait échappé. Et c'était un soulagement, aussi, de pouvoir parler de tout ce qu'il avait dû garder pour lui jusque-là.

Il commença par la soirée où Susan l'avait embobiné pour qu'il prépare le dossier Geller à sa place et termina avec son arrestation. Il omit seulement de parler du coup de téléphone de Briggs le convoquant à sa maison de campagne, et sa propre présence sur les lieux. Le procureur ne pourrait pas prouver qu'il s'y trouvait à l'heure du meurtre, et il ne voulait pas faire de Joe Molinari un témoin de l'accusation.

— Alors ? Tu n'as pas quelques brillantes hypothèses à me soumettre ? demanda Daniel, son récit terminé.

— Pas vraiment. Mais le fait que Flynn ait eu un deuxième coup de chance après la découverte de la lettre de Kaïdanov m'apparaît comme une étrange coïncidence.

— Que veux-tu dire ?

— Je parle de la mise à mort d'April Fairweather par ton avocate à l'audience. Après avoir lu le compte rendu, les gens d'Oregon Mutual, qui assurent Geller, ont du supplier Reed, Briggs de conclure un arrangement à l'amiable pour étouffer l'affaire, et Flynn a sans doute touché un bon paquet d'honoraires.

Tout en courant, Daniel se rappela soudain que Flynn avait envoyé l'un de ses collaborateurs assister à son audience préliminaire. Et une idée bizarre lui traversa l'esprit. Flynn savait-il ce qu'il en était d'April Fairweather ? Se pouvait-il que Flynn soit l'ange gardien qui avait envoyé l'enregistrement vidéo à Amanda Jaffe ?

— Je viens d'avoir une drôle d'idée, dit Molinari, tandis que, parvenus au sommet de la pente, ils amorçaient la descente. Et si Aaron Flynn avait une taupe au sein du cabinet Reed, Briggs ?

— Comme dans les romans d'espionnage ?

— Sérieusement. Réfléchis un peu. Comment la lettre de Kaïdanov est-elle arrivée dans ce carton à dossiers ? Comment la cassette vidéo du discours d'April Fairweather a-t-elle atterri entre les mains de ton avocate ?

Le sentier se faisant plus étroit, les deux hommes durent courir l'un derrière l'autre en attendant qu'il s'élargisse à nouveau, ce qui laissa à Daniel le temps de réfléchir. Il aimait bien Flynn. Il avait été frappé par sa gentillesse et son naturel vis-à-vis du petit Patrick Cummings. Mais il le connaissait aussi, de réputation, comme un personnage flamboyant et agressif. Il ne voulait pas le croire malhonnête *a priori*.

— La lettre de Kaïdanov a pu être glissée parmi les documents par quelqu'un de chez Geller, dit Daniel.

— Chez Geller, ils jurent par leurs grands dieux qu'ils n'ont jamais vu cette lettre ! C'est toi-même qui me l'as dit.

— Il se pourrait qu'ils mentent.

— Comment quelqu'un, toujours chez Geller, pourrait-il avoir eu connaissance du dossier Fairweather ? insista Joe. C'est une affaire qui n'a rien à voir avec la leur. Si un membre du cabinet Reed, Briggs avait envoyé cette bande vidéo à Amanda pour rendre service à Flynn, il aurait pu tout aussi bien y joindre la lettre de Kaïdanov, non ?

— Bon. Admettons que tu aies raison. Qui est donc cette taupe ?

— Oregon Mutual était client de Briggs. Donc, d'un point de vue technique, c'était à Briggs de plaider le procès d'April Fairweather. Mais Brock Newbauer et Susan Webster ont effectué le gros du travail sur ce dossier. Ils connaissaient donc l'existence de cet enregistrement vidéo.

— Brock et Susan font également partie de l'équipe d'avocats qui défend Geller dans le procès de l'Insufort, dit Daniel.

— Il s'est passé quelque chose, après ton départ, qui va dans le sens de ma théorie, dit Joe. Briggs a organisé, le jour de sa mort, une réunion de concertation sur la marche à suivre dans l'affaire de l'Insufort. Brock Newbauer s'est déclaré prêt à négocier un arrangement à l'amiable, mais Briggs n'a rien voulu entendre.

— C'est Brock, maintenant, qui se charge de la défense de Geller ?

— En principe, oui. Mais je pense que c'est Susan qui mène la barque.

— Qu'est-ce qui te fait dire ça ?

— Si Brock a été accepté comme associé, c'est uniquement parce que sa famille possède Newbauer Construction, qui est l'un de nos plus gros clients. Il est la risée du cabinet. Tu n'as jamais remarqué le temps qu'il prend pour déjeuner, et son haleine quand il revient au bureau ? Il serait incapable de gérer un dossier aussi complexe que celui de l'Insufort, c'est bien au-delà de ses capacités. Briggs avait la haute main sur toutes les affaires concernant Newbauer, qui rapportaient beaucoup de fric au cabinet. Et il veillait aussi sur Brock, le fiston, pour que le client soit content.

— Et d'après toi, Brock voulait un arrangement à l'amiable avec Geller ?

Molinari acquiesça de la tête.

— Et d'après moi toujours, si Flynn avait une taupe chez Reed, Briggs, c'est exactement ce qu'il voudrait.

# 32

Le lendemain matin, le soleil avait disparu derrière un ciel de plomb et on sentait dans l'air froid une menace de pluie. Daniel sortit de son lit en boitillant, les muscles raidis après sa course de la veille. Son petit déjeuner avalé, il regarda la première mi-temps du match des Seahawks de Seattle à la télévision. Mais il se sentait toujours incapable de rester enfermé trop longtemps. Il se rappela l'état dans lequel il avait trouvé son appartement, et alla chercher sa voiture sans attendre la suite du match.

L'appartement n'avait pas meilleure allure que la veille. Daniel alluma la télé pour suivre la fin du match tout en s'activant. Au coup de sifflet final, tout avait repris une apparence à peu près normale. Daniel se demandait quand il pourrait remettre pareillement de l'ordre dans sa vie quand la sonnerie du téléphone retentit. Sa main resta quelques secondes en suspens au-dessus de l'appareil. Il n'avait pas envie de répondre aux questions d'un journaliste. Mais c'était peut-être un ami qui l'appelait, et pourquoi se priver du plaisir de parler à quelqu'un qui se souciait assez de son sort pour lui faire signe ?

— Allô ?

— Daniel Ames ?

C'était une voix masculine avec un accent — slave, russe peut-être.

— Qui m'appelle ?

— Il faut qu'on se voie.

Le ton était pressant, presque suppliant.

— À quel sujet ? demanda Daniel, prudemment.

— J'ai assisté au meurtre d'Arthur Briggs, répondit l'homme, très vite. Je sais que ce n'est pas vous qui l'avez tué. Voilà pourquoi je vous appelle, vous êtes le seul à qui je puisse faire confiance.

Daniel sentit un frisson lui parcourir la nuque.

— Docteur Kaïdanov ?

— Acceptez-vous de me rencontrer ?

— Êtes-vous prêt à vous rendre à la police pour dire que je suis innocent ? demanda Daniel, au comble de l'excitation.

— Il faut d'abord qu'on discute.

— Très bien. Où êtes-vous ? Je viens tout de suite.

— Non, non ! Attendez qu'il fasse nuit. On pourrait vous suivre. Retrouvons-nous ce soir, à dix heures, au cimetière Rest of Angels. Je serai près du mausolée de Simon Prescott.

— Vous plaisantez ?

— J'ai perdu mon sens de l'humour depuis que des salauds ont tenté de me tuer dans le laboratoire.

— Mais un cimetière, en pleine nuit...

— C'est là que ma mère est enterrée. Vous viendrez ?

— Oui. Mais restez calme.

— J'ai le droit de ne pas l'être. Voilà bientôt un mois que je suis en cavale pour sauver ma peau. C'est quelque chose que vous pouvez peut-être comprendre.

Kaïdanov expliqua à Daniel comment trouver le mausolée, et raccrocha aussitôt. Daniel composa le numéro de Kate, en espérant qu'elle serait revenue de l'Arizona, mais dut se contenter de sa voix au répondeur.

# 33

Daniel se mit en route pour le cimetière Rest of Angels vers neuf heures et demie du soir. Il était toujours sans nouvelles de Kate. Comme on fermait le portail à la tombée de la nuit, Kaïdanov lui avait dit de garer sa voiture dans un lotissement séparé du cimetière par un fossé peu profond et un petit bois. Daniel rabattit sur sa tête le capuchon de son imperméable. Une forte pluie avait rendu luisantes les pentes du fossé. Il se laissa glisser au fond et dut crapahuter pour remonter de l'autre côté. Il émergea en frissonnant, et couvert de boue.

Le cimetière Rest of Angels s'étendait sur une soixantaine d'hectares de terrain vallonné dominant la Columbia, et la forêt l'environnait de toutes parts. Par beau temps, il offrait un cadre serein et pittoresque au repos des disparus. Mais quand Daniel sortit de la forêt, le cimetière noyé sous une pluie battante avait tout d'un paysage de *Dracula*.

C'était le dernier endroit qu'il aurait choisi pour y rencontrer en pleine nuit un assassin en cavale. Derrière chaque tombe, chaque mausolée, pouvait se cacher un homme décidé à tuer. Daniel courut jusqu'au mausolée Prescott, et se tapit dans l'ombre derrière la chapelle. Il tirait sur les cordons de son capuchon pour se protéger de la pluie et des rafales de vent glacé qui ne lui laissaient pas de répit, sans cesser de regarder autour de lui. Tous ses sens étaient en alerte, mais il n'entendait que le bruit de l'averse et le capuchon limitait sa vision périphérique.

— Ames.

Daniel fit volte-face, les poings serrés et prêt à frapper, mais retint son bras en reconnaissant Kaïdanov. Le chercheur n'avait pas l'air en meilleur état que lui. L'eau ruisselait sur son visage, imbibant une barbe et une moustache que Daniel n'avait pas remarquées sur la photographie qu'il avait vue dans le living-room de Kaïdanov.

— Vous m'avez fait une frousse épouvantable, souffla Daniel en s'adossant au tombeau.

— Nous n'avons pas beaucoup de temps, répondit le Russe qui tremblait de froid. Je compte sur vous pour dire au Groupe Geller que mes essais étaient truqués et que je suis prêt à en témoigner.

— Les résultats étaient faux ? demanda Daniel, abasourdi par la révélation.

— Bien entendu.

— Et l'Insufort n'est pas dangereux ?

— Je n'ai pas le temps d'en discuter, dit Kaïdanov d'un ton pressant. Dites aux gens de chez Geller que je veux de l'argent et une protection. Je ne rencontrerai personne tant que je n'aurai pas été payé et que je n'estimerai pas ma sécurité assurée.

— Pourquoi avez-vous pris contact avec moi ?

— Parce que je ne sais pas à qui me fier, ni au cabinet Reed, Briggs, ni chez Geller. Je veux un million de dollars. C'est une somme ridicule à côté de ce que je vais leur faire économiser. Je veux un domicile protégé et des gardes du corps. (Il jetait des regards inquiets autour de lui.) Ils ont essayé de me tuer au laboratoire. Et ils ont essayé à nouveau le soir où ils ont descendu Briggs.

— Qui ?

— Je n'en sais rien. Je n'ai vu personne. Je recevais mes instructions par téléphone, par courrier, ou dans des caches convenues à l'avance. J'étais payé pour installer un laboratoire dans le bâtiment et y faire des essais bidons. On m'avait indiqué au départ les résultats que je devais obtenir.

— Pourquoi avez-vous fait ça ?

Kaïdanov haussa les épaules.

— Dettes de jeu. On m'avait promis que j'aurais de quoi les rembourser, et au-delà. J'ai été idiot. Je les ai crus.

— Vous savez qui a assassiné Arthur Briggs ?

— Je suis certain que c'est la même personne que celle qui a essayé de me tuer moi-même au laboratoire, mais je n'ai pas vu sa tête. Tout s'est déroulé trop vite. Briggs m'a prévenu et je me suis sauvé. Au labo aussi, j'ai eu de la chance. (Il se mit à rire.) Ce foutu singe m'a sauvé la vie !

— Le singe qui a été abattu ?

— J'étais tout près d'y passer quand cette bestiole est arrivée je ne sais pas comment. Incroyable ! Sa fourrure flambait, mais elle avait encore la force d'attaquer. (Le Russe secoua la tête, encore incrédule.) Je l'ai vu planter ses crocs dans l'épaule de...

Kaïdanov fut secoué par un violent frisson. Du sang, de la chair et des fragments de matière cervicale éclaboussèrent Daniel. Il recula instinctivement, en poussant un cri étranglé, sans quitter des yeux ce qu'il restait du visage de Kaïdanov. Le Russe tomba en avant, en s'agrippant à l'imperméable de Daniel. La deuxième balle lui arriva dans le dos. La détonation agit sur Daniel comme une gifle. Repoussant le corps, il bondit derrière le mausolée en évitant de justesse la troisième balle, qui fracassa un angle de mur en l'arrosant d'éclats de pierre.

Daniel partit en courant entre les tombes jusqu'à un autre mausolée. Quelqu'un courait parallèlement à lui, à quelques rangées d'intervalle. Puis son poursuivant s'arrêta pour viser. Daniel plongea derrière un ange de pierre, dont la tête explosa une fraction de seconde plus tard.

Il s'éloigna à quatre pattes, en crabe, en s'efforçant de rester à couvert. Mais il n'avait pas beaucoup d'espoir d'en réchapper. Son poursuivant ne mettrait pas longtemps à comprendre qu'il était désarmé et sans défense. Daniel regarda rapidement autour de lui. Il y avait deux rangées de tombes entre lui et le mausolée. Son poursuivant devait s'attendre à ce qu'il le rejoigne pour s'y abriter. Il repartit donc vers le corps de Kaïdanov en décrivant un demi-cercle, avec l'espoir que la pluie et les lourds nuages qui obscurcissaient le ciel empêcheraient qu'on le voie.

Daniel risqua un coup d'œil par-dessus son épaule, et aperçut une silhouette qui courait vers le mausolée. Dès qu'elle disparut, il bondit sur ses pieds et courut en sens inverse. Mais un coup de feu claqua et il sentit le vent d'une balle qui lui frôlait la joue. Faisant appel à toutes ses forces, il courut aussi vite qu'il le pouvait, en zigzaguant entre les tombes et les monuments. Une balle déchira l'étoffe de son capuchon et lui érafla le côté du crâne, l'expédiant tête la première sur le granite d'une tombe. Luttant pour ne pas s'évanouir, il serra les dents et parvint à se mettre à genoux, puis retomba en arrière. Il entendit des pas qui se rapprochaient. Puis un coup de feu. Il se recroquevilla dans l'attente du projectile, mais rien ne vint. Deux nouveaux coups de feu éclatèrent, en deux endroits différents. Puis un autre, et encore un autre. Daniel regarda autour de lui. Quelqu'un tirait sur son agresseur, qui tourna les talons et s'enfuit.

— Ne vous relevez pas ! cria Kate Ross.

Daniel rampa derrière une pierre tombale. Il avait des élancements dans le crâne. Il se toucha la tempe. Le sang ruissela sur sa main tandis qu'une douleur fulgurante le faisait vaciller.

Kate s'accroupit à côté de lui, un revolver à la main.

— Levez-vous. Il faut qu'on s'en aille, *vite* !

Prenant appui sur la tombe, Daniel se mit sur ses pieds puis se plia en deux, pris de nausée. Kate le saisit par le bras.

— Retenez-vous, et avancez !

Daniel s'avança en titubant, suivi de Kate qui n'avait pas lâché son arme. Il commençait à reprendre ses esprits.

— Où est votre voiture ?

— Là-bas, répondit-il en montrant du doigt le fossé qu'il avait franchi pour entrer dans le cimetière.

Kate craignait que le tireur inconnu ne soit caché dans la forêt, mais ils n'avaient pas le choix. Ils se dirigèrent vers les arbres. Daniel faisait des efforts surhumains pour poser un pied devant l'autre. À un moment, Kate lui prit le bras pour le soutenir. Elle laissa échapper un soupir de soulagement au moment où ils pénétrèrent sous les arbres.

Quand ils eurent rejoint la voiture de Daniel, Kate prit les clés et l'aida à s'asseoir sur le siège du passager avant de se mettre au volant. Le plafonnier s'alluma. Kate regarda Daniel, et se figea en retenant sa respiration. Il regarda à son tour dans le rétroviseur. Tandis que son propre sang lui recouvrait la moitié gauche de la tête, le sang et la cervelle de Kaïdanov s'étalaient sur son visage et sur le devant de son imperméable.

— Oh, mon Dieu, dit-il, secoué par un haut-le-cœur.

Il eut le temps d'ouvrir la portière et de se pencher dehors pour vomir sur le bitume. Kate tendit le bras et posa la main sur son dos.

— Vous êtes sérieusement blessé ? demanda-t-elle.

Daniel s'essuya la bouche du dos de la main et ferma les yeux.

— Il n'y a pas que mon sang, parvint-il à articuler. Kaïdanov...

Un nouveau spasme le fit taire. Il claquait des dents.

— C'est lui que vous êtes venu voir ici ?

Daniel hocha la tête.

— Son cadavre est là-bas, près du mausolée...

Kate prit une décision. Saisissant son téléphone portable, elle composa rapidement un numéro. Daniel la regardait faire.

— Je demande une ambulance.

— Non ! dit Daniel, dans un souffle. On va me renvoyer en prison !

Kate expliqua où ils se trouvaient, puis composa un autre numéro.

— Vous êtes blessé, et il vient d'y avoir un meurtre, lui répondit-elle en attendant qu'on décroche à l'autre bout du fil.

Daniel était trop faible pour parler, et presque trop sonné pour réfléchir, mais il secoua vigoureusement la tête. Kate le prit par l'épaule.

— Vous avez confiance en moi ?

Daniel rassembla toute son énergie pour répondre d'un hochement de tête.

— Alors, laissez-moi faire. Et...

Une voix, dans le téléphone, l'interrompit.

— Allô, dit-elle. C'est Kate Ross, Amanda. Je suis avec Daniel Ames. On a besoin de vous.

# 34

Quand la voiture amenant Billie Brewster et Zeke Forbus arriva, l'équipe médicale était en train de soigner Daniel dans l'ambulance. Un agent montait la garde à côté du véhicule pour surveiller le blessé. Les deux détectives discutèrent brièvement avec lui. Puis l'agent leur indiqua la voiture de Kate Ross, dans laquelle la jeune enquêtrice et Amanda Jaffe s'étaient abritées de la pluie. Billie frappa à la vitre de la portière. Kate en sortit au moment où Forbus rejoignait sa coéquipière.

— Vous ne pourriez pas dire à votre petit copain de commettre ses meurtres en plein jour et par temps sec ? maugréa-t-il.

— Daniel n'a tué personne, rétorqua sèchement Kate, trop fatiguée pour être polie.

Forbus laissa fuser un petit rire, avec un geste du pouce vers l'agent en faction près de l'ambulance.

— Wilson m'a répété l'histoire que vous venez de lui servir — le mystérieux agresseur et votre héroïque intervention... On se croirait au cinéma !

— Dites donc, espèce de gros...

— Allons ! s'écria Willie en se plaçant entre eux. Nous sommes tous fatigués, et trempés jusqu'aux os. Essayons de rester civilisés, d'accord ? Je ne vais pas jouer les arbitres entre vous.

Forbus se tut, un sourire narquois aux lèvres, tandis que Kate le fusillait du regard. Amanda Jaffe venait de les rejoindre.

— Dis-nous exactement ce qui s'est passé, demanda Billie Brewster.

— J'ai déjà fait ma déposition, répondit Kate, toujours furieuse.

— Alors, répète-la pour moi. S'il te plaît.

Kate regarda Amanda, et l'avocate lui répondit d'un hochement de tête.

— Je n'étais pas à Portland aujourd'hui. En rentrant de l'aéroport, tout à l'heure, j'ai trouvé un message de Daniel sur mon répondeur. Il me disait que Sergueï Kaïdanov l'avait appelé.

— Le chercheur, celui qui avait disparu ? demanda Billie.

— Oui. Kaïdanov avait proposé à Daniel de le retrouver au cimetière. Il était prêt à témoigner pour dire que les résultats de ses tests d'Insufort sur des singes avaient été falsifiés, mais il demandait de l'argent en échange, et une protection. Et il voulait que Daniel négocie pour lui avec le Groupe Geller.

— Pourquoi Ames ? demanda Forbus.

— Kaïdanov était à la maison de campagne quand Briggs a été assassiné. Sachant que ce n'était pas Daniel qui l'avait tué, il lui faisait confiance.

— C'est ce que Ames vous a dit ? demanda Forbus, l'air sceptique.

Kate fit oui de la tête.

— Et je suppose qu'il n'y a pas le moindre témoin pour le confirmer ?

— Laisse-la finir, déclara Billie à l'adresse de son coéquipier.

— Quand je suis arrivée ici, Kaïdanov était déjà mort. J'ai vu Daniel tomber. La personne qui leur tirait dessus s'apprêtait à l'achever. J'ai tiré à mon tour et je l'ai mise en fuite.

— Où est votre arme ? demanda Forbus.

— Je l'ai remise au premier policier arrivé sur les lieux. Elle est déjà emballée.

— C'est quoi ?

— Un Glock 9 mm. Vous devriez trouver une quantité de douilles. J'ai arrosé.

— Comme d'habitude, murmura Forbus.

Billie tourna vivement la tête vers lui. Il haussa les épaules en levant les mains, mais son sourire mauvais n'avait pas échappé à Kate.

— Où est le corps ? demanda Billie.

— Dans le cimetière, répondit Kate. Il devrait déjà y avoir quelqu'un. On a appelé une équipe médico-légale.

À l'instant où Billie s'apprêtait à poser une autre question, une voiture s'arrêta. Mike Greene en sortit en ouvrant un parapluie et se dirigea vers eux.

— J'aurais mieux fait de rester à L.A. ! Bonsoir, Amanda. Bonsoir à tous. Vous voulez bien me raconter le début ?

Billie résuma en quelques phrases ce que Kate venait de lui dire.

— Où est Ames ? demanda Green, quand elle eut fini.

— Dans l'ambulance, répondit Amanda.

Greene réfléchit quelques secondes. Puis se tourna vers l'avocate de Daniel.

— Mettons-nous à l'abri pour discuter. Il y a un Denny pas loin d'ici, au bord de la route.

— Nous devons nous rendre sur la scène du crime, dit Billie.

Greene lui répondit d'un hochement de tête et repartit vers sa voiture, suivi par Amanda.

Kate se tourna vers Billie.

— Que vas-tu faire, pour Daniel ?

— C'est un suspect, Kate.

— Bon sang, Billie, je viens de te dire ce que j'avais vu ! Daniel devrait être mort, lui aussi. On lui a tiré dessus. Va donc voir sa blessure. Si j'étais arrivée une minute plus tard, il ne serait plus de ce monde !

— C'est la deuxième fois qu'on le surprend sur une scène du crime.

— Vous ne l'avez pas surpris ! J'ai appelé la police avec son accord. On serait déjà loin d'ici, s'il l'avait voulu. Et vous n'auriez établi aucun lien entre lui et ce meurtre s'il n'avait pas attendu ici.

— C'est exact.

— L'assassin de Briggs et de Kaïdanov est un malade mental qui agit de sang-froid. Tout le contraire de Daniel !

— C'est ta tête qui parle, ou ton cœur ? demanda Billie en regardant attentivement son amie.

— Combien de fois faudra-t-il que je te le répète ? J'ai vu quelqu'un tirer sur Daniel !

— Qui ?

— Il faisait sombre. Tout s'est passé très vite.

Billie resta silencieuse un instant. Quand elle se décida à parler, elle semblait mal à l'aise.

— Je vais être franche, Kate. Au stade où nous en sommes, j'ai un type victime d'un meurtre et un autre type accusé d'un meurtre en rapport avec le premier. Ames, lui, a un témoin qui est arrivé sur les lieux après que la victime a été tuée, et ce témoin est une amie à lui — peut-être une très bonne amie.

— Tu crois que je mens ? demanda Kate, effarée.

Billie tourna la tête. Quand elle regarda à nouveau Kate, elle avait l'air gênée.

— Ce qui va arriver à Daniel Ames, maintenant, c'est à moi d'en décider. Mike Greene et Amanda Jaffe veilleront sur les modalités. Tout ce que je veux, pour le moment, c'est finir mon boulot et rentrer chez moi pour avaler quelque chose de chaud et me plonger dans un bain fumant. Ne reste pas comme ça sous la pluie.

# 35

Quand Mike Greene et Amanda Jaffe reparurent, l'ambulance était repartie et Daniel se trouvait sous bonne garde à l'arrière d'un véhicule de police. Après avoir écouté le récit de Kate et constaté la blessure de Daniel, Greene s'estima confronté à trop d'incertitudes pour arrêter une nouvelle fois le jeune avocat.

Le choc que Daniel venait d'encaisser en frôlant d'aussi près la mort, la douleur provoquée par sa blessure et la découverte que les essais de Kaïdanov avaient été truqués avaient largement de quoi nourrir ses pensées pendant le trajet jusqu'à la maison de Kate. En arrivant, elle le conduisit immédiatement à la salle de bains. Ses vêtements étaient encore couverts de sang et de matières organiques.

— Donnez-moi tout, dit Kate en faisant couler de l'eau dans la baignoire. Je vais les mettre dans la machine pour les débarrasser de... ce truc.

Daniel se dévêtit et plongea dans l'eau chaude. Les analgésiques qu'on lui avait administrés commençaient à agir. Il ferma les yeux et se laissa flotter, mais la vision récurrente de la tête de Kaïdanov explosant devant lui l'empêcha de s'assoupir, comme la pensée soudaine que la seule personne susceptible de témoigner qu'il n'était pas l'assassin d'Arthur Briggs venait de mourir sous ses yeux.

Comme l'eau refroidissait, Daniel sortit de la baignoire. Le moindre geste le faisait souffrir. Après avoir enfilé les vêtements que Kate avait laissés pour lui, il se dirigea en boitant vers le living-room. Elle était assise sur le canapé, un verre de scotch à la main. La bouteille était posée sur la table basse. Kate avait les yeux fermés et la tête renversée en arrière. Elle semblait épuisée. Daniel se sentit coupable à l'idée qu'il n'avait pensé qu'à lui jusque-là.

— Comment ça va ? demanda-t-il anxieusement. Je peux faire quelque chose pour vous ?

Kate ouvrit les yeux et secoua la tête.

— Qu'y a-t-il ? insista Daniel.

— J'avais déjà participé à une fusillade. Je n'aurais jamais cru qu'il me faudrait revivre ça un jour.

— Racontez-moi, dit Daniel.

Refermant les yeux, Kate pressa le verre contre son front.

— Comme je manquais d'action en m'occupant des délits informatiques, j'avais demandé mon transfert à la brigade des narcotiques, dit-elle, d'une voix lasse et monocorde. Six mois plus tard environ, j'arrêtais Clarence Marcel, l'un des lieutenants d'Abdullah Hassim, connu comme un gros trafiquant de drogue.

» Alors que Clarence était en liberté sous caution, il est entré en conflit avec Abdullah à la suite de la disparition de trois kilos de cocaïne. Clarence a décidé de donner Abdullah si on lui assurait une protection. C'est à moi qu'il l'a annoncé, et il m'a demandé de négocier l'accord. Le district attorney a eu un orgasme quand je l'ai mis au courant. Ça faisait des années qu'il essayait de coincer Abdullah. Le seul problème était que Clarence voulait se livrer à la police en plein midi, dans la galerie commerciale du Lloyd Center. J'ai dit au DA que c'était de la folie — au cas où Abdullah essayerait de descendre Clarence, le risque de faire des victimes parmi la foule qui fréquente le centre commercial était trop grand. Mais le DA était tellement excité à l'idée d'avoir Abdullah qu'il n'a pas voulu y renoncer.

Kate prit une grande gorgée de scotch avant de continuer :

— C'était pendant les fêtes de fin d'année. Les haut-parleurs diffusaient des chants de Noël, il y avait des gamins sur la patinoire, et les acheteurs se pressaient dans les boutiques. Le contact avec Clarence devait avoir lieu devant un magasin de matériel photographique. Il y avait des clients à l'intérieur : une femme enceinte, une famille de Latino-Américains, un petit blond d'une douzaine d'années, mignon comme tout, avec un tee-shirt flottant à l'effigie de Spiderman.

» Clarence a surgi sans qu'on l'ait vu arriver, et nos agents l'ont immédiatement entouré. Il y avait de l'autre côté de l'allée centrale, devant un magasin de disques, deux adolescents qui regardaient. Ils portaient la tenue des Oakland Raiders. Moi je faisais semblant de m'intéresser à la vitrine de la boutique voisine. Dès qu'ils ont aperçu Clarence, les deux jeunes ont sorti des armes automatiques.

Kate secoua lentement la tête.

— J'ai abattu le premier d'une balle dans la poitrine. Il est tombé de côté sur celui qui se tenait à sa droite, le doigt sur la détente d'une Uzi. J'ai tiré sur celui-là. Il est parti en titubant, et en arrosant la foule avec sa mitraillette. Une femme et sa fille sont tombées, l'un de nos hommes a été touché. Tout le monde courait et se jetait par terre, c'était l'affolement général.

» Dans cette confusion, Clarence a réussi à s'éloigner de nos agents pour filer vers la sortie la plus proche. Je me suis lancée à sa poursuite. Le petit blond au tee-shirt Spiderman courait sur ses talons. Au moment où ils allaient franchir la porte, le gamin a crié quelque chose à Clarence, qui s'est arrêté et s'est retourné. J'ai failli lui rentrer dedans. Et j'ai vu un trou apparaître, là.

Kate se toucha le front au-dessus de l'œil droit.

— Qui avait tiré ?

— Le gamin ! Il travaillait avec les deux frères en tenue d'Oakland Raiders. On a découvert par la suite qu'il n'en était pas à son premier coup. (Kate secoua la tête, comme si elle ne pouvait toujours pas y croire.) Il avait douze ans, et il avait fait ça pour deux jeans !

Elle se tut, vida son verre, y versa à nouveau du scotch.

— J'ai cru qu'il avait été abattu par quelqu'un qui arrivait derrière moi. Je n'aurais jamais imaginé que ça pouvait être ce gamin, jusqu'au moment où il m'a tiré dessus. J'étais tellement stupéfaite que je me suis figée sur place. Puis il a tiré une deuxième fois et je m'y suis mise à mon tour. Quand les autres policiers sont arrivés, toutes les vitres de la porte avaient volé en éclats, le gamin gisait dans son sang, la poitrine en bouillie, et moi je continuais à presser la détente de mon arme alors qu'il n'y avait plus de balles dans le chargeur.

— Comment se fait-il que vous soyez restée debout ? demanda Daniel, stupéfait.

— Il n'y a qu'à la télé qu'on voit les gens s'envoler ou tomber comme des masses et mourir quand ils reçoivent une balle. Dans la réalité, ça ne se déroule pas forcément comme ça. On m'a parlé de blessés qui continuaient à avancer avec plusieurs balles dans le corps. Quand on est touché au cœur, on a encore une minute avant de saigner et de perdre connaissance. Je ne me doutais même pas que j'étais blessée, jusqu'au moment où j'ai vu le sang. Et où je me suis évanouie.

— Incroyable !

— Ce n'est pas ce qu'a pensé le DA, conclut Kate, d'un ton amer. Ni les journalistes. Ils ont titré sur « Le massacre de Noël ». (Elle regarda Daniel.) Il leur fallait un bouc émissaire, et c'est tombé sur moi. Par ma faute, Clarence n'était plus là pour témoigner, et j'avais tué un petit garçon. C'était aussi un tueur, mais les journalistes s'en fichaient bien. J'étais là pour encaisser. J'aurais pu me défendre, mais j'étais fatiguée de tout ça, et j'ai préféré donner ma démission.

— Il me semble que vous n'avez rien à vous reprocher.

Kate sourit, mais son regard restait sérieux.

— Je ne me reproche rien. À aucun moment, je ne me le suis reproché. Après cette affaire, on m'a envoyée chez un psy. Il m'a expliqué qu'il était normal de se sentir coupable quand on avait tué quelqu'un, même si on l'avait fait pour sauver sa propre peau, mais je ne me suis jamais sentie coupable et c'est ce qui m'a le plus tracassée.

— Et ce soir ?

Kate le regarda bien en face.

— Vous voulez la vérité ?

— Bien sûr.

— J'étais gonflée à bloc. Comme une machine lancée à plein régime, et qui tire.

— C'est l'adrénaline.

Kate secoua la tête.

— Je sais parfaitement ce qu'est une poussée d'adrénaline. Cela n'a rien à voir. C'est une défonce bien particulière. Alors qu'allez-vous penser de moi, après ça ?

— Je pense que vous êtes trop dure avec vous-même. Vous oubliez que vous m'avez sauvé la vie. Vous êtes une héroïne pour moi, mon héroïne...

Kate eut un petit rire amer.

— Je ne plaisante pas, insista Daniel. Sans vous, je

serais mort à l'heure qu'il est. Ce que vous avez fait était très courageux.

Kate tendit la main pour lui effleurer la joue.

— Et vous, vous êtes très gentil.

Daniel saisit la main au vol. Elle lui parut légère comme une plume. Il la retourna pour poser un baiser au creux de la paume. Kate eut une courte seconde d'hésitation. Puis elle attira Daniel à elle et l'embrassa. Celui-ci tressaillit. Kate se redressa.

— Ça va ? demanda-t-elle, inquiète.

— Je ne me suis jamais senti aussi bien, répondit Daniel avec une grimace.

Elle se mit à rire.

— Je ne dis pas ça de gaieté de cœur, reprit-il avec un sourire un peu forcé, mais je ne suis pas tout à fait en état de jouer les Don Juan, ce soir.

Kate lui pressa la main.

— Vous voulez dire que le match est annulé ?

— Reporté. (Il sourit.) Je vous dois de vrais remerciements pour être accourue à mon secours.

Elle riait toujours.

— Je suis arrivée juste à temps, n'est-ce pas ?

— Comme la cavalerie, dit Daniel en souriant. Ne vous croyez pas obligée d'attendre aussi longtemps, la prochaine fois que vous me sauverez la vie.

# 36

L'homme, mince et au teint basané, attendait patiemment Claude Bernier sur le palier de son appartement du troisième étage. Le photographe hésita. Il avait été victime d'un braquage peu de temps auparavant et, malgré son complet classique et son attaché-case, le visiteur avait un air assez sinistre pour le mettre mal à l'aise.

— Monsieur Bernier ? demanda-t-il, avec un fort accent espagnol.

— Oui, répondit Bernier, craintivement.

— Juan Fulano. J'ai une affaire à vous proposer.

Les photographes — même aussi talentueux que Claude Bernier — avaient du mal à gagner leur vie, et le mot « affaire » eut raison de ses hésitations. Il ouvrit la porte et fit entrer Fulano. L'appartement était petit mais impeccablement tenu. Des photographies de Bernier et des œuvres de ses amis décoraient les murs. Il posa le sachet de provisions qu'il rapportait sur la table de la minuscule cuisine.

— Je n'ai pas grand-chose dans mon réfrigérateur, dit-il, mais je peux nous faire un café.

— Ne vous donnez pas cette peine.

Bernier conduisit son visiteur dans le living-room et lui offrit le meilleur fauteuil. Fulano s'assit, croisa lentement les jambes.

— Que puis-je faire pour vous ? demanda Bernier.

— Je voudrais un tirage d'une photographie qui a été achetée fin février à la galerie Pitzer-Kraft par un avocat du nom de Gene Arnold.

— Vous êtes de la police ?

— Non, monsieur Bernier. Pourquoi cette question ?

— Les policiers de Portland, dans l'Oregon, m'ont appelé au sujet de ce cliché. Vous savez que Gene Arnold a été assassiné ?

Le visiteur hocha la tête.

— Pourquoi vous ont-ils appelé ?

— Ils voulaient ce cliché, eux aussi.

— Vous le leur avez envoyé ?

— Non. Je viens seulement de retrouver le négatif. Je l'avais mal rangé. Je vais leur envoyer un tirage demain.

Fulano sourit.

— Je vous demanderais de m'en vendre un, à moi aussi.

— Bien sûr. Je peux faire un autre tirage.

— Combien en demandez-vous ?

Bernier fit une rapide estimation en se basant sur la qualité des vêtements que portait son acheteur.

— Quinze cent dollars, dit-il.

— Voilà qui semble raisonnable, mais on pourrait aller jusqu'à cinq mille dollars si vous acceptiez de me rendre un petit service.

Bernier parvint à cacher sa surprise et son excitation. Il n'avait jamais vendu un cliché pour une telle somme.

— En quoi consisterait ce service ?

— Les policiers de l'Oregon savent-ils que vous avez encore ce négatif ?

— Non. Je ne l'ai retrouvé que ce matin.

— Les cinq mille dollars sont à vous si vous attendez, pour le leur envoyer, que je vous le dise.

— Je ne sais pas..., dit Bernier, soudain inquiet. Il s'agit d'une affaire criminelle. La détective qui m'a téléphoné pensait que l'une des personnes figurant sur cette photo était peut-être impliquée dans la mort de Mr. Arnold.

— Je cherche, moi aussi, à identifier l'assassin de Mr. Arnold. Et je ne veux nullement entraver l'enquête des policiers.

— Pourquoi, alors, me demandez-vous d'attendre pour envoyer cette photo à la police ?

Le visiteur se laissa aller en arrière contre le dossier de son fauteuil.

— Vous trouvez que cinq mille dollars sont un juste prix pour votre cliché ?

— Oui.

— Plus que juste, même ?

Bernier hésita, certain que l'homme savait qu'il avait gonflé le prix.

— C'est une offre très généreuse.

— Alors permettez-moi de vous répondre tout simplement que votre aide me sera précieuse.

Bernier réfléchit encore un instant avant d'accepter.

— Pouvez-vous me préparer ce tirage dans la journée ? demanda Fulano. J'ai un avion à prendre demain matin de bonne heure.

— C'est tout à fait possible. Repassez vers huit heures.

Ouvrant son attaché-case, le visiteur tendit une liasse de billets à Bernier.

— Voici un acompte, dit-il. Vous acceptez du liquide ?

# 37

Le lendemain matin, l'odeur du café tira Daniel d'un sommeil agité. Il se traîna jusqu'à la cuisine, où Kate achevait son petit déjeuner en lisant le journal. Elle leva les yeux à son entrée.

— Comment vous sentez-vous ?

— Ça va, répondit Daniel, sans trop de conviction, en se versant une tasse de café.

— J'ai oublié de vous le demander, hier soir. Vous avez trouvé quelque chose en Arizona ?

Elle le regarda glisser deux tranches de pain dans le grille-pain avant de répondre :

— Je suis à peu près certaine de savoir pourquoi Gene Arnold est allé à Portland.

Daniel vint s'attabler avec son café. Kate lui raconta l'histoire des enlèvements à Desert Grove, et comment elle avait découvert qu'Aaron Flynn avait été l'avocat de Paul McCann.

— Vous pensez donc que Gene Arnold a reconnu Flynn sur la photo ?

— Je ne vois pas quelle autre raison l'aurait amené ici, à Portland.

— Mais pourquoi... (Daniel s'interrompit une seconde.) Le type !

— Quel type ?

— Samedi, Joe Molinari m'a amené à mon appartement pour y récupérer quelques affaires. Au moment où on arrivait devant l'immeuble, un grand type en est sorti et je l'ai vu monter dans une camionnette noire. J'étais certain de l'avoir déjà croisé quelque part. Ça vient de me revenir. Le jour où j'ai apporté les documents du dossier Geller à Flynn, je l'ai vu traverser le hall d'entrée avec ce type. J'ai eu l'impression qu'il travaillait pour Flynn.

— Décrivez-le-moi.

— Du genre à fréquenter les salles de musculation. Nuque épaisse, larges épaules. La quarantaine.

— Burt Randall. C'est l'un des enquêteurs de Flynn.

— Que faisait-il chez moi ?

Kate resta un instant silencieuse, puis :

— Avez-vous dit à quelqu'un d'autre que moi que vous deviez rejoindre Kaïdanov au cimetière ?

— Non.

— Comment, alors, celui qui vous a tiré dessus le savait-il ?

— Kaïdanov a peut-être été suivi.

— Ça ne peut pas être ça, dit Kate. Si les gens qui voulaient sa mort avaient su où le trouver, ils l'auraient tué avant qu'il ait le temps de vous dire que ses essais avaient été truqués.

— Alors, c'est peut-être moi qu'on a suivi.

— Dans ce cas, il a fallu qu'on sache que vous aviez rendez-vous avec Kaïdanov. Il vous avait appelé chez vous, n'est-ce pas ?

Daniel fit oui de la tête.

— Randall est un spécialiste de la surveillance électronique. Il se pourrait bien qu'on ait écouté vos communications.

— Il y a un moyen de le vérifier ?

— Je connais quelqu'un qui peut faire ça pour nous.
— Merde ! La seule personne qui aurait pu me disculper est morte, et mon appartement est peut-être truffé de micros. C'est de pire en pire !

# 38

Paul Durban, un petit homme râblé portant lunettes, vêtu d'une chemise blanche, d'un pantalon gris et d'un sweater gris, achevait son inspection minutieuse de l'appartement sous le regard de Kate et de Daniel qui l'observaient depuis le canapé. Après avoir appliqué ses instruments aux moulures du living-room, il se tourna vers Kate.

— Un micro dans le téléphone, un autre dans la chambre, et un troisième ici.

— Merci, Paul. Vous savez où envoyer la facture.

— À votre service, dit Durban.

Il rassembla son matériel et sortit.

Il avait placé chacun des micros miniaturisés dans un sachet réglementaire de pièce à conviction, et posé le tout sur la table basse. Daniel prit l'un des sachets en plastique transparent pour examiner le micro.

— J'ai beaucoup réfléchi, dit-il. Jusqu'à ce que Kaïdanov me dise qu'il avait truqué ses essais, j'étais persuadé que les gens de chez Geller avaient tenté de dissimuler les résultats. Depuis que j'ai découvert le lien entre Aaron Flynn et Gene Arnold, je vois les choses sous un autre jour.

Il posa le micro avant de continuer :

— Quand je lui ai apporté les documents, j'ai eu une brève conversation avec Flynn. Il m'a dit qu'il avait embauché plus de vingt personnes pour travailler sur l'affaire de l'Insufort et qu'il avait dû louer un étage supplémentaire dans son immeuble pour les y loger. Ce qui devait lui coûter très cher. Si on y ajoute les honoraires des experts qui se font payer entre trois et six cents dollars de l'heure et les divers frais de procédure, on arrive à un coût de plusieurs centaines de milliers de dollars.

» Flynn a gagné beaucoup d'argent sur d'autres affaires, mais j'ai l'impression qu'il a investi une bonne partie de ce magot dans le procès de l'Insufort. Ce sera une bonne opération, s'il gagne. Les victimes sont souvent des bébés handicapés à vie. Il faudra donc les dédommager pour la durée de leur existence en prenant en compte l'incapacité de travail, les dépenses médicales, l'assistance au jour le jour. L'espérance de vie, aujourd'hui, se situe autour de soixante-douze ans pour les garçons et un peu moins de quatre-vingts ans pour les filles. Quels types de soins demande un enfant gravement handicapé ? Il y a les soins à domicile prodigués par des infirmières, les visites médicales, l'aide psychiatrique aux parents... Le tout s'élève facilement à cent mille dollars par an et par famille. Multiplions cette somme par soixante-douze ou quatre-vingts, et multiplions ce chiffre par le nombre de plaignants. Ça donne des sommes astronomiques, sur lesquelles l'avocat est assuré de prélever plusieurs millions de dollars. Le jour où les premiers plaignants sont venus le trouver, Flynn a sans doute pensé qu'il allait toucher le gros lot. Et il s'est mis à dépenser comme un fou, en se promettant d'empocher une fortune à l'issue du procès.

— Mais les essais n'ont pas permis d'établir un lien de cause à effet entre l'Insufort et les malformations congénitales, dit Kate.

— Exactement. Et Flynn a compris que ces malformations et la prise du médicament par les mères au cours de leur grossesse n'étaient que pure coïncidence. C'est alors qu'il a décidé de forger les preuves qui lui manquaient.

— Je vois le problème, dit Kate. Flynn se devait de prouver que l'Insufort était responsable de ces malformations. Mais si les résultats des essais étaient falsifiés, les experts cités par le Groupe Geller le démontreraient forcément au cours du procès.

— « Procès » est le mot important, dit Daniel. C'est le moment où on examine les éléments à charge fournis par l'accusation, et où on découvre les fraudes et les truquages éventuels. Mais que s'est-il passé quand le laboratoire de Kaïdanov est parti en fumée ? Les médias en ont tout de suite conclu que le Groupe Geller voulait détruire des pièces qui condamnaient l'Insufort. C'est ce que nous avons cru, et ce qu'un jury risquait de croire. Kaïdanov assassiné, le Groupe Geller a un mobile évident. Mais Kaïdanov mort et son laboratoire détruit, le Groupe Geller ne peut plus réfuter les résultats de ses essais. Ils peuvent prétendre qu'ils étaient truqués, mais ne peuvent pas le prouver. Il ne reste plus qu'à exercer de fortes pressions sur le Groupe pour qu'il accepte de négocier un règlement à l'amiable plutôt que de s'exposer au risque d'un verdict catastrophique.

— Vous avez raison, dit Kate. Si l'affaire se règle à l'amiable, personne n'aura à prouver que l'Insufort est nocif ou inoffensif.

— Et Aaron Flynn empochera un énorme paquet d'honoraires au lieu de dépenser des millions pour le procès.

Kate hésita :

— Mais si Flynn est derrière le truquage, pourquoi aurait-il cherché à dissimuler les résultats des essais en les effaçant sur le disque dur de l'ordinateur de Kaïdanov ? Il avait plutôt intérêt à ce que vous découvriez ces résultats ?

La question laissa Daniel perplexe et silencieux. Puis il sourit.

— Quand je suis entré chez Kaïdanov, on aurait dit qu'un cyclone était passé sur la maison. Une seule chose restait intacte et exactement à sa place.

— L'ordinateur !

— Les gens qui avaient mis la maison dans cet état s'étaient arrangés pour que la présence de cet ordinateur me saute aux yeux. Je ne l'aurais pas remarqué plus vite s'il avait été peint en rouge avec des paillettes.

— Vous avez raison. On voulait nous faire croire à une tentative du Groupe Geller pour détruire toute trace des essais d'Insufort. Mais un professionnel n'aurait rien laissé sur le disque de l'ordinateur. C'était un appât pour me faire découvrir ces documents.

— Il y a autre chose, Kate. Réfléchissez. Flynn avait autant de chances de découvrir la lettre de Kaïdanov parmi les documents du Groupe Geller que d'acheter le numéro gagnant de la loterie nationale. Mais ce n'est pas la seule fois où il a eu de la chance. Il s'est trouvé que le témoin oculaire du meurtre dont je suis accusé était April Fearweather, qu'il défendait dans une autre affaire. Alors un ange gardien a envoyé à mon avocate une bande vidéo tellement catastrophique pour le témoignage d'April Fearweather que la compagnie d'assurances que Flynn a attaquée va être forcée d'accepter un arrangement. Pour le plus grand bien de Flynn, qui empochera un autre paquet d'honoraires.

— Une sacrée série de coups de chance, dit Kate en souriant.

— Et si Flynn lui-même en était l'artisan ? J'ai parlé

de mon affaire avec Joe Molinari, l'autre jour. Il s'est demandé si Flynn n'aurait pas une taupe au cabinet Reed, Briggs. Une taupe qui aurait glissé la lettre de Kaïdanov dans le carton de documents, et piqué la bande vidéo pour l'envoyer à mon avocate.

— Joe a une idée sur l'identité de cette taupe ?

— Brock Newbauer ou Susan Webster. Tous deux travaillent sur l'affaire de l'Insufort et sur celle d'April Fairweather.

Kate resta silencieuse un moment. Quand elle parla, Daniel vit qu'elle était troublée.

— Vous avez peut-être mis le doigt sur quelque chose. Il y a un an, environ, Brock Newbauer a dû accepter un arrangement à l'amiable parce que Aaron Flynn avait découvert un témoin dont personne en dehors du cabinet n'avait entendu parler. Pour autant que je m'en souvienne, seuls nos clients et leurs avocats connaissaient l'existence de cette personne. Beaucoup de gens ont été intrigués quand la liste des témoins de Flynn est arrivée. Des rumeurs ont circulé, d'après lesquelles quelqu'un, chez Reed, Briggs, avait passé l'information à Flynn. Mais il n'y a pas eu de suite. La prochaine fois que vous verrez Joe Molinari, interrogez-le sur l'affaire Romanoff. Il travaillait sur ce dossier avec Newbauer. C'était peu de temps après votre arrivée au cabinet.

Kate réfléchit un moment avant de décider :

— Je crois que le meilleur moyen de vous disculper est d'aider la police à trouver qui a tué Briggs et Kaïdanov. Je vais montrer ces micros à Billie Brewster. On peut lui parler de Burt Randall. Elle l'interrogera et saura qui les a placés chez vous. Je vais aussi parler à Billie des rapports entre Flynn et Gene Arnold. On finira par le coincer.

# 39

Quand Kate entra dans le Taco Bell, Billie, installée à une table du fond, attaquait un burrito. Kate prit une tasse de café et alla s'asseoir face à elle.

— Alors, il n'y a pas de mot de passe ? Je croyais que c'était un rendez-vous secret.

Kate sourit.

— Je suis venue pour discuter du meurtre de Kaïdanov.

— Et moi qui espérais parler chiffons ! se plaignit Billie en mordant dans son burrito avant de poursuivre : Une femme qui habite tout près du cimetière a entendu des coups de feu et elle a regardé par sa fenêtre. Elle a vu quelqu'un sortir du sous-bois un peu avant votre arrivée et celle de Daniel, mais comme il faisait nuit elle n'a pu donner aucun détail. Elle a vu aussi une voiture repartir tous feux éteints, mais elle n'a pu nous dire ni la marque ni la couleur. C'est tout ce qu'on a recueilli comme témoignage.

— Je crois qu'il faudrait enquêter sérieusement du côté d'Aaron Flynn et de Burt Randall, son enquêteur.

— En toute légalité ?

Kate hocha la tête.

— Aaron Flynn a des amis haut placés, observa Billie.

Kate se pencha par-dessus la table. Dans sa voix et dans son regard, il y avait la même intensité.

— Kaïdanov a appelé Daniel chez lui pour lui proposer ce rendez-vous au cimetière. Daniel n'en a parlé à personne, sauf à moi, mais la personne qui a cherché à le tuer était au courant. La veille de cet appel, Daniel a vu Burt Randall sortir de son immeuble. J'ai fait inspecter l'appartement et mon technicien a trouvé ceci.

Kate posa sur la table les sachets en plastique contenant les micros. Billie émit un léger sifflement.

— C'est sans doute Randall qui les a posés, et les gens qui écoutaient la ligne de Daniel ont appris que Kaïdanov serait au cimetière à vingt-deux heures.

La détective prit les sachets pour les examiner, puis dit :

— Bon. Je vais voir du côté de ce Randall, puisque tu me le signales. Mais Flynn ?

Kate lui raconta ce qu'elle avait découvert en Arizona à propos des enlèvements de Patty Alvarez et Melissa Arnold.

— Je suis certaine que Gene Arnold a été assassiné parce que Flynn craignait qu'il ne révèle ses liens avec les auteurs de ces enlèvements.

— A-t-il été suspecté au moment où ces enlèvements ont eu lieu ?

— Pas à ma connaissance. Mais j'ai appelé ton ami à l'Hôtel Benson. Il a retrouvé le relevé des appels téléphoniques. Gene Arnold a appelé Aaron Flynn depuis sa chambre d'hôtel.

— Pourquoi un avocat aussi lancé que cet Aaron Flynn se mettrait-il à tuer des gens et à brûler des singes dans leur laboratoire ? demanda Billie.

Kate lui dit combien de millions de dollars pouvait gagner Flynn s'il faisait plier le Groupe Geller, et combien il lui en coûterait s'il allait jusqu'au procès et perdait.

— Tu penses donc que Flynn, ou Randall, a tué Arthur Briggs ? demanda Billie.

— J'en suis convaincue. Kaïdanov s'apprêtait à prévenir Briggs que ses essais avaient été truqués. Or ces essais étaient la seule bonne carte dans le jeu de Flynn. Il lui fallait donc tuer Kaïdanov et toute personne que Kaïdanov aurait mise au courant.

Billie prit une bouchée de burrito et réfléchit à ce qu'elle venait d'entendre.

— Je crois que je vais aller voir ce Mr. Flynn, dit-elle.

# 40

Zeke Forbus était en train de rédiger un rapport dans son bureau du palais de justice quand le téléphone sonna.

— J'ai un appel sur la deux pour un détective qui enquête sur l'affaire Daniel Ames, annonça la standardiste.

— Le détective a beau travailler de l'aube au crépuscule, il n'en a jamais fini, soupira Forbus, ce qui fit rire la standardiste. Passe-le-moi, Millie.

— Bureau des détectives, annonça-t-il en prenant la ligne deux.

— Demandez donc à la secrétaire d'Arthur Briggs ce que Daniel a dit lorsqu'il l'a appelée dans l'après-midi, avant le meurtre de son patron, dit une voix étouffée.

Puis on raccrocha.

Zeke Forbus montra son insigne à l'hôtesse du cabinet Reed, Briggs et lui dit qu'il voulait parler à Renee Gilchrist. Puis il s'assit et prit un magazine pour attendre. Il la reconnut dès qu'il la vit. Elle était grande et mince, et il oublia aussitôt l'article dans lequel il s'était plongé.

— Mademoiselle Gilchrist ?

Elle fit oui de la tête, et il lui présenta sa carte. Elle semblait nerveuse.

— Je suis l'un des détectives qui enquêtent sur le meurtre d'Arthur Briggs. Nous nous sommes déjà vus, juste après la mort de votre patron.

— Ah oui, je m'en souviens.

— Y a-t-il un endroit où nous pourrions discuter tranquillement ?

— Il y a un bureau inoccupé à côté d'ici.

— Très bien.

— De quoi s'agit-il ?

Forbus sourit.

— Allons-y d'abord.

Sitôt entré, Forbus referma la porte et indiqua un siège à Renee. La pièce était petite, l'atmosphère confinée. Forbus avança lentement jusqu'au bureau et s'assit, sans quitter Renee des yeux et sans dire un mot. Le détective, dans ce genre de situation, tirait volontiers parti de sa carrure imposante pour impressionner. Il eut grand plaisir à voir Renee baisser les yeux. Il avait délibérément rapproché sa chaise de la sienne pour que leurs genoux se touchent presque.

— À la suite de notre première rencontre, j'ai rédigé un rapport.

Tirant trois feuilles pliées de la poche intérieure de sa veste, il les poussa vers elle sur la table. Renee jeta un regard inquiet au document, mais n'y toucha pas.

— Lisez, ordonna Forbus.

Après une hésitation, Renee prit les feuilles. Sa lecture achevée, elle leva un regard interrogateur vers le détective.

— Je n'ai pas oublié quelque chose ? demanda Forbus.

— Quelque chose ?

— Oui. Quelque chose que vous m'auriez confié et que vous ne retrouveriez pas là-dedans ?

Renée semblait déconcertée.

— Que voulez-vous dire ?

— J'ai reçu un appel de quelqu'un qui vous soupçonne de retenir des informations utiles à cette enquête.

Les épaules de Renee s'affaissèrent légèrement et elle baissa les yeux vers la table.

— Mademoiselle Gilchrist, comment vous entendiez-vous avec Daniel Ames ?

— Bien. Sans problème.

— Précisez, s'il vous plaît.

— Il... On travaillait ensemble.

— Vous l'aimez bien ?

La question eut l'air de la surprendre.

— Si je l'aime bien ? Ma foi, c'est un gentil garçon, bien sûr.

— Ce n'est pas ce que je voulais dire, mademoiselle Gilchrist. Êtes-vous sortis ensemble ?

— Non ! Il travaillait beaucoup avec Mr. Briggs. Je ne le voyais qu'au bureau.

— Vous n'avez donc aucune raison de le protéger, de dissimuler des faits susceptibles de prouver qu'il a assassiné votre patron ?

— Certainement pas, répondit Renee.

Mais sa voix tremblait.

Forbus sourit. Il recula contre le dossier de sa chaise pour la regarder en silence. Elle changea de position.

— Je suppose, donc, que vous aviez une bonne raison pour ne pas me dire que Daniel Ames vous avait appelée le jour où votre patron a été assassiné ?

Renee hésita.

— Il vous a appelée, oui ou non, Renee ? demanda Forbus en appuyant sur le prénom. Savez-vous que la rétention d'information est un délit puni par la loi quand elle entrave une enquête de police ?

Renee baissait les paupières, de plus en plus agitée sur sa chaise.

— Je vous le demande encore une fois : avez-vous reçu un appel téléphonique de Daniel Ames le jour où Arthur Briggs a été assassiné ?

— Oui, répondit Renee d'une voix à peine audible.

— C'est bien, Renee. Vous venez de faire le premier pas, celui qui vous évitera la prison. Il vous reste à faire le second, en me répétant ce que Daniel Ames vous a dit ce jour-là.

# 41

En pénétrant dans l'immeuble qui abritait les bureaux d'Aaron Flynn, Billie Brewster fut aussi impressionnée que l'avait été Daniel Ames à sa première visite. Mais Billie faisait facilement le partage entre son admiration pour les biens que possédaient les gens et ce qu'elle pensait de leur propriétaire. Le bureau de Flynn était aussi somptueux que l'entrée. Des boiseries d'acajou cachaient entièrement les murs décorés d'œuvres d'art et de divers trophées témoignant des succès professionnels du maître des lieux. Quand la secrétaire fit entrer Billie, Flynn se leva et fit le tour de sa table en chêne massif pour venir à sa rencontre sur le tapis persan qui recouvrait le parquet.

— Asseyez-vous donc, détective Brewster, dit-il, un sourire chaleureux accompagnant sa vigoureuse poignée de main. Puis-je vous offrir quelque chose à boire ?

— Non, merci, répondit Billie en s'installant sur un confortable canapé adossé au mur.

Flynn s'assit face à elle, très à l'aise.

— Que puis-je pour vous ?

— Vous êtes au courant de la fusillade qui a eu lieu hier soir au cimetière Rest of Angels ?

Le sourire de l'avocat disparut.

— C'était dans le journal, ce matin. (Il secoua la

tête d'un air attristé.) La mort du Dr. Kaïdanov est une perte cruelle.

— Vous le connaissiez ?

— Non, mais je comptais le citer comme principal témoin pour plusieurs de mes clientes qui ont donné naissance à des enfants handicapés et dont nous pensons qu'ils ont été victimes d'un médicament commercialisé sous le nom d'Insufort par le Groupe pharmaceutique Geller. Le Dr. Kaïdanov avait procédé à des essais montrant que l'Insufort était un produit nocif. Hélas, il a disparu avant que je puisse l'interroger sur ses travaux.

— Avez-vous cherché à le retrouver ?

— J'ai demandé à mes enquêteurs de le localiser dès que j'ai eu connaissance de ces essais avec l'Insufort.

— Burt Randall fait-il partie de vos collaborateurs, monsieur Flynn ?

— Oui. Pourquoi ?

— Avez-vous chargé Mr. Randall de placer sur écoute le téléphone de Daniel Ames ?

— Sur écoute ! Bien sûr que non !

— Monsieur Flynn, j'ai reçu des informations selon lesquelles votre enquêteur l'a fait, ce qui est tout à fait illégal, comme nous le savons vous et moi.

— Mais bien sûr. C'est pourquoi je ne m'y risquerais jamais. (Un silence.) Ames... N'est-ce pas ce jeune type qu'on accuse du meurtre d'Arthur Briggs ?

Billie répondit d'un hochement de tête.

— Je ne sais plus où j'en suis, détective. Pourquoi avez-vous pensé que Burt avait fait cela ? Si vous devez porter d'aussi graves accusations à l'encontre de l'un de mes collaborateurs, j'ai le droit de savoir sur quoi elles sont fondées.

— Je regrette, mais cela émane d'une source confidentielle. Vous comprenez ce mot, n'est-ce pas, en tant qu'avocat ? dit Billie Brewster avec un sourire faussement amical.

— Eh bien, je ne sais que dire. C'est très déplaisant.

— Mr. Randall est-il ici ? J'aimerais lui parler.

— Je ne pense pas qu'il soit venu aujourd'hui.

— Pouvez-vous me donner son adresse et son numéro de téléphone ?

— Je dois d'abord demander à Mr. Randall s'il m'y autorise. Voulez-vous que je le fasse venir demain pour vous rencontrer ?

— C'est très aimable à vous, mais j'ai besoin de le voir aujourd'hui.

— Alors je ne peux rien pour vous.

— Si on veut, rétorqua Billie qui ne souriait plus. Monsieur Flynn, le nom de Gene Arnold vous dit-il quelque chose ?

La question parut surprendre Flynn.

— J'ai connu, il y a des années, un Gene Arnold, avocat, à l'époque où j'avais un cabinet dans l'Arizona.

— C'est bien le Gene Arnold auquel je m'intéresse. Il a été poignardé, et son corps en partie brûlé, dans le laboratoire où feu le Dr. Kaïdanov se livrait à des essais sur ses cobayes.

Billie observa attentivement la réaction de Flynn à cette nouvelle.

— Le mort qu'on a retrouvé dans ce laboratoire, c'était Gene ?

Elle hocha la tête.

— Mon Dieu. Que faisait-il là ?

— J'ai pensé que vous pourriez peut-être me le dire.

— Je n'en ai pas la moindre idée. J'ai perdu tout contact avec Gene depuis des années.

— Quelles étaient vos relations avec Mr. Arnold à l'époque dont vous parliez à l'instant ?

Flynn haussa les épaules.

— Relations est un bien grand mot. Nous étions des

connaissances. Nous avions chacun un cabinet à Desert Grove, qui est une assez petite ville. Les avocats n'y étaient pas nombreux, et nous nous rencontrions à l'occasion de diverses manifestations locales. Nous étions parfois adversaires, judiciairement parlant, mais il y a plusieurs années de cela. Je ne me rappelle aucune affaire en particulier.

— Savez-vous s'il y avait un rapport entre Mr. Arnold et l'affaire de l'Insufort ?

— Aucun.

— Donc il n'a pas parlé du laboratoire, ou de l'Insufort, quand il vous a appelé ?

— Pourquoi m'aurait-il appelé ?

— Je n'en sais rien, mais le relevé des appels téléphoniques de l'Hôtel Benson mentionne une communication entre la chambre de Mr. Arnold et votre cabinet qui a duré une quinzaine de minutes.

— Je ne l'ai pas eu au téléphone. Comme je vous l'ai dit, je ne l'ai pas revu et je n'ai pas parlé avec lui depuis que j'ai quitté Desert Grove.

— Si ce n'est pas avec vous qu'il a parlé en appelant de son hôtel, c'est avec qui ?

Flynn écarta les bras en haussant les épaules.

— Je n'en sais absolument rien, détective.

Billie lui indiqua le jour et l'heure de l'appel.

— Étiez-vous à votre bureau à ce moment-là ? demanda-t-elle.

— Je ne pourrais pas l'affirmer.

— Quinze minutes, c'est long, monsieur Flynn. Mr. Arnold a forcément parlé avec quelqu'un.

— À moins qu'on l'ait mis en attente sur une autre ligne et qu'il ait fini par raccrocher. J'ai parfois des entretiens téléphoniques, ou des conférences, qui durent plus d'une heure. Je traite des affaires à travers tout le pays. Je représente même les familles des victimes de cette récente catastrophe aérienne en Inde.

— Vos collaborateurs pourraient-ils nous aider ? Ils se souviennent peut-être de cet appel.

— Je poserai la question, mais il remonte maintenant à un certain temps.

— On pourra retrouver dans votre agenda ce que vous faisiez quand Mr. Arnold a appelé, n'est-ce pas ?

— C'est possible.

— Pouvez-vous demander à votre secrétaire de m'en faire une photocopie ?

— Je crains bien que non. C'est incompatible avec le caractère confidentiel de mes rapports avec mes clients. (Il sourit.) Encore ce mot...

Billie Brewster l'observait. Il avait, apparemment, trouvé son second souffle.

— Avez-vous la moindre idée de ce qui a pu amener Gene Arnold à Portland ?

— Non.

— Vous avez bien été le défenseur de Paul McCann, l'homme qu'on a accusé du meurtre de Patty Alvarez ?

— Oui.

— Et vous avez eu connaissance de la disparition de Mrs. Arnold ?

— Je n'ai pas eu à m'occuper de cette affaire, répondit Flynn qui semblait de plus en plus mal à l'aise sur son fauteuil.

— D'après vous, la venue de Mr. Arnold à Portland avait-elle quelque chose à voir avec la disparition de sa femme et la mort de Mrs. Alvarez ?

— Je ne vois pas comment.

Billie laissa passer un instant, sans quitter Flynn des yeux. Puis elle se leva.

— Bien. Restons-en là. Merci de votre accueil.

Flynn s'était levé à son tour.

— Si je peux faire quoi que ce soit...

Billie lui tendit sa carte.

— Les pages de votre agenda le jour où Mr. Arnold a appelé. Pourquoi ne pas me les montrer ?

La porte se refermait déjà sur elle. Aaron Flynn fit venir sa secrétaire pour lui dire de bloquer tous les appels. Puis il composa un numéro qu'il semblait connaître aussi bien que le sien.

— On a un problème, dit-il d'une voix pressante. Un sérieux problème.

# 42

L'un des murs de la salle de conférences du Groupe pharmaceutique Geller, entièrement vitré, donnait sur l'atrium avec sa cascade et son jardin intérieur, mais personne, ce jour-là, n'admirait la vue. Tous les regards étaient tournés vers J.B. Reed, qui venait d'entrer avec Brock Newbauer et Susan Webster sur ses talons. J.B. Reed était l'associé le plus puissant du cabinet Reed, Briggs. Avec sa taille de deux mètres et un poids frôlant les deux cents kilos, il avait l'habitude de concentrer l'attention générale sur sa personne.

Isaac Geller traversa la salle de conférences pour lui serrer la main.

— Merci d'être venu, John. Tu tiens le coup ?

— C'est dur, Isaac. Arthur et moi étions plus que de simples associés.

— Je le sais bien.

— On se connaissait depuis le lycée. On avait fondé ce cabinet ensemble.

— Tout le monde, ici, est encore sous le choc, dit Isaac Geller.

Les traits de Reed se durcirent, comme son regard, pour exprimer une détermination farouche.

— Je prends les choses en main, Isaac. Si je suis ici, c'est pour que tu saches que je fais de ces procès ma priorité absolue.

— Il était temps ! intervint Byron McFall, le président du Groupe Geller, tandis que les avocats s'asseyaient autour de la table de conférence. Le meurtre de Kaïdanov ne pouvait pas tomber à un plus mauvais moment.

Le ton rude de McFall fit tressaillir Geller, mais personne ne le remarqua. C'était Reed qu'on regardait.

— Jusqu'où cette affaire peut-elle affecter la position de notre groupe sur le marché ? demanda McFall.

— Brock et Susan m'ont mis au courant, dit Reed. Mais le dossier est complexe. Je ne suis pas encore en mesure de vous donner une réponse. Susan ?

Tous les yeux se tournèrent vers l'élégante jeune femme assise à côté de Reed.

— Le meurtre de Sergueï Kaïdanov est un véritable cauchemar du point de vue de nos relations publiques, dit-elle. J'ai rassemblé une première revue de presse sur Internet. L'affaire fait la une des journaux à travers tout le pays. Les articles laissent entendre que le Groupe Geller est derrière la destruction du laboratoire et la mort de Kaïdanov. Il y a de fortes pressions sur le district attorney pour qu'il ouvre une enquête. Et Aaron Flynn, bien entendu, multiplie les interviews et les déclarations. S'il va jusqu'au procès, nous ne trouverons jamais douze jurés qui n'aient jamais eu connaissance des rumeurs.

Isaac Geller ferma les yeux et secoua la tête. Il semblait à bout de forces.

— Que proposez-vous ?

Susan regarda Reed.

— J'attendrai peut-être, pour donner mon avis, que Mr. Reed s'estime suffisamment informé de tous les éléments de ce dossier.

— Allez-y, dit Reed. J'ai besoin de savoir où nous en sommes, d'après vous.

— J'ai déjà envisagé avec Mr. Geller l'hypothèse

d'un règlement à l'amiable, dit Susan à contrecœur. Pour éviter un procès qui risque d'être catastrophique.

— Mais bon Dieu ! s'exclama Byron McFall. Nous n'avions strictement rien à voir avec ce laboratoire, ni avec les essais de Kaïdanov, ni avec sa mort !

— En effet, rétorqua calmement Susan. Mais cela risque de ne servir à rien, puisque tout le monde est persuadé du contraire. Nous devrions maintenant prendre contact avec Mr. Flynn et lui proposer une offre raisonnable. Il y a de bons arguments pour l'admissibilité comme pour l'exclusion des pièces à conviction concernant les meurtres, les essais, et la destruction du laboratoire. Ni nous ni nos adversaires ne savons, à ce stade, sur quoi le juge Norris acceptera de faire porter le procès. C'est le meilleur moment pour tâter le terrain avec Flynn. Si Norris statue en sa faveur, il voudra plaider chaque procès jusqu'au dernier, et une fois qu'il en aura gagné un, nous ne pourrons plus endiguer le flot.

Au moment où le chef du service juridique du Groupe Geller faisait un commentaire, le téléphone portable de Susan sonna. Newbauer, assis à la gauche de la jeune femme, la regarda répondre et remarqua sa surprise. Elle se leva et s'éloigna jusqu'à l'extrémité de la salle pour continuer sa conversation. Quand elle revint s'asseoir à la table de conférence, une certaine tension se lisait sur ses traits.

— Il y a un problème ? demanda Newbauer.

— Non, répondit Susan Webster, mais le ton manquait de conviction.

Kate Ross avait un œil sur la grille de mots croisés du *New York Times* et l'autre sur la porte du garage d'Aaron Flynn. Elle avait vu Billie Brewster quitter l'immeuble depuis une bonne heure quand la voiture de Flynn apparut à son tour, Kate posa son journal et le suivit à travers la ville jusqu'à l'entrée de Sunset Highway. Il était six heures et demie du soir et la circulation se faisait moins intense. Kate laissa plusieurs voitures s'intercaler entre la sienne et celle de Flynn, qui avait pris la direction de la côte. Au bout d'une heure, l'avocat quitta l'autoroute pour s'engager sur une petite route qui serpentait à travers la campagne. Et dix minutes plus tard, il entrait dans le parking poussiéreux du Midway Café, une gargote à l'aspect délabré dont l'enseigne au néon proposait de la bière et du poisson frit. C'était le genre d'établissement où les routiers s'arrêtaient pour un café et une part de tarte, mais qui ne recevait pas tous les jours la visite d'une vedette du barreau.

Kate continua sur sa lancée, puis fit demi-tour et revint se garer tout au fond du parking pendant que Flynn pénétrait à l'intérieur. Quelques minutes passèrent, puis une autre voiture s'arrêta devant la porte et Susan Webster en sortit.

— Bingo ! s'exclama Kate pour elle même.

Elle aurait bien suivi Susan à l'intérieur, mais l'endroit était trop petit. Elle se pencha au-dessus de la banquette de sa voiture. Quand elle refit surface, elle tenait un luxueux appareil photo équipé d'un téléobjectif.

Une demi-heure plus tard la porte du Midway Café s'ouvrait pour livrer passage à Aaron Flynn et Susan Webster. Kate prit une série de clichés.

Juan Fulano avait été surpris de voir une autre voiture prendre Aaron Flynn en filature depuis son bureau jusqu'au Midway Café. Il s'était arrangé pour suivre les deux véhicules à bonne distance sans se faire remarquer. En voyant Kate se garer au fond du parking, il fit demi-tour et s'arrêta au bord de la route, où il attendit que Susan Webster et Aaron Flynn sortent du restaurant. Sa seule crainte était que la personne qui avait suivi Flynn jusque-là continue sa filature, mais elle n'en fit rien.

Dès que Flynn démarra, Fulano alluma ses phares et se plaça dans son sillage. Flynn resta sur l'autoroute jusqu'aux abords de Portland. Puis il sortit, et Fulano le suivit. Quand celui-ci fut certain que Flynn rentrait chez lui, il ralentit pour lui laisser le temps de se garer. Puis il alla se planquer non loin afin de surveiller la maison. Quand il vit les lumières s'éteindre, vers minuit, Fulano revint à son hôtel et appela Alvarez pour lui faire son rapport.

# 43

Billie se rendit chez Burt Randall après sa visite à Aaron Flynn. Non seulement elle avait trouvé son adresse, mais elle avait découvert que l'homme était un ancien marine formé aux sports de combat, et un ancien membre de la police de Los Angeles. Décidée à faire dans la discrétion, la détective avait pris sa propre voiture en se faisant suivre par un véhicule de patrouille. Burt Randall habitait, à la lisière de Forest Park, un chalet moderne auquel son toit à double pente donnait l'apparence d'un triangle posé sur son plus petit côté. Une camionnette noire était garée devant.

— Nous allons entrer par-devant, dit Billie à Ronnie Blanchard, un agent en uniforme qui avait joué en défense dans l'équipe de football américain de Portland State. Radison couvrira l'arrière de la maison.

— Ça me paraît correct, comme plan, répondit Radison, qui faisait équipe avec Blanchard.

Et il s'avança le premier pour contourner le chalet.

— Vous savez que ce type n'est pas un enfant de chœur, dit Billie. Ne prenons pas de risques.

On ne voyait aucune lumière à l'intérieur. Billie sonna. Pas de réponse. Elle sonna à nouveau tandis que Blanchard essayait d'ouvrir la porte. Celle-ci n'était pas fermée à clé. L'agent regarda Billie, qui lui répondit d'un hochement de tête. Il poussa la porte.

— Monsieur Randall ! appela Billie.

Silence.

— Billie Brewster, détective... Vous êtes là, monsieur Randall ?

Le living-room avait un plafond voûté. Une lumière blafarde de fin d'après-midi y pénétrait par de hautes baies vitrées. Billie montra du doigt le couloir obscur. Blanchard s'y dirigea pendant qu'elle prenait l'escalier menant à une chambre en mezzanine qui surplombait le living-room. Quand sa tête parvint au niveau du plancher, elle comprit que quelque chose clochait. Serrant plus fort son arme, elle s'accroupit à demi pour gravir les dernières marches. Les stores étaient tirés et Billie devina plus qu'elle ne la vit une forme étendue en travers du lit.

— Monsieur Randall ? appela-t-elle à haute voix.

Elle n'obtint pas de réponse.

— Putain, ce que j'aime pas ça ! marmonna Billie en prenant pied sur le plancher de la mezzanine.

Quand ses yeux se furent accoutumés à la pénombre, elle distingua clairement l'homme vêtu d'un tee-shirt et d'un boxer-short. Il y avait deux trous sanglants dans le tee-shirt et un troisième au milieu du front de Burt Randall.

# 44

Daniel s'affairait dans la cuisine de Kate quand il entendit sa voiture. Puis la jeune femme apparut sur le seuil de la pièce. Elle brandissait une pellicule.

— Qu'est-ce que c'est ?

— La preuve d'une rencontre secrète entre Aaron Flynn et Susan Webster. J'aurai dès demain matin une conversation avec cette petite garce. Si elle reconnaît qu'elle a travaillé avec Flynn sur l'affaire de l'Insufort, on pourra peut-être le coincer.

— C'est magnifique ! s'exclama Daniel.

La sonnerie du téléphone retentit et Kate alla décrocher. Elle écouta très attentivement, les traits tendus, puis laissa échapper un juron.

— Qu'y a-t-il ? demanda Daniel.

— C'est Billie. Burt Randall est mort, assassiné.

Elle écouta Billie lui décrire la scène du crime.

— Pas de trace de lutte ? demanda Kate.

— Aucune, répondit Billie.

— Quand a-t-il été tué ?

— Le médecin légiste situe le décès à peu près au même moment que celui de Kaïdanov — à une heure près, avant ou après.

— On dirait que quelqu'un a entrepris de faire le ménage, observa Kate. Vous avez vu Flynn ?

— Oui, mais je n'en ai rien tiré. Sinon qu'il s'est

montré très nerveux quand je lui ai parlé de l'appel de Gene Arnold depuis l'Hôtel Benson. Il a prétendu qu'il ne lui avait pas parlé, alors que la communication a duré un quart d'heure. Et il a refusé de me montrer son agenda pour que je sache avec qui il se trouvait quand Arnold a appelé. Je suis certaine qu'il cache quelque chose.

— Maintenant que Randall est mort, on ne pourra plus prouver qu'il avait placé des micros chez Daniel sur ordre de Flynn.

— On ne peut plus rien prouver contre Flynn, acquiesça Billie. J'ai appelé Claude Bernier. Il n'a toujours pas remis la main sur ses négatifs — à ce qu'il dit. Si j'avais un exemplaire de cette photo, et que Flynn y figure, je pourrais obtenir un mandat de perquisition pour saisir son agenda.

— Allez vous coucher, dit Kate. Je crois que vous en avez besoin.

— Bien vu, répondit Billie.

Kate raccrocha.

— Et voilà ! Plus de Burt Randall !

— Et pour nous, c'est cuit, dit Daniel. Les flics ne toucheront pas à quelqu'un comme Aaron Flynn s'il n'y a pas de preuve.

— Je pourrai peut-être faire craquer Susan avec les photos que je viens de prendre quand je...

Kate se figea. Puis elle sourit.

— Qu'y a-t-il ? demanda Daniel.

Elle se dirigeait déjà vers la porte de son atelier.

— Venez. On va s'offrir une petite balade dans le cyberespace.

Il la suivit au sous-sol. Elle éclaira et s'assit devant l'un des ordinateurs.

— J'ai été embauchée par Reed, Briggs pour, entre autres, m'occuper de sécurité informatique. Mais si on veut être capable de verrouiller les fichiers, il faut aussi être capable d'y entrer. Je vais m'introduire dans l'ordinateur de Flynn.

Elle jeta un coup d'œil à sa montre.

— À cette heure, les collaborateurs de Flynn sont chez eux, on peut donc y aller.

— Que cherchez-vous ? demanda Daniel, tandis que Kate commençait à taper sur le clavier.

— Comme la plupart des avocats, Flynn doit transmettre son emploi du temps à sa messagerie, dit Kate sans quitter l'écran des yeux. Ces données y restent jusqu'à ce que sa secrétaire les charge dans son propre ordinateur pour établir ses notes d'honoraires. Je devrais être en mesure de repérer le quart d'heure pendant lequel Gene Arnold a appelé au cabinet. Et si quelqu'un était avec Flynn à ce moment-là, nous n'allons pas tarder à le savoir.

— Comment allez-vous faire ?

— C'est très simple. Je vais accéder aux fichiers de Reed, Briggs et relever l'adresse électronique de Flynn. À partir de là, j'aurai son code de connexion à Internet. Une fois que je serai connectée au serveur de Flynn, j'utiliserai le logiciel qui m'a permis de trouver le mot de passe de Kaïdanov pour obtenir celui de Flynn à son bureau. Je pourrai alors accéder à n'importe lequel de ses fichiers personnels et le charger dans mon propre ordinateur.

— Je ne peux pas croire que ce soit aussi facile. Flynn n'a pas un dispositif de sécurité pour interdire l'accès à ses données ?

— Il a peut-être fait installer un logiciel de verrouillage des fichiers, mais je serais bien étonnée qu'il me résiste. Les meilleurs logiciels ont leurs faiblesses. Même Microsoft s'est fait pirater. Et je doute que Flynn ait mis beaucoup d'argent là-dedans. Ce n'est pas une pratique courante dans les cabinets d'avocats.

— On ne risque pas de vous identifier, ensuite, comme l'auteur de ce piratage ?

Kate se mit à rire.

— Quand j'aurai terminé, je pratiquerai une lobotomie frontale sur le serveur de Flynn. Toute trace de l'opération sera effacée. Ce sera comme si quelqu'un était entré dans les fichiers par erreur et s'en était fait expulser.

— Vous en êtes certaine ?

— Détendez-vous. Je sais ce que je fais. D'ici trois ou quatre heures nous saurons qui se trouvait avec Flynn au moment où Gene Arnold a appelé.

# 45

Alice Cummings habitait un modeste rez-de-chaussée derrière une friperie et une station de lavage de voitures, à quelques rues de l'avenue commerçante la plus encombrée de Portland. Daniel se souvenait de l'avoir vue, l'air épuisée, arriver au bureau d'Aaron Flynn avec le petit Patrick dans sa poussette, le jour où lui-même était venu apporter les pièces du dossier Geller. Les choses ne semblaient pas s'être arrangées depuis.

Pour venir voir son avocat, Alice Cummings s'était maquillée et elle avait mis une robe. La femme qui ouvrit sa porte à Daniel un mois plus tard portait un jean maculé de taches et un tee-shirt délavé, et pas la moindre trace de fond de teint ou de mascara pour dissimuler les rides creusées sur son visage par la souffrance et les difficultés qu'elle affrontait jour après jour pour élever son enfant handicapé.

— Bonjour ! dit Daniel avec un sourire engageant. Vous ne vous souvenez probablement pas de moi, mais Aaron Flynn nous a présentés, il y a environ un mois.

Alice examina le visage de Daniel. Son regard s'attarda brièvement sur le pansement qui recouvrait sa blessure à la tête. Daniel craignait qu'elle ne le reconnaisse pour l'avoir vu au tribunal dans les reportages de la télévision.

— Nous nous sommes rencontrés dans l'entrée du cabinet de Mr. Flynn. Vous arriviez pour un rendez-vous avec lui au moment où je repartais.

Alice sourit.

— Ah oui ! Je me rappelle, maintenant. C'est Mr. Flynn qui vous envoie ?

— Puis-je entrer ? demanda Daniel, éludant la question.

Alice s'effaça pour le laisser pénétrer dans un petit living-room.

— Comment va Patrick ?

— Il a passé une mauvaise nuit, mais maintenant il dort.

Il y avait de la résignation et beaucoup de fatigue dans la voix d'Alice Cummings. Daniel s'était renseigné sur elle au tribunal. Il savait que son mari avait demandé le divorce peu de temps après la naissance de Patrick, et qu'elle était seule pour élever celui-ci.

— Quand il passe une mauvaise nuit, la vôtre doit être pénible aussi.

— Mes nuits ne sont jamais pires que celles de mon bébé. Je me demande parfois comment il fait pour tenir le coup, mais il n'a jamais rien connu d'autre.

Elle s'essuya les mains sur son jean et parcourut la pièce du regard. Il y avait du linge sur le canapé. Prenant un jouet qui traînait sur une chaise, elle invita, d'un geste, Daniel à s'y asseoir.

— Je vous en prie. Je peux vous offrir une tasse de café ?

— Non, merci.

Daniel attendit qu'elle ait écarté le linge et se soit assise pour s'asseoir à son tour.

— Mr. Flynn a du nouveau ? demanda-t-elle d'une voix anxieuse. Nous comptons vraiment sur lui.

— Je ne suis pas venu pour parler de votre affaire.

Daniel se sentit très mal en voyant la surprise et le

désappointement qui se peignaient sur les traits de la jeune femme. Il poursuivit néanmoins :

— Mr. Flynn voulait simplement que je vous demande quelque chose. Vous souvenez-vous d'être allé le voir à son bureau, début mars ?

Elle hocha la tête.

— C'était la première fois. Je... j'avais lu un article sur la famille Moffitt. Je voulais savoir s'il pouvait m'aider, moi aussi.

— Vous vous rappelez donc cette consultation ?

— Bien sûr.

— Dans ce cas, vous pouvez peut-être me rendre service. C'est au sujet d'un problème qu'il y a eu dans une autre affaire. Mr. Flynn affirme qu'il a reçu un appel téléphonique pendant qu'il était avec vous dans son bureau. L'avocat de la partie adverse prétend que cet appel n'a jamais eu lieu. L'agenda de Mr. Flynn indique bien qu'il se trouvait avec vous à ce moment-là. Vous rappelez-vous si votre entretien a été interrompu par le téléphone ?

Alice Cummings réfléchit un instant avant de répondre :

— Oui, je m'en souviens. Il y a eu un appel. Mr. Flynn s'est excusé avant de décrocher. Et... Mais oui, je m'en souviens parfaitement ! Mr. Flynn était contrarié qu'on l'appelle. Il a dit à sa secrétaire qu'il ne voulait pas être dérangé. Comme elle parlait sur l'interphone, je l'entendais. Elle a dit qu'un homme insistait pour qu'on lui passe Mr. Flynn, et que c'était au sujet d'un meurtre. C'est pour ça que je m'en souviens aussi bien. Ce n'est pas tous les jours que j'entends des gens parler d'un meurtre...

— C'est bien cet appel qui m'intéresse, dit Daniel en s'efforçant de ne pas laisser voir son excitation. Vous vous rappelez le nom de la personne qui voulait parler à Mr. Flynn ?

— Il s'appelait Arnold de son nom de famille, répondit-elle en riant. Comme c'est aussi le prénom de mon père, je l'ai retenu !

Daniel se mit à rire aussi, encore plus gaiement.

— Ça, alors ! Merci, madame Cummings.

— Je suis contente de vous rendre service. Mr. Flynn a été si gentil avec Patrick et avec moi. Je ne sais pas ce que nous ferions sans lui. Il va nous avancer de l'argent pour les opérations de Patrick. Je n'ai pas d'assurance, et mon mari nous a abandonnés après la naissance de Patrick. (Elle baissa les yeux.) Il ne l'a pas supporté. Il ne pouvait même pas le regarder, dit-elle, comme pour elle-même. Si Mr. Flynn n'était pas là pour nous défendre...

Daniel était de plus en plus mal à l'aise. Cette femme était dans la détresse, et il était en train de la manipuler. Que se passerait-il le jour où Flynn serait arrêté et où elle apprendrait que sa plainte contre l'Insufort était sans fondement ? Daniel se sentait un traître de la pire espèce. Une fois dehors, il se retourna. Alice Cummings, sur le seuil de sa maison, lui fit un geste de la main avec un sourire plein d'espoir. Il n'eut pas le cœur de lui répondre.

# 46

Susan Webster releva la tête quand Kate Ross entra dans son bureau et referma la porte derrière elle.

— Oui ?

Kate s'assit sans qu'on l'y invite et posa sur le bureau de Susan l'enveloppe qu'elle tenait à la main.

— C'est Kate, votre nom, n'est-ce pas ? demanda Susan, gênée, au bout d'un moment, à la visiteuse qui continuait à la regarder sans faire un geste.

— Oui.

— Que voulez-vous ?

— Vous montrer ceci, répondit Kate.

Reprenant l'enveloppe, elle en tira une photographie de Susan et Aaron Flynn qu'elle lui tendit.

Susan Webster rougit, et fusilla Kate du regard.

— Comment avez-vous osé me suivre !

— Si vous n'êtes pas contente, nous pouvons aller voir tout de suite J.B. Reed dans son bureau. Vous lui direz que je vous harcèle, et lui expliquerez par la même occasion ce rendez-vous clandestin avec Aaron Flynn.

Susan Webster prit le temps de se calmer en examinant à nouveau le cliché.

— Pourquoi me montrez-vous cela ? demanda-t-elle, enfin.

— Pour que vous sachiez que je suis au courant de votre magouille avec Flynn.

— Il n'y a pas de magouille entre Aaron et moi.
Kate sourit.
— Vous n'êtes pas du genre bière et poisson frit. Je vous ai toujours vue plutôt coq au vin et pinot noir.
— Charmant, dit Susan d'un ton sarcastique. Mais ce n'était pas moi qui avais choisi le restaurant. Aaron voulait qu'on se voie dans un endroit où personne ne risque de nous reconnaître. Comme vous le disiez très justement, je n'ai pas l'habitude de traiter mes affaires devant une bière et un plat de poisson frit. Pas plus que quiconque chez Reed, Briggs. On savait donc qu'on pourrait discuter en toute tranquillité de l'affaire Geller.
— Pourquoi Flynn discuterait-il d'un arrangement à l'amiable avec vous ? C'est Brock Newbauer qui a la charge de ce dossier en tant qu'avocat principal.
Susan se mit à rire.
— Brock n'est pas capable de traiter un dossier aussi complexe. Flynn sait bien que c'est moi qui suis aux commandes. Et il ne voulait pas que Brock soit là quand il essaierait de m'acheter. (Kate haussa les sourcils.) Aaron m'a proposé d'entrer dans son cabinet pour un salaire nettement supérieur à celui que je touche ici, si je persuadais les responsables du Groupe Geller de négocier un arrangement.
— Ce que, je suppose, vous essayez de faire.
— Bien entendu, mais ce n'est pas avec l'idée de quitter Reed, Briggs. Si l'affaire de l'Insufort arrive devant un tribunal, elle est perdue d'avance pour nous. Nous avons intérêt à éviter le procès pour sauver le groupe.
— Arthur Briggs a-t-il été tué pour assurer votre contrôle sur les opérations ?
— Quoi !
— Vous pouvez arrêter votre numéro, Susan. Je sais que vous aidez Flynn à se sortir de l'affaire de l'Insufort et de celle d'April Fairweather.

— Qu'est-ce que vous racontez ?

— Avant de mourir, Kaïdanov a dit à Daniel Ames qu'il avait falsifié les résultats de ses tests. Le plan imaginé par Flynn est en train de couler, et vous avec !

— Vous feriez bien d'y réfléchir à deux fois avant de me menacer, Ross.

— Ce ne sont pas des menaces. Ou bien vous allez à la police et vous dites ce que vous savez, ou bien je fais en sorte que J.B. Reed et le district attorney soient informés du marché que vous avez passé avec Flynn.

Susan se leva d'un bond.

— Écoutez-moi bien, espèce de petite garce ! Si vous dites un mot de tout ça à quiconque, je vous ferai condamner pour diffamation, et virer d'ici ! Joe Molinari n'est pas capable de tenir sa langue. Tout le monde sait que Daniel Ames est chez vous. Allez donc voir J.B. Reed pour lui raconter votre histoire à dormir debout, et vous verrez s'il vous croit ! Mais n'oubliez pas de lui dire que vous couchez avec le type qui a tué son meilleur ami !

Kate devint cramoisie, mais parvint à garder son sang-froid.

— Je vous laisse jusqu'à ce soir pour vous décider, dit-elle. Passé ce délai, il faudra vous débrouiller toute seule.

Kate sortie, Susan abattit violemment la main sur le bureau. Kate Ross avait-elle tenté un coup de bluff, ou était-elle réellement décidée à aller voir J.B. Reed ? Susan se rappela soudain ce qu'elle venait d'apprendre au sujet de Kaïdanov révélant à Daniel que ses résultats étaient truqués. Elle se laissa lourdement retomber dans le fauteuil. Et si Kaïdanov, avant de mourir, avait confié des preuves matérielles à Daniel ?

Susan s'efforça de retrouver son calme et de mettre de l'ordre dans ses pensées. Puis elle appela le cabinet d'Aaron Flynn.

# 47

En rentrant, Daniel trouva un message d'Amanda Jaffe lui demandant de la rappeler d'urgence. Ce qu'il fit.

— Nous avons un problème, dit Amanda. Mike Greene veut faire appel de votre libération sur parole.

— Comment le pourrait-il ? C'est une décision du juge !

— Mike a un témoin qui confirme les déclarations d'April Fairweather.

— Qui ? demanda Daniel, saisi d'inquiétude.

— Avez-vous appelé Renee Gilchrist après avoir entendu sur votre répondeur le message d'Arthur Reed vous fixant rendez-vous à la maison de campagne ?

Daniel ferma les yeux.

— Ah, merde !

— Dois-je comprendre oui ? demanda sèchement Amanda.

Daniel sentit qu'elle était contrariée et déçue par lui. Elle reprit après un silence :

— Vous auriez pu avoir la bonté de me prévenir qu'il y avait une mine prête à sauter juste devant nous.

— Je savais que les policiers avaient déjà interrogé Renee. Je ne pensais pas qu'ils recommenceraient.

— Eh bien, c'est ce qu'ils ont fait. Quelqu'un leur a parlé de vous.

— Comment ?

— Zeke Forbus a été contacté par un correspondant anonyme qui lui a conseillé d'interroger Renee Gilchrist à nouveau. Elle a reconnu que vous l'aviez appelée le jour où Briggs a été assassiné, et lui aviez dit que Flynn voulait vous voir le soir même, à la maison de campagne, pour discuter de l'affaire de l'Insufort.

Daniel sentit son estomac se contracter. Une bouffée d'angoisse lui serra la gorge.

— Greene ne m'a pas arrêté au cimetière après la fusillade. Il a vu ma blessure à la tête. Je le croyais convaincu de mon innocence.

— Non. Il vous a laissé libre parce qu'il avait des doutes. Mais Forbus, lui, est persuadé que c'est vous qui avez tué Arthur Briggs. C'est lui qui pousse Mike. Dites-moi maintenant ce qui s'est passé avec Renee Gilchrist.

— Je ne comprenais pas pourquoi Briggs voulait me voir, expliqua Daniel. Je l'ai donc appelé. Mais il n'était pas à son bureau. J'ai eu Renee, je lui ai demandé s'il y avait du nouveau dans l'affaire de l'Insufort, et en quoi j'étais concerné. Et comme elle voulait savoir pourquoi je lui posais ces questions, je lui ai parlé du message que Briggs avait laissé sur mon répondeur.

— Comme vous le savez certainement, ce que vous avez dit ce jour-là à Renee constitue une exception admissible à la règle du ouï-dire [1], puisque vous êtes le prévenu, dit Amanda. Le juge peut considérer vos propos comme la preuve que vous aviez l'intention de rencontrer Briggs.

---

1. *Hearsay rule* : règle prohibant toute preuve par ouï-dire ou le rapport de déclarations tenues par des tiers. Cette règle comporte plus d'une vingtaine d'exceptions.

— Vous croyez que c'est suffisant pour faire revenir le juge Opton sur sa décision de me libérer sans caution ?

— Allons, Daniel, ne soyez pas idiot. Au stade où nous en sommes, il se pourrait que la caution soit bientôt le moindre de nos soucis.

En rentrant chez elle, Kate trouva Daniel assis sur le canapé, dans l'obscurité. Un regard lui suffit pour comprendre que quelque chose n'allait pas.

— Qu'y a-t-il ? demanda-t-elle.

Daniel lui fit part de sa brève conversation avec Amanda Jaffe.

— Je ne pense pas que la déposition de Renee suffise pour amener le juge à changer d'avis, dit Kate. Ils ne peuvent toujours pas prouver que vous avez tué Briggs. Tout au plus, que vous étiez présent sur les lieux.

— Mais Renee peut aussi confirmer les déclarations d'April Fairweather sur ma dispute avec Briggs le jour où il m'a viré du cabinet.

— Comment ça s'est passé avec Alice Cummings ? demanda Kate, pour changer de sujet.

— J'ai la preuve que Flynn a reçu un appel de Gene Arnold, répondit Daniel sans la regarder. Alice Cummings était dans le bureau de Flynn quand on lui a passé la communication. Elle se rappelait même le nom d'Arnold.

— C'est formidable !

— Oui.

Daniel aurait dû être content, mais il semblait déprimé.

— Que vous arrive-t-il ? demanda Kate, inquiète.

— Le jour où on coïncera Flynn, on mettra fin à

l'action en justice de cette femme contre le Groupe Geller.

— Et alors ? Il n'y aurait jamais dû y avoir d'action en justice !

— Sans doute. Mais Flynn a persuadé Alice Cummings de l'intenter. Elle vit dans un appartement misérable. Elle n'a rien. Son fils a absolument besoin de soins médicaux et il va en être privé à cause de nous.

Kate s'assit sur le canapé à côté de Daniel.

— Vous vous rappelez ce que je vous ai dit au sujet de ma sœur et de son bébé ? C'est quelqu'un d'irréprochable, et personne ne sait pourquoi son bébé est né comme ça. Et rappelez-vous ce que vous-même m'avez dit : que la vie était parfois injuste, et faisait souvent des victimes innocentes. C'est vrai. Il nous faut l'accepter, même si c'est dur, même si on a parfois envie de se révolter. L'Insufort n'est pas responsable des malformations congénitales du petit Patrick, et ce n'est pas forcément auprès des tribunaux qu'il faut chercher de l'aide.

— J'ai tout de même l'impression d'avoir volé quelque chose à cette pauvre femme. Je me suis servi d'elle pour atteindre Flynn. En tuant au passage tous ses espoirs, et pour l'enfant toute chance d'avoir une vie normale.

— Il faut coincer Flynn. C'est un assassin.

— Je ne me sens pas mieux pour autant.

Kate lui entoura les épaules de son bras.

— Cessez de vous accuser, Daniel. Vous êtes un type bien. Je comprends à quel point c'est difficile pour vous, mais nous sommes si près du but ! Ce n'est pas le moment de flancher.

— Ça va aller, dit-il. C'est seulement que...

Kate lui mit un doigt sur les lèvres.

— Chut.

Et elle l'embrassa. Légèrement d'abord, presque furtivement, puis ses lèvres s'attardèrent. Ils se regardèrent pendant quelques secondes, et Daniel se laissa aller contre elle, bouleversé par le contraste entre la douceur de sa poitrine et les muscles fermes de son dos sous ses mains. Ils restèrent un moment sans bouger. Daniel avait sa joue contre les cheveux de Kate et, les yeux fermés, humait leur parfum.

Il la sentit bouger et ouvrit les yeux. Elle se leva, le prit par la main pour qu'il se lève à son tour.

— Viens, dit-elle, doucement, en l'entraînant vers la chambre.

# 48

L'appel de Susan Webster était venu confirmer les pires craintes d'Aaron Flynn. Kaïdanov, avant de mourir, avait dit à Daniel Ames que les résultats de ses essais avaient été falsifiés. Mais Flynn ne savait pas si Ames avait ou non une preuve matérielle de cette falsification. Si cette preuve n'existait pas, le Groupe Geller ne pouvait compter que sur le témoignage par ouï-dire d'un homme accusé de meurtre et Flynn restait persuadé qu'il pouvait obliger ses responsables à accepter un arrangement à l'amiable.

— Alice Cummings sur la ligne deux, annonça la standardiste.

Flynn hésita à prendre la communication, puis pensa au pactole que pouvait lui rapporter le petit Patrick si les choses se déroulaient bien.

— Bonjour, Alice, dit-il de son ton le plus chaleureux. Comment va mon petit copain ?

— Il a passé une mauvaise nuit.

— Ah, ça me fend le cœur. Que puis-je faire pour vous ?

— J'espère que je ne vous dérange pas, mais je suis bien embêtée et il fallait absolument que je vous en parle. Votre collaborateur est reparti sans me demander de signer quoi que ce soit au sujet de cet appel téléphonique, c'est certainement qu'il a oublié. Je peux venir quand vous voudrez.

— Quel appel téléphonique ?

— Celui de ce Mr. Arnold, vous savez ? (Flynn ferma brusquement les yeux pour lutter contre l'angoisse qui le prenait au ventre.) Votre collaborateur m'a parlé de l'avocat qui prétend que vous n'avez jamais reçu cet appel, alors que je m'en souviens parfaitement puisque j'étais avec vous dans votre bureau à ce moment-là. Voulez-vous que je vienne signer une déclaration ?

— Comment s'appelait ce collaborateur, Alice ?

— Ma foi, je ne m'en souviens plus. Je ne sais même pas s'il me l'a dit. Mais vous nous avez présentés, il y a quelque temps. J'étais dans votre hall d'entrée avec Patrick dans sa poussette, et vous êtes arrivé avec lui.

Flynn sentit la peur l'envahir.

— Ah oui, dit-il. Merci de m'avoir appelé, mais je n'ai pas besoin de votre signature. Nous avons réglé ce problème. Merci tout de même. Embrassez Patrick pour moi.

Et il raccrocha.

— Tout est en train de foirer, dit Flynn, en entrant. (La panique se lisait sur ses traits.) Ames a retrouvé la cliente qui était avec moi quand Gene a appelé.

— Comment a-t-il fait ?

— Comment veux-tu que je le sache, bon Dieu ? Il l'a trouvée, et elle se souvenait de cet appel. Elle m'a demandé si je voulais qu'elle me signe un papier en guise de preuve. Seigneur !

— Calme-toi, on va réfléchir.

— Réfléchir à quoi ? Si cette Billie Brewster, la détective de la Criminelle, découvre que j'ai menti à propos du coup de téléphone de Gene, on est morts, c'est tout !

— C'est qui, cette cliente ?

— Alice Cummings, la mère de l'un des avortons de l'Insufort.

— Où habite-t-elle ?

— Je n'en sais rien.

— Mais tu as forcément son adresse dans le dossier ?

— Oui.

— Il faut la tuer.

— Quoi !

— Il faut tuer cette femme, et Ames, et Kate Ross.

— Tu es folle !

Flynn sentit des doigts glisser dans ses cheveux. Des lèvres brûlantes effleurèrent les siennes tandis qu'une main le caressait à l'entrejambe. Il voulut résister, fit un terrible effort de volonté, puis céda et se dirigea vers le divan. Un rire cruel éclata derrière lui.

— Ça ne t'a fait ni chaud ni froid quand j'ai réglé leur compte à Briggs, à Kaïdanov et à Randall. Tu ne vas pas te mettre à jouer les délicats ?

— Alice est... Ce n'est qu'une pauvre femme.

— Non, Aaron, ce n'est pas une pauvre femme. C'est une garce qui peut nous envoyer tous les deux dans le couloir de la mort, et nous piquer au passage les millions pour lesquels on s'est donnés tant de mal jusqu'ici. (Une main ouvrait la fermeture Éclair de sa braguette.) Je les ai tués pour te protéger, pour nous protéger, pour qu'on soit ensemble, toi et moi.

Un doigt tâtait la pointe de son sexe, ponctuant chaque phrase.

— On ne peut pas faire ça, dit-il faiblement.

— On peut tout faire.

Flynn avait du mal à coordonner ses pensées. Une bouche s'écrasait sur la sienne, des doigts agaçaient ses tétons, une main douce comme de la soie s'était introduite dans son pantalon.

— Si ça t'embête, je m'occuperai de cette Alice Cummings pendant que tu t'occuperas d'Ames et de Kate Ross.

Flynn ouvrit de grands yeux.

— Je ne peux pas ! Je n'ai jamais tué personne !

— C'est facile comme tout, mon chou, entendit-il tandis que son corps répondait aux mouvements des lèvres, de la langue et des doigts qui semblaient partout à la fois. Je te dirai comment faire. D'ailleurs, on n'a pas le choix. Les flics n'ont pas encore le témoignage d'Alice Cummings. S'ils l'avaient eu, elle ne t'aurait pas appelé. C'est donc que Daniel Ames et Kate Ross ne leur en ont pas encore parlé. Ça nous laisse du temps pour agir, mais il va falloir faire vite, et je ne peux pas être à deux endroits en même temps.

Flynn aurait voulu protester, mais il avait de plus en plus de mal à réfléchir. Une partie de son esprit savait que quelqu'un qui tuait avec une telle facilité pouvait le tuer aussi, mais l'autre partie, celle qui communiquait directement avec le sexe, lui murmurait qu'il ne risquait rien puisqu'il était le seul à pouvoir régler à l'amiable l'affaire de l'Insufort, et le seul à pouvoir empocher les millions de l'arrangement. Et elle lui avait promis qu'ils partiraient ensemble, dès qu'il aurait encaissé ses honoraires d'avocat, pour vivre sur une plage des Tropiques, avec des domestiques pour le servir, et de l'amour autant qu'il en voudrait. C'était ce qu'elle lui avait dit et il voulait y croire, il avait besoin d'y croire pour justifier tout ce qui avait déjà été fait et tout ce qui allait l'être pour ces millions qui étaient devenus pour eux une obsession.

Juan Fulano sourit en abaissant ses jumelles. Il avait vu très distinctement, avant que la porte se referme, la personne que Flynn était venu retrouver. Martin serait satisfait. Fulano prit son téléphone portable pour appeler Desert Grove, dans l'Arizona.

# 49

La sonnette de la porte d'entrée retentit à deux heures du matin. Au troisième coup, Kate se leva et sortit de la chambre d'une démarche mal assurée. Daniel enfila un sweat-shirt et la suivit jusqu'à la porte. En jetant un coup d'œil à travers le mouchard, Kate eut la surprise de voir un Aaron Flynn hagard, une lueur de panique dans le regard.

— Que se passe-t-il, Flynn ? Il est deux heures du matin, dit Kate.

— Je deviens fou. Il faut que je vous parle. J'ai besoin d'aide. J'ai peur !

Daniel et Kate échangèrent un regard.

— Laisse-le entrer, dit Daniel. C'est peut-être notre chance.

Kate ouvrit. Sitôt entré, Flynn se retourna pour la frapper à la tête avec la crosse de son revolver et elle tomba contre le mur. Daniel s'avança d'un pas tandis que Kate s'écroulait sur le sol, mais Flynn braquait déjà son arme sur lui.

— Avancez ! ordonna-t-il, en refermant la porte.

Daniel hésita.

— Faites ce que je vous dis ! cria Flynn, en pointant le revolver sur Kate.

Sa main tremblait violemment.

Kate était sonnée. Le sang coulait d'une plaie à sa

joue. Daniel l'aida à se relever et partit à reculons vers le living-room.

— Pourquoi vous êtes-vous mêlé de ça ? cria Flynn. Pourquoi êtes-vous allé voir Alice Cummings ?

Il transpirait, les yeux exorbités. Daniel comprit qu'il devait continuer à le faire parler.

— Mais enfin, vous m'avez fait accuser de meurtre ! dit-il. Et vous m'en voulez, maintenant, parce que j'essaie de me disculper ?

— Pauvre imbécile ! Tu vas mourir, ta petite amie va mourir, et Alice Cummings va mourir elle aussi, et tout ça par ta faute !

Daniel le regarda, stupéfait :

— Vous n'avez pas besoin de tuer Alice Cummings !

— Si, à cause de ce que vous lui avez fait faire !

Kate s'assit sur le bras du canapé en se tenant la tête. Daniel s'avança d'un pas.

— Stop ! Stop, ou *je te tue !* dit Flynn, comme pour se persuader lui-même qu'il en était capable.

Du coin de l'œil, Daniel vit que Kate se remettait du choc qu'elle venait d'encaisser. Elle évaluait la situation, attentive au moindre geste de Flynn.

— Je sais qu'il y a quelqu'un qui vous renseigne chez Reed, Briggs, dit Daniel. Parlez-en aux policiers, dites-leur qui est cette personne. On pourra vous aider à passer un accord avec la justice pour que vous ne comparaissiez pas comme prévenu, mais comme témoin.

Kate se leva.

— Arrêtez, bon Dieu ! hurla Flynn, en pointant son arme tour à tout sur elle et sur Daniel.

On lui avait dit de les tuer sans perdre de temps, mais il ne se décidait pas à presser sur la détente.

Daniel se jeta en avant. Flynn lui tira dans le torse.

Daniel poussa un grognement de douleur en heurtant Flynn de toutes ses forces. Flynn chancela, le dos contre la porte, et tira à nouveau, stupéfait de voir que Daniel ne tombait pas. Le deuxième coup de feu assomma littéralement Daniel, mais il trouva assez de force pour planter son pouce dans l'œil de Flynn. Flynn poussa un hurlement. Les genoux de Daniel se dérobèrent sous lui. Flynn, se servant de son arme comme d'une matraque, le frappa au sol. Au moment où Daniel s'écroulait, Kate bondit pour frapper Flynn au larynx de ses doigts raidis en pointe de flèche. Flynn porta les mains à sa gorge et le revolver tomba à ses pieds.

Flynn n'y voyait plus clair et respirait avec difficulté, mais il lança un coup de poing qui atteignit Kate à la tempe et l'aveugla. Puis il la saisit par le cou. Comme elle luttait pour se libérer, il lui lança un violent coup de genou dans le ventre qui la fit se casser en deux. Le coup qu'elle lui envoya à l'entrejambe manqua son but. Kate suffoquait. Sa vision s'obscurcissait et elle frappait à l'aveuglette dans son affolement. Flynn lui prit la tête, la cogna contre le mur et elle s'affaissa. Puis il y eut une déflagration. La moitié de la tête de Flynn se couvrit de sang et l'étreinte de ses mains sur le cou de Kate se desserra.

Kate s'écarta de Flynn en titubant et en respirant à pleins poumons. Flynn tomba. Daniel était à genoux, le revolver de Flynn à la main. Puis il lâcha le revolver et bascula en arrière, les mains crispées sur son ventre ensanglanté.

Kate se laissa choir à côté de lui.

— Oh mon Dieu ! Daniel !

Des spasmes de nausée le secouaient et il n'y voyait plus grand-chose, mais il parvint à parler.

— Le 911, dit-il, d'une voix pâteuse. Sauver... Alice Cummings !

— Ne dis plus rien, ordonna Kate, en soulevant sa chemise pour voir les blessures causées par les balles.

Daniel voulait lui donner l'adresse d'Alice Cummings mais il avait l'impression de s'enfoncer dans un épais brouillard. Il comprenait que Kate lui parlait car il voyait remuer ses lèvres, mais il n'entendait plus ses paroles. Ce fut la dernière chose qu'il vit avant de perdre connaissance.

# 50

La femme se couvrit la tête d'une cagoule en approchant de l'immeuble au rez-de-chaussée duquel habitait Alice Cummings. Une porte, à l'arrière, ouvrait sur un minuscule carré de pelouse protégé par une petite clôture en bois. La porte-moustiquaire n'était pas fermée, et la serrure de la porte proprement dite ne devait pas poser de problème. Il suffisait de la forcer pour entrer et trancher la gorge de la bonne femme. Et le gamin ? Fallait-il le tuer aussi ? De toute façon, si c'était le monstre décrit par Flynn, il serait mieux mort que vivant.

En quelques minutes, la porte fut ouverte. La femme tira un couteau de chasse de son fourreau et pénétra dans l'appartement.

Alice Cummings, dans la chambre, se dressa sur son séant. La pendule indiquait deux heures treize du matin. Le silence régnait dans la maison, mais Alice était certaine qu'un bruit venait de la réveiller. C'était peut-être Patrick, qui avait fait un rêve et crié dans son sommeil. Mais il se taisait maintenant.

Elle se laissa retomber sur le dos et ferma les yeux. Quand Patrick dormait, c'était un bienfait du ciel. Elle l'avait mis au lit à dix heures avant de s'écrouler elle-même. Cinq heures de sommeil, c'était déjà bien.

Soudain, elle rouvrit grand les yeux. Cette fois, elle avait entendu quelque chose. Se glissant hors du lit, elle alla jusqu'à la porte de sa chambre, qu'elle laissait toujours ouverte pour entendre Patrick, et scruta la pénombre du living-room. Tout semblait normal.

Mais du seuil de sa chambre, elle ne voyait pas la cuisine, au fond de l'appartement. Elle suivit le petit corridor en longeant la cloison. Et vit tout de suite que la porte donnant sur l'arrière était ouverte.

À l'instant où la femme pénétrait dans l'appartement, un sixième sens l'avertit du danger. Et comme elle se retournait, un chiffon imbibé d'éther s'abattit sur sa bouche et sur son nez tandis qu'un bras puissant encerclait sa poitrine, lui bloquant les bras contre le corps. Soulevée de terre, elle se débattit en donnant des coups de pied. Elle sentait qu'elle ne tarderait pas à perdre conscience. Dans un effort désespéré, elle frappa du talon le tibia de son assaillant. Celui-ci lâcha un juron, mais ne desserra pas son étreinte. Pendant qu'on la tirait en arrière sur la pelouse, la femme vit les étoiles tourbillonner follement au-dessus d'elle.

Alice s'immobilisa sur le seuil de la cuisine. Y avait-il quelqu'un dans la maison ? Patrick ! Elle fit de la lumière dans le corridor et se précipita vers sa chambre. La porte était ouverte. Elle s'approcha du petit lit à barreaux. L'enfant était couché sur le flanc. Il respirait mal, mais semblait profondément endormi.

Soulagée, Alice inspecta le reste de l'étroit logement. Un vent froid s'engouffrait dans la cuisine par la porte ouverte. Elle la referma en frissonnant. Puis elle éteignit la lumière pour regarder au-dehors. Le nez écrasé contre la vitre, elle scruta chaque mètre carré de la petite cour, et au-delà. Elle ne vit rien d'anormal. Mais quelqu'un avait essayé d'entrer, c'était certain. Pourquoi cet intrus était-il reparti ? Et qui était-ce ?

# 51

Kate s'efforça de prendre un air naturel en entrant dans la chambre d'hôpital de Daniel. Elle avait des ecchymoses au visage et il avait fallu lui recoudre la joue. Mais les blessures de Daniel étaient beaucoup plus graves.

— Quelle sale tête tu as ! dit-elle.

— Ah, trop aimable, répondit Daniel, d'une voix assourdie par les analgésiques. Je te trouve assez moche, toi aussi.

Kate sourit, heureuse de l'entendre plaisanter.

— Continue, ça me donne le moral, dit-elle en s'asseyant au bord du lit. Et je vais maintenant remonter le tien. Nous avons longuement discuté avec Mike Greene, Amanda et moi. Je crois qu'on l'a convaincu que Flynn t'avait tendu un piège pour te faire accuser. Amanda est pratiquement certaine que tu vas bénéficier d'un non-lieu avant de sortir d'ici. Par ailleurs, Alice Cummings est saine et sauve. Quand les policiers sont arrivés chez elle, elle leur a dit que quelqu'un avait essayé d'entrer. Elle avait trouvé la porte de sa cuisine grande ouverte. Mais il ne s'était rien passé.

Daniel fit une brusque grimace. Kate lui prit la main.

— Comment te sens-tu ?

— Bien. L'effet des médicaments commence à s'estomper, mais ça va aller. Les balles m'ont traversé le petit intestin. Je n'ai subi qu'une courte opération. Je devrais être sur pied d'ici quelques jours.

— Il t'a fallu un sacré courage pour te jeter sur le revolver de Flynn comme tu l'as fait. Tu m'as sauvé la vie.

Daniel sourit.

— Juste retour des choses. D'ailleurs, je savais que c'était possible. Je me suis rappelé ce que tu m'avais dit.

— Comment ça ? demanda Kate, intriguée.

— Tu sais bien, à propos de la différence entre ce qu'on voit à la télé et ce qui se passe dans la réalité. J'avais vu que Flynn n'avait qu'un petit calibre qui ne pouvait pas provoquer de trop gros dégâts, et que tu étais prête à sortir tes prises de judo. Je me suis dit que, même si j'étais blessé, je pourrais toujours lui balancer quelques gnons avant de m'écrouler, et que tu finirais le travail avant d'appeler les toubibs.

Kate était stupéfaite.

— Quel fou ! Ce truc-là ne marche que si on vous tire dans le corps. Tu serais mort, à l'heure qu'il est, s'il avait visé la tête !

Daniel écarquilla les yeux, l'air faussement horrifié.

— Tu ne m'avais pas dit ça !

Puis il se mit à rire.

Kate secoua la tête.

— Tu es vraiment... Il va falloir que je veille sur toi comme sur un nouveau-né.

Billie Brewster frappa à la porte.

— Je suis venue prendre des nouvelles, dit-elle en entrant.

— Et Susan Webster ? demanda Kate.

Elle se tourna vers Daniel.

— Billie l'a interrogée aujourd'hui.

— Ou bien elle est innocente, ou bien elle a de la glace fondue à la place du sang, dit la détective.

— Tu lui as mis les photos sous le nez ?

— Elle s'en tient à ce qu'elle t'a déjà dit. Elle prétend qu'il n'y a jamais eu la moindre connivence entre Flynn et elle, et elle a réponse à tout.

Billie se rappela soudain l'enveloppe qu'elle avait à la main.

— À propos, j'ai reçu ceci au courrier. La photo de Bernier. Flynn y est bien, mais pas Susan Webster. J'ai pensé que vous pourriez peut-être me dire qui est la femme.

Kate jeta un coup d'œil au cliché. Daniel se pencha pour mieux voir.

— Merde, alors ! s'exclama Kate.

Elle venait de comprendre pourquoi Gene Arnold avait failli s'évanouir en découvrant la photographie prise par Claude Bernier.

# 52

Anna Cordova conduisit Kate Ross et Billie Brewster au bord de la piscine, où Martin Alvarez attendait. Il se leva et Kate lui présenta la détective.

— Claude Bernier a fini par nous envoyer un tirage de la photographie que Gene Arnold avait achetée à New York. Flynn y figure, et nous avons identifié la personne qui l'accompagne.

— Ah, bon. Qui est-ce ?

— Renee Gilchrist, secrétaire au cabinet Reed, Briggs, dit Kate. Flynn représentait les plaignants dans un certain nombre de procès intentés à un groupe pharmaceutique défendu par mon cabinet. Nous pensons que Renee Gilchrist travaillait avec Flynn pour l'aider à gagner ces affaires.

— Elle l'a reconnu ? demanda Alvarez.

— Nous n'avons pas pu l'interroger, répondit Billie. Elle a disparu le jour où Flynn a été tué.

— Ce qui signifie sans doute qu'elle est coupable ?

— Il est certain que c'est suspect.

— Croyez-vous que cette femme a été pour quelque chose dans le meurtre de Gene Arnold ?

— Oui, c'est ce que nous pensons, dit Billie. C'est la raison de notre présence ici. Kate a une hypothèse pour expliquer la mort de Mr. Arnold, et elle pense que vous pourriez nous aider à la vérifier.

Alvarez écarta les mains.

— Si je peux faire quoi que ce soit...

Kate tira de son enveloppe la photographie de Bernier et la posa sur la table. Arnold l'examina sans laisser paraître la moindre émotion.

— La femme que vous voyez là est bien Melissa Arnold, l'épouse de Gene ? demanda Kate. Celle qui a disparu il y a sept ans, soi-disant victime d'un enlèvement ?

Alvarez hocha lentement la tête. Sans quitter la photographie des yeux.

— Voici comment nous voyons les choses, Billie et moi, dit Kate. Le jour où le FBI a tendu une souricière pour la remise de la rançon, McCann a pris la fuite avec l'argent, mais Dobbs s'est fait prendre. Dobbs a passé un arrangement avec la justice et donné le nom de McCann, la seule personne qu'il savait impliquée dans ce projet d'enlèvement. McCann a été arrêté peu après, mais il avait eu le temps de planquer l'argent de la rançon.

» Je suppose que McCann a accepté de révéler le lieu de sa cachette à Melissa à condition qu'elle le fasse sortir de prison. Il risquait de passer lui aussi un arrangement pour s'éviter une condamnation trop sévère. C'est alors que Melissa a eu la brillante idée de simuler son propre enlèvement.

» Si on y réfléchit, Melissa était forcément impliquée. Quand elle a simulé son enlèvement, elle n'a réclamé que soixante-quinze mille dollars, ce qui est bien peu comparé au million qu'elle vous avait demandé. Mais c'était exactement la somme dont disposait Gene sur son compte d'épargne-retraite. Et elle le savait.

— Bien sûr, intervint Billie. L'enlèvement de Melissa n'a été qu'un écran de fumée pour cacher son véritable projet : la destruction des minutes du procès pour obliger le juge à ordonner un nouveau procès. Après que Melissa a assassiné Lester Dobbs, la justice a dû relâcher McCann et il ne restait plus à Melissa qu'à supprimer le seul témoin capable de l'identifier, puis à filer avec l'argent. Comme personne n'avait soupçonné Flynn, il n'a pas été inquiété. Il se peut même que McCann n'ait rien su de sa participation. Et personne n'a recherché Melissa, puisqu'on pensait qu'elle avait subi le même sort que votre femme.

» Jusqu'au jour où Mr. Arnold est tombé sur ce cliché de Flynn en compagnie de Melissa. Il s'est rendu à Portland, a téléphoné à Flynn de son hôtel le jour de son arrivée. Flynn ou Melissa l'ont tué et ont tenté de faire disparaître son corps dans l'incendie du laboratoire.

Alvarez secoua la tête.

— J'ai peine à le croire, mais c'est sans doute vrai.

Kate l'observait avec beaucoup d'attention. Elle eut la certitude que ce qu'elle venait de dire ne le surprenait pas.

— Quel dommage que nous n'ayons pas retrouvé Melissa, dit Billie. La personne qui a mis le feu au laboratoire a été mordue par un singe rhésus. Le médecin légiste a conservé un échantillon de matière prélevée sur les dents du singe. Si on tenait Melissa, on pourrait prouver par le test d'ADN qu'elle s'est rendue au laboratoire. Nous avons aussi un moulage des dents du singe qu'on pourrait comparer aux traces de morsure qu'elle a certainement à l'épaule.

— Vous avez une piste ? demanda Alvarez.

— Oui, nous en avons une, répondit Billie. C'est pour cette raison, aussi, que nous sommes venues. Claude Bernier m'a appelée, hier. Il avait mauvaise conscience. Il a reçu la visite d'un monsieur espagnol le lendemain du jour où Kate vous a parlé de sa photographie. Ce visiteur s'est présenté sous le nom de Juan

Fulano. Un ami, lui-même originaire d'Amérique latine, m'a dit que ce nom était aussi répandu que « John Smith » chez nous. C'est exact, monsieur Alvarez ?

— Oui.

— Ce Mr. Fulano, donc, voulait acheter à Bernier un tirage de sa photographie, mais il lui a demandé autre chose, et il a payé pour l'obtenir. Vous savez quoi, monsieur Alvarez ?

— Je n'en ai pas la moindre idée, répondit calmement Alvarez.

— Mr. Fulano a demandé à Bernier de ne pas nous envoyer ce cliché tant qu'il ne lui aurait pas donné le feu vert. Et il l'a payé pour ce service supplémentaire. Puis, le lendemain de la disparition de Melissa Arnold, Fulano a donné le feu vert à Bernier pour qu'il envoie ce cliché à la police de Portland. Intéressant, non ?

— Je crains de ne pas vous suivre.

— Vraiment, monsieur Alvarez ? insista Billie. C'est que, voyez-vous, je me suis renseignée sur vos antécédents, auprès de la police, au Mexique et en Arizona. On m'a dit que vous meniez désormais — depuis un certain temps — une vie à l'abri de tout soupçon, mais qu'on vous avait connu par le passé de fort mauvaises fréquentations. Des gens tout à fait capables de commettre des meurtres ou des enlèvements.

Alvarez encaissa l'accusation sans émotion apparente.

— Votre information est exacte. J'ai eu une jeunesse agitée. Mais cette époque est loin derrière moi.

Billie fixait Alvarez avec insistance. Il soutint son regard sans ciller.

— Si je vous demandais de risquer une prévision pour l'avenir, le feriez-vous ? demanda Billie.

— Je ne suis pas extralucide, détective.

— Je veux simplement vous poser une question, et

vous avez ma parole que votre réponse restera entre nous trois.

Alvarez hésita quelques secondes avant de répondre :

— Posez votre question.

— Le service pour lequel je travaille ne dispose pas de moyens illimités. Je préfère les utiliser pour traquer les criminels avec quelques chances de réussir. Alors, quelles sont, d'après vous, mes chances de retrouver Melissa Arnold vivante ?

Tout en réfléchissant à la question, Alvarez regarda les deux femmes. Elles affichaient des mines impassibles. Puis il se décida :

— Melissa est quelqu'un de très malin, comme vous l'avez constaté. Il me semble que quelqu'un d'aussi malin est capable de disparaître sans laisser de traces. Ce n'est pas à moi de dire si elle est morte ou vivante, mais j'ai bien peur qu'on ne la retrouve jamais.

Un silence suivit ces paroles. Alvarez haussa les épaules, parut se détendre et ajouta :

— Il est vrai que, de nos jours, la police dispose de toutes sortes d'outils scientifiques auxquels je ne connais rien. Je ne suis vraiment pas un expert en matière de recherche criminelle.

Billie se leva et Kate l'imita.

— Merci de nous avoir consacré un peu de votre temps, monsieur Alvarez, dit la détective. Kate m'a dit combien vous aimiez votre femme. Je suis désolée d'avoir ravivé des plaies déjà anciennes.

Kate prit la photographie pour la remettre dans son enveloppe. Alvarez n'y jeta pas un coup d'œil.

Dès que les deux femmes furent parties, il entra dans son bureau en refermant la porte derrière lui. Il prit un exemplaire de la photographie dans un coffre-fort dissimulé derrière un tableau, l'examina une dernière fois et y mit le feu. Pendant que l'image de

Melissa Arnold se consumait, il se tourna vers le portrait de Patty Alvarez posé sur sa table de travail. Une larme roula sur sa joue burinée. Il ne chercha pas à l'essuyer.

— C'est fini, Patty, murmura-t-il. C'est fini.

# 53

— Entrez, Joe, dit J.B. Reed, quand sa secrétaire introduisit Molinari dans son vaste bureau d'angle.

Cette visite intriguait Reed, car Molinari ne travaillait sur aucune des affaires dont il s'occupait. En réalité, il n'aurait même pas su dire quel était son prénom si sa secrétaire ne le lui avait rappelé en lui transmettant la demande d'entretien.

— Que puis-je pour vous ? demanda Reed quand Molinari fut assis.

Ce visiteur-là, remarqua-t-il, ne semblait ni obséquieux ni fébrile comme l'étaient généralement, en sa présence, les jeunes collaborateurs du cabinet.

— Il se passe ici des choses dont vous devez être informé.

— Ah ?

— Juste avant de mourir, Mr. Briggs a renvoyé Daniel Ames.

Reed se rembrunit à l'évocation de l'assassinat de son ami, et en entendant prononcer le nom du principal suspect. Mais Molinari poursuivit :

— C'était une erreur.

— Je ne vois pas en quoi cela vous regarde, monsieur Molinari, dit sèchement Reed.

Molinari soutint le regard furieux de Reed :

— Ça me regarde, dit-il d'un ton ferme, parce que

Dan est un ami et qu'il faut bien que quelqu'un vous dise ce qu'il a fait pour ce cabinet et pour le Groupe pharmaceutique Geller, notre client.

Daniel était plongé dans un roman policier quand la porte de sa chambre s'ouvrit pour livrer passage à J.B. Reed et Isaac Geller. Il n'aurait pas été plus surpris de voir entrer le président des États-Unis.

— Comment allez-vous ? demanda J.B. Reed.

— Bien, répondit Daniel.

— Je suis venu vous présenter mes excuses pour avoir autorisé votre licenciement, annonça Reed.

Daniel se taisait, attendant la suite. J.B. Reed, le voyant aussi tendu, sourit.

— Je sais que vous en voulez terriblement au cabinet, et je ne vous le reproche pas. Jusqu'ici, nous n'étions pas correctement informés sur cette affaire, et Joe Molinari m'a tout expliqué.

— Joe ?

— Oui, dit Reed en hochant la tête. Vous avez des amis fidèles chez Reed, Briggs. J'ai également discuté avec Kate Ross. Joe Molinari est venu me trouver il y a deux jours. Il prétendait que le cabinet vous devait des excuses. J'ai bien écouté ses explications, j'ai compris les risques que vous aviez pris pour notre client, et j'ai immédiatement appelé Isaac.

— Je ne crois pas exagérer en disant que, par votre action, vous avez sauvé mon groupe, monsieur Ames, dit Geller, prenant la parole à son tour. Si le plan imaginé par Flynn avait fonctionné, nous aurions dû retirer l'Insufort du marché et je n'ose imaginer ce qu'il nous en aurait coûté en frais et en indemnités.

— Je sais que rien ne pourra effacer ce que vous avez subi, reprit Reed. L'affront du licenciement, la détention, sans parler des blessures physiques... C'est affreux, et je regrette sincèrement que le cabinet ait pu être pour quelque chose dans tout cela, mais nous tenons, Mr. Geller et moi-même, à vous dédommager. Je veux que vous repreniez votre place au sein du cabinet, et nous sommes décidés à vous accorder une solide augmentation.

— Et le Groupe Geller veut vous remercier avec le versement d'une prime substantielle, ajouta Isaac Geller.

Daniel, abasourdi, ne répondit pas tout de suite.

Reed le regardait avec un large sourire, persuadé qu'il allait sauter sur son offre de paix. Quel jeune avocat doué de bon sens aurait refusé une opportunité de travailler chez Reed, Briggs ?

— Je comprends que cela a de quoi vous surprendre, dit J.B. Reed, aussi ne prenez pas de décision hâtive. Faites tout ce qu'il faut pour vous remettre, et appelez-moi quand vous voudrez.

— Votre générosité me touche profondément, dit Daniel. Je n'ai pas besoin de réfléchir. J'ai d'ailleurs eu tout le temps de le faire pendant que j'étais en prison, et depuis. Je suis très sensible à l'offre que vous me faites de revenir chez Reed, Briggs, mais je ne suis vraiment pas fait pour ce genre de cabinet. Je respecte votre travail, mais je me sentirais mieux si je pouvais m'employer dans un plus petit cabinet, l'un de ceux qui représentent les gens parmi lesquels j'ai grandi, ceux dont personne d'autre ne s'occupe.

— Vous n'ignorez certainement pas tout le bien que peut faire une entreprise comme le Groupe Geller, dit Reed, stupéfait par le rejet de son offre généreuse.

— Non, et je sais aussi à quel point un avocat comme Flynn peut être sordide et malhonnête, mais vous trouverez toujours des avocats de grand talent pour défendre vos clients, monsieur Reed. (Daniel sourit.) Vous y mettez le prix et vous avez ce qu'il y a de mieux.

— Eh bien, si c'est ce que vous voulez, si vous pensez que c'est mieux ainsi, il faut le faire. Mais ma proposition restera valable, au cas où vous changeriez d'avis.

— Merci. J'apprécie.

Reed se prépara à s'en aller.

— Si vous êtes en veine de générosité, dit Daniel, il y a une chose que vous pourriez faire pour moi.

— Laquelle ? demanda Isaac Geller.

# 54

Daniel s'éveilla au bruit des vagues. En ouvrant les yeux, il vit le soleil qui entrait à travers les fins rideaux dans la chambre de la maison sur la plage. Il s'étira en souriant. « Je parie que vous n'avez jamais eu un entretien d'embauche comme celui-ci », lui avait dit Amanda immédiatement après que le juge Opton eut prononcé un non-lieu en sa faveur. Puis elle avait proposé à Daniel de se réfugier dans sa maison de vacances, loin de Portland et des journalistes. L'entretien avec les autres associés du cabinet Jaffe, Katz, Lehane et Brindisi était fixé au mercredi suivant.

Daniel espérait entrer au cabinet d'Amanda Jaffe, et ne regrettait pas d'avoir décliné l'offre de J.B. Reed. Amanda lui avait montré *en situation* qu'il y avait une autre, une meilleure façon d'utiliser ses diplômes de droit. Il n'était tout de même pas reparti les mains vides après sa dernière rencontre avec J.B. Reed et Isaac Geller. Alice Cummings n'aurait plus jamais à s'inquiéter pour faire soigner le petit Patrick. Daniel ne voulait pas entendre parler de bonne action. Il s'estimait trop heureux de savoir que Patrick aurait une chance de mener une vie normale.

En se retournant sur le flanc, Daniel constata que Kate n'était plus à son côté. Il savait depuis quelques jours qu'elle avait le tempérament matinal. Il sourit en pensant à elle.

La maison d'Amanda était construite sur un promontoire au-dessus du Pacifique, très calme ce matin-là. La veille, Kate et Daniel avaient bu des grogs devant les flammes qui crépitaient dans la cheminée de la chambre en admirant le spectacle de la tempête qui jetait brutalement les vagues sur le rivage. Et ce matin, le sable était jonché de bois flottés.

Une fois douché, Daniel trouva Kate au téléphone dans la cuisine. Elle sourit en le voyant. Il se versa un verre de jus d'orange et s'assit à la table pendant qu'elle discutait.

— C'était Billie, dit-elle en raccrochant. Elle a trouvé d'autres renseignements sur Renee Gilchrist. Son vrai nom était Melissa Haynes. Son père était colonel dans l'armée de terre. Il était souvent absent et elle a vite mal tourné. Billie dit qu'elle a collectionné très jeune les arrestations, certaines pour des faits violents, mais son père, en usant de son influence, l'a toujours aidée à se tirer de ses mauvais pas.

» Vers l'âge de dix-huit ans, elle est partie de chez ses parents pour aller vivre en Californie. Elle y a épousé un acteur inconnu, mais le mariage n'a pas tenu trois ans. Elle a ensuite suivi les cours d'une école de secrétariat, puis une formation pour devenir greffière. Gene Arnold l'a rencontrée à l'occasion d'un procès à Los Angeles.

— Billie est bien certaine que Renee-Melissa était acoquinée avec Flynn ?

— Elle ne sera sans doute jamais en mesure de le prouver, mais tout devient clair si Renee était la taupe chez Reed, Briggs. Elle était bien placée pour glisser la lettre de Kaïdanov dans le carton de documents remis à Flynn, et envoyer la cassette vidéo à Amanda. Si Kaïdanov a appelé Briggs à son bureau pour fixer le rendez-vous à la maison de campagne, Renee l'a pris au téléphone et a pu écouter ce qu'ils se disaient. Mais il y a autre chose qui me donne la certitude que Renee-Melissa est la coupable.

» Nous nous sommes toujours demandé pourquoi Arthur Briggs avait voulu qu'April Fairweather le rejoigne à la maison de campagne le soir où on l'a assassiné, n'est-ce pas ?

— En effet. Il n'y avait aucun rapport entre son affaire et l'affaire de l'Insufort.

— Je suis certaine que ce n'est pas Briggs qui a fixé ce rendez-vous à April Fairweather. Mais Renee se trouvait dans l'antichambre quand April Fairweather t'a entendu te disputer avec Briggs. Je pense qu'elle a aussi entendu Briggs laisser un message sur ton répondeur pour que tu viennes à la maison de campagne. Et je crois que c'est Renee-Melissa qui a dit à April Fairweather d'y aller, pour qu'elle te voie repartir après le meurtre de Briggs. Tu faisais un coupable idéal, et on n'aurait pas l'idée d'en chercher un autre. Mieux encore, Renee savait que ton avocate se servirait de la vidéo pour discréditer April Fairweather devant le tribunal, assurant du même coup à Flynn de confortables honoraires d'avocat, qu'elle partagerait avec lui.

— L'appel anonyme informant Zeke Forbus de mon coup de téléphone à Renee émanait sans doute d'elle !

— C'est ce que je crois. Mais nous ne le saurons jamais avec certitude.

Daniel se leva et prit Kate dans ses bras.

— Je ne veux plus parler de cette affaire. Si on est ici, c'est pour l'oublier.

— Si tu ne veux pas parler, alors que veux-tu ? demanda Kate avec un regard en coin.

— Je voudrais bien t'embrasser, mais j'ai peur que tu me fasses une de tes prises de judo.

— Ça se pourrait fort, pour peu qu'il y ait un lit dans les parages.

— Je crois que les filles laides font du judo pour mettre de beaux mecs comme moi dans leur lit.

Avant qu'il ait le temps de s'en rendre compte, Kate était derrière lui et il était immobilisé, les bras dans le dos, par une clé imparable. L'idée d'opposer une résistance ne lui vint pas à l'esprit.

## REMERCIEMENTS

Ce livre doit beaucoup aux nombreuses personnes qui n'ont pas lésiné sur leur temps et leurs idées pour m'aider à l'écrire. La science n'est pas mon fort, et je suis formidablement reconnaissant au Dr. Lynn Loriaux, qui a inventé pour moi un médicament imaginaire, l'Insufort, et a su répondre à une foule de questions scientifiques. Le Dr. John Lundy et le Dr. Karen Gunson, enquêteur médical de l'État de l'Oregon, m'ont montré comment on identifie des restes humains. Ed Pritchard a été mon gourou en matière d'informatique.

J'ai recueilli de précieuses informations sur la vie d'un collaborateur dans un grand cabinet d'avocats auprès d'Alison Brody, avocate au cabinet Miller, Nash de Portland, de Scott Crawford, Mike Jacobs, Melissa Robertson, Bryan Geon, Sharon Hill, Richard Vangelisti, et Maria Gorecki, du cabinet Stoel, Rives de Portland. Je tiens à remercier également Randy Foster et Barnes Ellis, associés du cabinet Stoel, Rives, à Portland. Je tiens à ce que mes lecteurs sachent bien que le cabinet Reed, Briggs de l'histoire est une pure fiction et que toute ressemblance entre les avocats collaborateurs ou associés qu'on y rencontre et des personnages de la vie réelle ne serait que coïncidence.

Mike Williams et Jonathan Hoffman sont deux attorneys exceptionnels dont les noms sont fréquemment associés à des procès importants comme ceux qui sous-tendent la trame de ce livre. Je leur suis très reconnaissant d'avoir guidé mes pas dans les méandres des procédures suivies par les avocats des plaignants et des accusés des procès concernant la fiabilité des produits de grande consommation.

J'ai aussi bénéficié d'une précieuse assistance technique de la part de Mike Shinn, Dan Bronson, Mark Anderson, Chip Horner, Steve Millen du cimetière Riverview, ainsi que du Dr. Nathan Selden, du sergent-détective Jon F. Rhodes de la police de Portland, du sergent Mary Lindstrand du bureau du shérif du comté de Multnomah, et de mon ami Vince Kohler.

Merci, également, à mes formidables enfants, Ami et Daniel ; à Johnathan Hoffman et à Richard Vangelisti ; tout comme à Joe, Eleonore, Jerry et Judy Margolin, et à Norman et Helen Stamm pour leurs judicieux commentaires sur le premier jet de ce livre.

Je dois remercier Dan Conaway, mon intrépide éditeur, pour la justesse de ses vues. C'est une véritable chance pour moi de travailler avec lui. Comme d'avoir à mon côté Jean Naggar et toute l'équipe de son agence.

On me demande toujours où je trouve mes idées. Dans le cas de *L'Avocat de Portland* la réponse est très simple. Doreen, mon incroyable épouse depuis trente ans, a rêvé l'intrigue qui est au cœur du récit. Je ne vous la révèlerai pas, pour ne pas gâcher votre plaisir. Mais c'est assez malin. Comme Doreen.

# Lente descente aux enfers

*(Pocket n° 10135)*

Tracy Cavanaugh est clerc à la Cour Suprême de l'Oregon. Lorsqu'on lui propose de rejoindre le cabinet d'avocats le plus en vue de la ville, elle accepte avec enthousiasme. Mais très vite, la voilà entourée de cadavres... Son amie Laura, assistante du juge Griffen est retrouvée assassinée. Le juge Griffen lui-même meurt dans un accident de voitures. Aussi lorsque l'ex-femme de ce dernier, inculpée de meurtre, choisit le cabinet d'avocats de Tracy pour sa défense, ce n'est que le début d'une lente

**Il y a toujours un Pocket à découvrir**

# Avocat du diable

***(Pocket n° 10984)***

**S**urnommé « l'Impassible », l'avocat David Nash n'a jamais perdu de procès. Mais sa dernière victoire a un goût amer. Convaincu que son client avait battu sa femme à mort, il l'a pourtant défendu et fait acquitter. Une nouvelle affaire lui offre une chance de rédemption. Malgré la détermination du procureur d'envoyer l'accusé sur la chaise électrique, malgré le doute qui menace son esprit, David Nash sent que son client est innocent…

## Il y a toujours un Pocket à découvrir

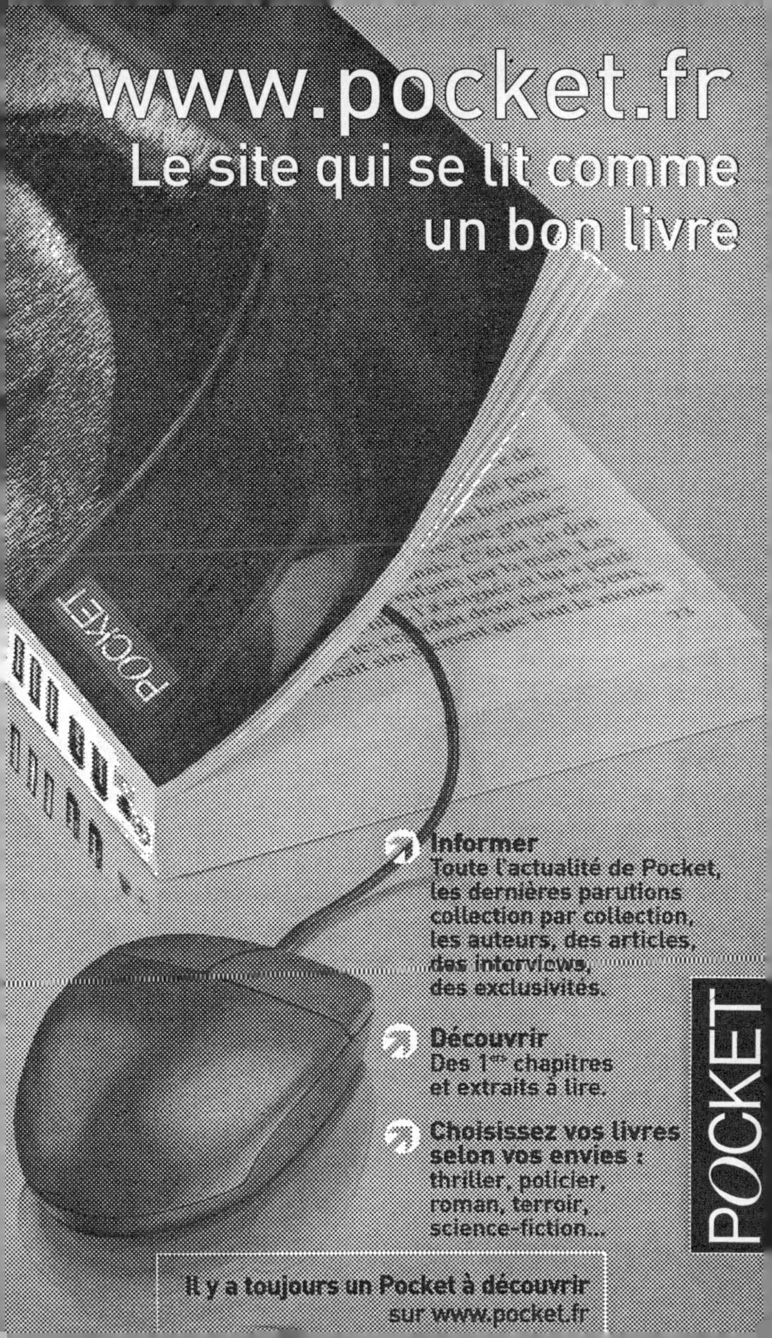
www.pocket.fr
Le site qui se lit comme
un bon livre
Informer
Toute l'actualité de Pocket,
les dernières parutions
collection par collection,
les auteurs, des articles,
des interviews,
des exclusivités.
Découvrir
Des 1ers chapitres
et extraits à lire.
Choisissez vos livres
selon vos envies :
thriller, policier,
roman, terroir,
science-fiction...
POCKET
Il y a toujours un Pocket à découvrir
sur www.pocket.fr

*Achevé d'imprimer sur les presses de*

BUSSIÈRE

GROUPE CPI

*à Saint-Amand-Montrond (Cher)*
*en septembre 2004*

POCKET - 12, avenue d'Italie - 75627 Paris Cedex 13
Tél. : 01-44-16-05-00

— N° d'imp. : 44615. —
Dépôt légal : octobre 2004.

*Imprimé en France*